日本漢詩文集叢刊

第二輯
第三册

第三册目録

入澤達吉

秋懷唱和集

雲莊詩存

吉川幸次郎

知非集

乙

箋杜室集

知非集

乙

知非續集

知非三集

知非集四

重贈廣田理學博士……五七五
陳舜臣惠絲綢路記……五七五
壽上野梅子太夫人八十八故朝日新聞社
主配居蘆屋……五七六
無題二首……五七六
趙樸初率佛教代表團來西京適小病
未晤……五七六
酬劉大年用其韻……五七七
两生新昏歌……五七七
能田婉子夫人倭歌集題曰一莖九花蘭即取
其尊人長尾雨山先生所愛花名……五七八
題長善館記念册……五七八
送石川梅次郎君之烏魯木齊……五七八
贈周法高次清水茂韻……五七九
答法高女世箴仍用前韻……五七九
送京都哥德館長艮普博士任滿歸德國……五七九
江若水西山樵唱北村學注……五七九
川原壽市儀禮釋攷……五八〇
直井幸雄人工靈芝……五八〇
元日言志今年將有禹域杜蹟之行……五八〇
用前韻寄趙樸初……五八一
酬開封師範學院華種彥教授……五八一
西安陝西賓館在丈八溝呈西北大學諸公……五八一
贈傅庚生教授……五八二
酬劉持生教授用其韻……五八二
酬高揚教授用其韻……五八二
答昭陵博物館孫遲君……五八二
成都少陵草堂呈四川大學諸公……五八三
呈繆鉞教授……五八三
三峽次鄧紹基韻……五八三
答武漢大學李格非教授次其韻……五八三
北京機場留别余冠英教授次其韻……五八三
偶成……五八四
杜甫詩注第三册刊成……五八四

詩補遺

乙亥八月侍飲長尾雨山先生於丸山左阿
彌其歲臘月追賦紀事……五八五

知非集文續

通俗編直語補證恒言録方言藻邇言綜合
索引序……五八七
史記會注考證校補後序……五八七
惠棟太上感應篇箋注景本跋……五九〇
又跋……五九二
細香紅蘭二女士傳序……五九二

神田喜一郎

鬯盦藏書絶句

鬯盦續藏書絶句

入澤達吉

秋懷唱和集

據日本大正十五年鉛印本影印

秋懷唱和集

大正丙寅
綾雲館刊

序

入澤雲莊博士夙究醫學蘊奧教授大學二十有五年大正辛酉之秋知友門生相謀邀雲莊及其妻兒張盛宴於東都上野精養軒贈畫像及奬學資一萬金一時傳爲榮雲莊因賦秋懷三絶有投簪猶未賦歸去秋老家山二頃田句和者二百人纂録爲一卷題曰秋懷唱和集囑余序雲莊越之南蒲原郡中之島村人村多斥鹵非炎旱禾稼不熟其最沮洳者爲西野新田雲莊父松塢翁叔父池田謙齋翁實生其地居宅尚存松塢翁修泰西醫術開業今町而生雲莊戊辰役翁以軍醫執

掌於兵馬倥偬之間亂平亡幾病歿謙齋翁游獨逸爲醫學博士拜侍醫頭荷先皇寵眷列男爵雲莊年逹六十退大學非無投簪歸田之志而更拜侍醫頭學益熟名愈揚居然以刀圭爲朝野之重一門榮光古今罕匹顧越之苦水澇也久矣大河津分水渠新成沮洳如西野新田近年變爲沃田穲稏萬頃黃雲接天雲莊所謂家山二頃田亦足以賦歸去者東宮慶典錄松塢舊功追贈從五位雲莊將修塋域瘞考妣遺骨於西野新田詩云維桑與梓必恭敬止雲莊在焉余與雲莊同鄕深知雲莊之心者故序以此言丙寅六月武石潛撰

序

古人有詩云萬口共稱醫國手一腔渾是活人心醫學博士入澤君雲莊蓋庶幾焉君越後人畢業東京醫科大學游獨逸益究其術今爲大學醫學部長在職二十有五年知友門人爲開讌慶之君喜而賦詩同人和之裒然爲冊題曰秋懷唱和集許允宗曰醫意也思慮精則得之夫精思慮之道依於仁游於藝綽然有餘裕而後得之彼汲汲焉戚戚焉養己身之不暇者安能得思慮之精哉予嚮稱吳博士爲儒醫今復知入澤君有文學喜醫界又得一人也顧君二十餘年間活人之績萬

口所共稱而實依於仁游於藝之所致也君詩云投簪猶未賦歸去秋老家山二頃田嗟乎君欲歸臥故山而天意人心未之許也將假君手上復聖躬健康下救斯民疾患則今日之讌不可以賦歸田也頃君寄詩索和予從天意人心之所歸趨竢十年之後而和之亦未爲晩也嘗聞君童年在日尾直子女史塾時予妻亦同在塾與君相識而妻之罹病也請君診療則予之於君因緣不淺故序其集如此壬戌孟春友石松井廉撰

凡例四則

一大正辛酉十月予爲大學教授二十五年先輩知友門弟招予及妻兒張賀筵偶賦秋懷三絶次韻見寄者一百八十餘人纂錄爲一集存于家兼頒同人

一敘次以接手前後不存親疎於次第不置短長於排列

一癸亥九月震火災僅以身免家什與書卷一半烏有大方寄示佳什匆忙之際散佚者不尠求再寄繕寫所以排印稽延至今日也

一此集排印費年月寄稿者往往歸道山爲之悵然今

讀遺吟痛恨曷已

丙寅七月　入澤達吉識

秋懷唱和集

秋懷三首 并引

雲莊　入澤達吉

予承乏大學教授二十有五年于玆矣今秋十月念二先輩知友門弟胥謀張賀宴於上野精養軒招予及妻兒且贈以畫像二幀及獎學資一萬金予感荷弗措宴後一日偶得詩三首題曰秋懷敢抒情素呈覽大方伏請高和云爾辛酉嘉平月

喞喞蟲聲惹暗愁一年容易又逢秋半生空鼓齊門瑟
恐落人間第二流

講學泮宮三十年濟生何術繼前賢投簪猶未賦歸去

秋老家山二頃田

新程邐迤奈愁何舊事參差夢一過半夜燈前欹枕聽
梧桐風雜雨聲多

雲莊博士見似秋懷詩三首卽步瑤韻寄贈幷
希正　　夢舟　塚原周造

莫道人生識字愁等身箸述有千秋致知格物新天地
獨步蓬瀛第一流

學府下帷年又年脫胎換骨駭先賢錦衣未照隍池水
更買丹砂勾漏田

翊衞勾陳如夜何紫微深坐客星過司臺警奏龍顏笑

那識嚴陵天眷多

步雲莊博士瑤韻　天台道士　杉浦重剛

長生久視不知愁擬駕扁倉三十秋綽綽欽君有餘裕
白雲莊裏自風流

三折千之幾十年研精請益泰西賢雄圖如彼更醫國
利見大人龍在田

次雲莊入澤博士秋懷詩韻賀在職二十五年

天葩　草間時福

靈方能足解憂愁博士聲譽高似秋詩筆縱雖餘結習
煙霞痼疾是風流

泮宮講學廿餘年濟濟升堂幾俊賢香嶽定應仙藥足
不須勾漏說丹田
七竅成身奈病何萬人乞治德輿過回春有此一雙手
却向悲秋拈韻多

秋懷次雲莊入澤博士韻

小峴　金枝道三

遠客從來易惹愁況逢澤國雁天秋多情唯有長江水
東向家山日夜流
絳帳育英三十年回生神技壓先賢杏壇今日猶榛莽
不許歸耕負郭田

浮生榮辱竟如何一枕黃粱大夢過回想年前無限事
傷心不獨入秋多

次雲莊博士秋懷韻以贈

鶚軒　土肥慶藏

不仿世間人漫愁泮宮講學過春秋門生歸德皆如海
請看百川東向流
名流輩出一年年其德有隣當代賢至竟養才培異卉
真成學殖墾畬田
越嶽幽居問奈何垂蘿磐石少人過致身福地逍遥日
手種琪花瑤草多

再次雲莊博士韻余亦言懷

白雲紅葉可忘愁粧點函山九月秋休沐受恩耽箸述
有時吟屐最風流

求道辛勤過廿年不論古聖與今賢我曹同有人間務
尚購圖書未買田

謝公幽事又如何興到探秋蔑以過日著登山雙蠟屐
袖歸幾朵白雲多

三疊韻雲莊入澤博士秋懷三首以贈

風雨杏林誰掃愁泮宮相識幾春秋欽君綽綽存餘裕
詩筆遙追萬古流

講學濟生三十年家聲器宇壓先賢一犂煙雨春方好
丹杏紅桃自滿田
恩風惠雨感如何咫尺龍顔幾度過想得離宮春靄靄
葉山依舊瑞雲多

次雲莊博士詩韻　復原　河西健次

蟲聲月色易催愁旨酒唯當送九秋笑殺當年首邱賦
明時莫做舊風流
育英濟世卌餘年醫國名聲凌昔賢桃李一門春可待
鶴情遮莫在芝田
太夢昏懵奈我何唯當醉裏百年過四簷一夜蕭蕭雨

却向君家枕上多

賡入澤雲莊博士秋懷詩韻呈政

蘋園　阪本釤之助

清罇自不着詩愁竹樹生涼夏亦秋忙裏得閒殊有趣
刀圭翰墨兩風流
緑陰繞屋日如年公退堪親酒聖賢知是兒孫能繼業
傳家未必買良田
仁人施術感如何病客門前成市過名及千秋應德久
功傳萬衆得生多

述懷用入澤雲莊博士韻

少年載筆本無愁放浪坤輿十過秋品盡名山評盡水

華山　茅原　廉

人生知字亦風流

文質雙全自要年五十髣髴古之賢柔毫好代傳家劍

欲拓人心萬頃田

時事堪傷竟奈何春光一瞥夢中過孤燈半壁蕭蕭雨

暗淚多於花落多

次雲莊入澤醫博近什韻

金谷　渡邊千代三郎

滿架詩書足散愁講醫硏學幾春秋名聲嘖嘖傳天下

教授功成碩德流

辟雝奉職廿餘年起死回生稀世賢至竟育英如種玉
人稱學海有藍田

和詩誰好似羊何騷客敲門日夜過休問家山田二頃
三千弟子秀才多

次入澤國手秋懷瑤韻　竹溪　平山成信

年光荏苒易催愁華髮蕭蕭不耐秋却老由來無妙術
君家橘井任香流

育英講道幾年年國手名高一世賢偏爲乞治人滿戶
家山未得賦歸田

公暇吟哦興若何許不載筆遠相過詩名特與醫名比
珠玉篇篇佳句多

贈雲莊入澤博士次其秋懷詩韻

極到　金杉英五郎

世路崢嶸不堪愁都門相見幾春秋夢中應有江山好
雲自蓬蓬水自流
爾汝論交三十年一樽無恙賴君賢鏡中華髮雖俱老
未向青山買墓田
半生療俗可如何驚鵲門前任客過不啻令譽醫界遍
詩名仍出杏林多

遥承雲莊入澤老國手先生在大學二十五年

賀莚奉贈仍步其自賀詩瑤礎三首

鶯城　伊藤　謙

日把刀圭劑四愁蟠桃何算五千秋青囊玉杖畫圖裏

想看蓬山第一流

高臥匡廬知底年風流躅已接前賢杏林二月花方好

一杓春泉灌藥田

我意報之終用何青衿羅拜跪堂過人間一斛救生遍

八斗黄金未作多

次雲莊入澤博士秋懷詩韻

松江　多納榮一郎

東風狠藉落花愁三月暮春淒似秋剛憶人間無限事滔滔不返大江流

學林師範幾多年醫界彬彬門下賢方值吾　皇不豫日扁公爭得賦歸田

少小分攜意奈何參商萬里絕經過都門再會空衰老鏡裏憐吾白髮多

再次雲莊入澤博士秋懷詩韻

藥爐經卷惹春愁花笑鳥歌心似秋憶昔同遊文化地如今悽寂淚空流

授業俊髦三十年身爲學長御羣賢良醫自古同良相
未許清時憶故田
往事茫茫奈我何百年如醉等閑過功名身後任蕭寂
白首生前遺恨多

三疊韻雲莊入澤博士秋懷三首以呈

鷄羣滿地不勝愁一鶴冲天萬里秋既活人來還活國
扁倉未敢忝名流
指南學海幾多年造詣尤深軼古賢仁術自生千石粟
故山何用買良田
世路崢嶸可奈何駑駘老去苦難過前程尙遠日將夕

顧望低徊感慨多

四步雲莊入澤國手秋懷瑤礎以呈

主人怡樂豈知愁正是闔家全慶秋八月納涼山館夕
殘蟬如水好音流
嶄然頭角憶青年才氣無倫一世賢濁浪排來平性海
污塵拂去淨心田
湯熨如痾不退何越人仍有草廬過生來修得軒轅術
一瞥杏園春色多

五和雲莊老國手秋懷高詠賦呈

日獨鴻儒不用愁交驩復舊足千秋賢勞至竟成功後

君是杏林推一流
傾意活人年又年箕裘三代悉才賢奉承門弟多名世
陰德優他買美田
兒女趨庭慶奈何雙親膝下戲嬉過良妻況又兼賢母
淑德逾高內助多

更六步雲莊先生秋懷玉礎書感

綿綿情緒不堪愁亦復今年入素秋蟲語葉聲驅暑熱
已看灝氣九霄流
今人惡老願青年遙討西州斯界賢我輩寄生天地裏
優游獨自耨心田

老來愚拙奈愁何歲月匆匆容易過應有秋風鱸鱠美家江入夢感殊多

七疊前韻呈雲莊入澤先生

師嚴官冷鬢添愁絃誦杏壇三十秋心健且誇身亦健不輸新進壯年流
學問何爲論歲年磨礱樂進是名賢注將一世之心血開拓不毛千古田
杏林風物近如何烱眼知君不默過寄語青年學醫友以文須解蟹行多

次入澤雲莊先生秋懷三首韻以呈併政

椿園　玉木懿夫

乾霜上鬢不添愁附後傳方廿五秋借問人間安樂法

先生定是四休流

知有大知年大年一門弟子仰其賢憑君試得紫陽鼎

千載來觀東海田

活人活國意如何金匱半生容易過春煖尋香蜂蝶到

杏林栽得萬株多

雲莊博士見示秋懷絶句次韻率賦

東郭　落合爲誠

吟心何必暗生愁城裏又逢風露秋清坐偏思山館景

白雲喬木擁寒流

杏林講道已多年　博士盛名如古賢　知是幽情拋不得　欲追元亮賦歸田

山中采藥意如何　涼滿離宮雨正過　恩賜琪華捧持去　四圍嵐氣透衣多

步雲莊博士瑤礎謹呈　松陵　山口宗義

蟲聲鴈語惹詩愁　月冷霜天半夜秋　不信齊門空鼓瑟　東台雅讌會名流

夜雨迎朋話昔年　霜晨繙帙學先賢　頤神養性秋窗底　幾畝香風起藥田

如此菊楓時節何門前不許客空過豈唯桃李成蹊盛
又羨君家秋色多

次雲莊博士秋懷高韻賀其在職二十五年
映雪　谷村　康

廿五星霜忘客愁講堂此日正逢秋門生猶坐春風裏
共仰高公郝老流
故園松菊記栽年未許掛冠追晉賢久爲蒼生治二豎
刀圭以外闢瓊田
聖世扁倉知幾何商飆蕭屑杏林過依卿更起刀圭術
餘事風流樂亦多

次雲莊博士芳韻　芳堂　三宅猶之丞

功名富貴不知愁逢著人間萬寶秋莫傚家園歸去賦
濟生講學亦風流

軒岐邈矣幾千年五苦六辛勞世賢造化於今存祕境
非君誰耨未耕田

薰育英才樂若何四方負笈競相過弘施博濟克傳道
奚翅嘉慶天賚多

次韻入澤雲莊博士詩却呈三首

五江　小川通義

不道途窮不說愁江湖萬里騁名秋達人夙有回生術

占得刀圭第一流

醫國醫人廿五年雲莊博士世稱賢風流復究彫蟲技
不怪明窗耕硯田

畫像齎時喜奈何及門子弟謝恩過可知東閣敲詩處
澹月梅花發興多

次雲莊入澤博士秋懷詩韻

耕雲　高田羣司

霜楓滿地不知愁別墅景光尤可秋更羨主人詩畫趣
半因富貴半風流

薰毓門生茲有年功勳夙已駕前賢半生濟世積陰德

應爲兒孫不買田
窮通有命竟如何只合刀圭歲月過秋夜眠醒思國步
愁看前路暗雲多

次雲莊先生秋懷詩韻　學鷗　松田　甲

起死回生不要愁賀筵恰好菊花秋名聲已有薰千里
真是人間第一流
公餘吟嘯日爲年豈啻先生醫國賢雲影滿莊塵不到
聖時漫莫說歸田
天涯漂泊奈吾何歲月匆匆夢裏過欲接温容談往事
一窗風竹霰聲多　自註士兄工學博士大竹多氣曾受先生之治療深感于其施術此

詩及之

雲莊國手有詩索和次韻粲政

芥屋　石井　亮

此賢二豎暗相愁可比彼姝紅頰秋獺髓合膏非我事
開流要激洗肓流

濟生功績屢經年聞道泮宮多出賢碧水丹霄志不得
鶴情暫負紫芝田

想見風標奈久何紉蘭佩菊廿霜過懷人最是屬秋夜
四壁吟蛩似雨多

次雲莊入澤博士秋懷詩韻

百歲除詩何有愁無端示疾但因秋幕天席地吾將老
却慕醫官第一流
霞厓　山來　彥
仁術施來玆有年清名久矣軼時賢更將餘事見真性
筆下詩開幾紙田
泮宮老境意如何三十餘年容易過憶起湖翁詩句好
東京城裏故人多
次入澤博士秋懷芳韻　雨堂　藁井贊光
讀書萬卷古今愁虛室又逢明月秋深省桂香吹縹緲
滿天金氣入簾流

庠序育英三十年高譽一世識君賢清時縱有東籬菊
未許歸耕栗里田

奈此横秋老氣何天懸雁字夕陽過夜來潘感宋悲外
一穗青鐙照夢多

次雲莊入澤博士秋懷韻三首

春水　村松春水

驅逐人間百病愁濟生二十五春秋萬家額手齊欽仰
君是刀圭第一流

回生起死幾年年不獨聲譽凌昔賢子弟滿門多俊秀
匹如美玉出藍田

面牆無奈學人何千載刀圭君獨過餘力文章亦能筆
淮陰才大辨多多

再次雲莊入澤博士秋懷三首韻

雙肩擔得萬家愁辛苦濟生三十秋胸裏別存閑日月
緒餘文字劇風流

講學泮宮三十年濟生心事軼前賢明君在上蒙知遇
休憶家山二頃田

獨立秋風喚奈何白頭不管歲華過一衫易濕憐人疾
自古仁人涕淚多

次雲莊博士秋懷詩韻

澱橋　淺田吉太郎

乾坤不盡古今愁況值西風搖落秋胸裏有詩好超俗
居然名字占清流

醫國醫人三十年詩才又是接前賢功成名遂心猶壯
家有餘貲未買田

男兒那用喚如何可愧百年徒爾過絕代名聲醫國手
前途猶是待君多

讀雲莊博士秋懷因其韻賦呈

龍山　大井玄洞

刀圭以外不知愁講學官黌三十秋詩酒時爲花月友

分將餘力樂風流

起死回生久有年神功不讓董仙賢蒲城種德無寧日
拓得人間大福田

百歲如今餘幾何年光大半客中過坐來吟此秋懷句
不耐鱸魚入夢多

秋懷次雲莊入澤博士瑤韻

縱園　內藤政舉

蟲語與吾同此愁書窗奚止一人秋庭前落木方蕭瑟
似水青燈影欲流

和雲莊入澤國手瑤韻　物外　佐藤恆二

未學張衡賦四愁知君得意領清秋錦囊在右青囊左
併占人間第一流

次雲莊博士秋懷詩韻并請政

耐雪　横山大藏

滿架牙籤可忘愁書中歳月幾春秋知君夢到神仙境
橘井泉清萬古流

採藥香山年又年羣仙相待杏林賢料知消夏閑中業
種秫栽芝別有田

春色杏園觀若何及門弟子遠來過醺然皆醉延年酒
太似薰陶得化多

和雲莊入澤博士秋懷三首

方山　八木善助

瀟洒襟懷何貯愁濟生講道幾春秋青山逝後雲莊在
學海不須分派流

先生未届古稀年尚講經方似古賢二頃桑麻任荒矣
赤門種玉勝藍田

門下英髦果幾何將醫國手寫詩過忙中未賦歸田去
辜負故山猨鶴多

贈雲莊入澤博士次其秋懷詩韻

半江　富永　勇

起死回生除病愁憑君士女保春秋這般殊績將無盡
醫傑當今第一流

先生未老富天年斯道如今推世賢元是杏林仁者業
一言一動作悲田

奈此刀圭妙術何名聲藉甚閱年過春風駘蕩雲莊裏
門葉蓁蓁不耐多

次入澤博士秋懷之韻　敬軒　久保木昇

渺渺煙波漫惹愁思君不見大江秋何當共載烏篷月
容與關東第一流

噏霞遮莫說延年醫國盛名凌古賢忽被秋風吹意緒

京華回首想歸田

聽秋此夜感如何竹外金風一霎過想起君家濟生妙
爲儂除却病愁多

次雲莊國手秋懷詩韻　仁里　久保木謙

診脈捫心除病愁技驚神鬼氣凌秋如今醫國任何大
未許溪山學枕流

妙技神方究幾年扶將後進續先賢聖時自重先生任
勿說家鄉種秫田

鏡中霜鬢奈秋何驚見炎涼一夢過憑仗夫君長駐景
高風百歲感人多

次雲莊博士瑤韻　銅谷　久保木雄

人才輩出不知愁講道官黌廿五秋誰識胸中閑日月
縱横詩筆壓時流

醫國名聲久有年濟生妙術駕前賢千林種得杏花遍
休說家山二頃田

奈此酒悲詩瘦何一年容易又將過願投一服款中散
時發煙霞痼疾多

賀雲莊博士勤仕二十五年奉次其秋懷詩韻

錦江　萩原八十吉

醫得膏肓肺腑愁神方妙伎足千秋光譽齊仰活人德

名字咸推第一流
杏林欝茂幾年年濟世陰功邁古賢遮莫仁人游豫少
邦家未許賦歸田
不用風雲問若何丹房歲月静中過好言起死回生手
贏得君家餘慶多

次雲莊入澤博士秋懷韻

天南　木村　庫

育英濟世豈知愁却怪吟心不耐秋三十餘年惟講學
青囊收得幾時流
泮宮奉職幾何年博士聲譽軼古賢誰道回春精妙技

未離文字餉文田
鏡中勳業復如何世態炎涼夢一過好有家山長駐景
黛眉縹緲悅人多

次雲莊入澤博士秋懷三首韻

霞洞　武田　白

幾回抽筆寫閑愁獨坐懷人詩裏秋何日出門時一笑
杏林餘蔭接名流
講究醫方三十年仰欽陰德駕前賢杏林盟主富財貨
欲爲家門買美田
別墅紅倉夢奈何吟詩讀畫送秋過幽篁風與梧桐月

坐使高人清思多

和雲莊入澤博士秋懷詩韻

旭牕　植村　頤

天地百年何有愁春風滿屋不知秋公餘夢遶山中墅
定濯冠纓枕碧流

授業諸生廿五年人推一世杏壇賢居然着手成春處
功德千秋福有田

奈斯賡韻未成何疎性爲慵徒爾過胸裏欽君閒日月
四時風物入詩多

奉和雲莊博士瑤韻三首

三香　本宮　庸

肘後方醫病客愁以仁爲術幾春秋鍊丹餘事閑敲句
三峽詞源盡倒流

國手譽高五十年折肱妙術壓羣賢杏林別拓三三逕
豈說故園彭澤田

有隣其德也如何莫謂功名夢裏過孰與當年麟閣像
畫中風貌笑容多

次雲莊入澤博士秋懷高韻

桂園　竹內元正

曠世名聲奚復愁濟生妙技足千秋緒餘翰墨亦精巧

詩品當推第一流

荷重杏林三十年回春功業勝前賢更探靈祕救人世
未許家山買美田
大學歸來興若何春風載酒客相過杏林今日人材蔚
皆賴先生訓育多

和雲莊入澤博士秋懷高韻賦此寄呈聊表
祝意云　　　　楫浦　高塚　躋

鍼藥能醫家國愁半生循職泮宮秋卽今誰繼扁倉後
濟世如君第一流
欲乞丹砂駐暮年因循未訪杏林賢詎圖茲日蒙嘉貺

欣覩天葩簇紙田
三復佳章予謂何茅堂疑是好風過命妻朝侑明尊酒
遥賀先生慶福多

次入澤雲莊博士秋懷詩韻予亦言懷

裳川　岩溪　晉

定遊香嶽可銷愁雲臥衣裳冷似秋更挽天河供濯足
人間何處有清流　自注博士每夏在香岳別莊銷夏數辱招邀未得一遊也雲臥衣裳
冷老杜成句

病在繩牀伏枕年夢逢勾漏葛洪賢今來却喜仙緣薄
免以丹山作墓田　自注予往年患丹毒頗劇博士與鵠軒博士盡力施治幸得癒

世間名利奈君何眼底雲煙一瞥過泮林自有薰園趣
特地春風種杏多

次雲莊博士秋懷高韻三首

霞江　富安　晉

先生知樂不知愁堂上毓英春又秋更見藝林才八斗
一枝筆欲擅風流

講道杏壇三十年彬彬世上出羣賢人間自得神仙術
萬頃城中種玉田

世上名聲本奈何百年天地不空過一枝豈把桂林比
其德有隣傳道多

次入澤雲莊博士秋懷韻以寄呈

藻城　長尾折三

積善之家不解愁餘慶何限幾春秋功成名遂身仍健
君是人間第一流

醫育濟生三十年聲譽豈敢讓先賢更欽公暇奚囊富
于月于花耕硯田

襟懷磊落奈君何新樹窗前雨一過相遇相逢不相語
春風自覺坐中多

雲莊入澤博士在職二十五年次韻以祝

馬溪　松山秀雄

醫國從來何復愁積功況有富春秋如今博識兼才學
杏樹林中第一流
庠序精勤廿五年回生醫術駕先賢三千子弟皆成業
誰若君家好學田
學究源淵人幾何漢書洋籍眼中過別看餘事風流筆
一種天真妙藻多

次入澤雲莊博士秋懷韻三首

拂雲　高橋貞頣

清興湧時無暗愁祝觴二十五年秋平生事業奬英在
正是杏林推一流

夢繞向陵頻閲年盛名直欲駕前賢先生令德長無盡
不要兒孫貽美田

杏林橘井感如何烏兎匆匆歲月過斯道一齊推妙手
三千弟子儁英多

次雲莊博士秋懷韻　耕南　水越成章

白頭講學一年年篤志如君抵昔賢桃李滿門須培育
春風何暇賦歸田

次雲莊先生秋懷韻　松石　錦織　喜

神仙眷屬固無愁花月優游春又秋偉績杏林垂竹帛
高風萬古仰清流

次入澤博士韻言懷　如如　杉原滿龍

度生說法幾多年水意雲情慕古賢又有禪餘閒課好百花千草種詩田

次雲莊入澤博士秋懷韻以贈

況翁　石黑忠悳

回生起死解人愁肘後傳方得意秋橘井餘香千古足人間誰不汲清流

美譽芳聲三十年去疢除痼軼前賢閨門更有良妻助采采穿雲入藥田

紅倉山水夢如何三十年來幾度過無限春風似仙洞

曾栽桃李滿門多

次雲莊入澤博士秋懷韻以呈乞政

梅軒　宇山　繁

醫人醫國已經年餘事又推文字賢不怪錦囊珠玉滿
料知胸裏拓藍田

次入澤老國手秋懷瑤韻却寄

毅堂　二條厚基

白髮蕭蕭何足愁皇都名重卅春秋一門子弟皆爲用
不是尋常講學流
大學爲師廿五年刀圭妙技駕前賢風流別有詩書樂

退食自公耕硯田
秋夜燈前喚奈何枉言半世夢中過等身箸述千餘卷
傳到江湖效績多

次入澤雲莊博士秋懷瑤韻却寄

華山　柳原義光

夙爲人間掃萬愁刀圭二十五春秋陰功濟世誰能爾
莫是華佗扁鵲流
誰謂浮生五十年餘慶更見子孫賢杏林春雨長施德
辛苦何須買美田
秋月春花興奈何優遊容易歲華過世間人物渾如許

不似先生功德多

次雲莊入澤博士秋懷韻以贈

天籟　大木遠吉

世上窮通豈足愁文旌大學廿餘秋功成名遂真賢哲

不是齊門鼓瑟流

攻學歐洲想昔年硏鑽方技訪名賢歸來庠序執牛耳

天爲先生錫福田

世途險峻可如何豈得尋常一瞥過倚賴君家醫國手

人間不獨濟生多

次入澤老國手秋懷瑤韻却寄

天尊　龜谷聖馨

俯仰乾坤豈有愁一生操節逼高秋百川東向皆歸海
不問清流與濁流
醫國醫民三十年何曾功績讓前賢古今天地一回首
高士如仙福有田
勝水名山奈我何夢間山屐又經過高人賜與款中散
幾歲煙霞成痼多

次雲莊入澤博士秋懷韻三首

理堂　關場不二彥

似抱人間萬古愁區區不數鬢絲秋聖時勳業如相問

固屬刀圭第一流

麒麟天上憶當年家學人推海內賢汲汲育英三十載
種將美玉遍藍田　博士祖父健藏君尊公恭平君叔父池田謙齋君皆以大醫有名于
一代第二句故及

京洛風流近若何登樓目送一鴻過遙知畫閣張燈夜
擊鉢分箋得句多

奉賀雲莊入澤博士在職二十五年攀其秋
懷高礎　舟溪　遠藤　大

育英有樂不知愁何管鬢絲添白秋桃李滿門春如錦
花光暎發幾才流

學峰高聳廿餘年豈止聲名壓昔賢濟世更成君子德
千秋爲憶古圭田
醉花嘯月樂如何遮莫匆匆烏兎過借問壽山高幾許
半生仁術救人多

次入澤雲莊博士秋懷詩韻三首

柳堂　春日井　謙

金屋玉堂何說愁滿園花鳥度春秋恪勤二十五年永
學德真推第一流
恰值人間六十年青囊妙技軼前賢回生起死多餘德
絶勝營營買美田

擬到扁倉又奈何泮宮講學廿年過看君榮達讀君句便怪篇篇感愴多

次雲莊入澤博士秋懷韻奉呈

超然　高坂景顯

襟懷豁達百無愁不似世人空歎秋博士衷心清似水榮名夙向四方流

泮宮教授既多年門下還看克養賢況復心身清且健彼蒼未許賦歸田

書劍飄零奈我何日來通刺欲相過都門此去三千里夜夜音容入夢多

次雲莊入澤博士秋懷瑤韻

菱崖　小笠原辰治

志在育英甘萬愁不容歸臥故山秋彬彬門下俊髦足欽仰刀圭第一流

學究東西從夙年岐黄醫國駕前賢濟生更有箸書業淨几明窗耕硯田

適意吟詩興若何叩門許否一相過滿園楓葉麗於錦九月雲莊秋色多

次雲莊博士秋懷詩韻寄呈

滄洲　金岡稠也

藹然情味可銷愁賀宴方逢紅葉秋好與門人醉尊酒
酡顏綠髮也風流
濟生講學廿餘年杏已成林軼古賢醫國真方天錫在
燦然出玉是藍田
勳業由來君謂何醉醒不管歲華過夕陽黃葉詩心爽
翻覺清秋樂事多

次雲莊博士秋懷詩韻　後凋　青山松壽

謙讓休歌字字愁育英二十五春秋何須麟閣功名盛
學府勳高第一流
講筵垂教幾何年方技入神凌古賢愛惜邦家留至寶

投簪不許賦歸田
回顧先生感奈何薰陶不倦歲華過孔丘七十纔高足
孰與君門桃李多

次入澤雲莊博士秋懷韻三首

衣水　菅川九二

內助成功不見愁專心講學足千秋杏林泰斗人皆仰
海內高居第一流
大學居官三十年半生勳業勝前賢緒餘時把詩毫試
紅杏生雲濕硯田
謝公別墅景如何園菊塢楓秋欲過此處先生應快意

竭來富貴不堪多

次雲莊博士秋懷韻述懷

東耀　中濱東一郎

西風蕭瑟欲吹愁　一葉梧桐影素秋
贏得鏡中雙白髮
百年空付大江流
駐顏有效醉過年　日夕相親酒聖賢
老後開園鋤藥草
先生此處抵歸田
秋夜難眠奈我何　數聲雲外鴈鴻過
世間人事茫於夢
思到行藏感慨多

次入澤雲莊博士秋懷韻以贈

南陽　久保　敏

人生百歳易生愁眼見梧桐一葉秋月出東方初入夜
銀河有影向西流

毓英講道廿餘年覃思硏精亞古賢胸底應藏秋夜月
空靈一片護丹田

庭前風物定如何青女飛霜昨夜過欲問紅楓烏柏樹
添成秋色幾分多

次入澤博士秋懷詩韻　春城　本田桓虎

世事有端多有愁時移節換作春秋活民醫國元無別
何用人間論品流

東走西馳年又年風塵難逐古人賢客窗燈火家山夢
歸去來兮蕪盡田
其奈心事易違何百歲黃粱夢半過却笑功名贏得在
鬢霜偏向鏡中多

秋懷三首次入澤雲莊詞伯韻

雷塊　石野勝五郎

窮達惟天何說愁新涼燈火又逢秋靈心透徹風塵外
不問人間第幾流
東籬培菊幾年年冲淡生涯懷昔賢報國丹心終始一
杏林擬拓未開田

鬒霜照鏡竟如何功業無成歲月過寄語青年須勉勵
老來人事悔心多

次雲莊博士先生秋懷三首韻

蘭馨　岡崎　桂

休道吹笙鼓瑟愁西風何敢賦悲秋清時獨占別天地
眼底百川多濁流
芳聲藉甚廿餘年門下士如東閣賢久矣泮林親種玉
勝他蕙圃與芝田
玉尺難量歲幾何陶鈞顯績仰經過有人一在衆中見
唯覺驚魂動魄多

偶感三首次雲莊詞伯秋懷韻

篁園　石崎政沆

年華倏忽轉牽愁已閱人生六十秋宿昔青雲歸一夢
枉將詞筆就風流

徵逐文壇幾十年要開斯道繼前賢世人休笑吾生拙
不覓黃金買美田

奈此秋風寂寞何草堂無復一人過深宵惟有窗前月
偏照讀殘書帙多

次雲莊入澤博士秋懷三首瑤韻

小艇　大柳榮治郎

詩足攄情酒破愁最宜一嘯此高秋想君深夜覘天象
木末銀河浩浩流
螢雪研鑽茲有年名聲終壓一時賢知君方寸藏天地
開拓心中萬頃田
酒悲成疾奈吾何百歲乾坤一醉過乞藥他時相訪日
滿園紅著杏花多

次雲莊入澤博士秋懷韻以仰鑒政

韙山　中岡　默

蟋蟀蟪蛄如有愁光陰逝水幾春秋通才自是空千古
莫道人間第二流

美譽芳聲久有年五禽之戲倣前賢殷勤誘導心生久
種德方知補有田

人生感慨果如何講道年華廿五過盡舉贈金供學事
俊資養得俊才多

次雲莊入澤博士秋懷三首韻

蘆城　田村　榮

嘯月吟風可解愁書窗醉夢不知秋由來博士多嘉福
漱石何爲又枕流

杏林治病幾年年大小脈方凌古賢萬乘明主辱殊遇
故山何用買肥田

幽居奈此暮春何無限新愁一笛過莫是蝶悲鶯怨淚
落花枝上雨痕多

次入澤博士秋懷詩韻

享庵　前田令太郎

一生得意不知愁斯道精硏春復秋君是東黌良教授
有才有學軼時流
起死回生幾閱年又能詩畫擬前賢詩風恰是孟東野
畫法應同沈石田
講學孜孜興柰何朅來授業卅年過願君秉鐸長循職
濟濟東黌出士多

奉和雲莊博士秋懷韻　雪崖　門脇吉丸

明日清風須解愁平生詩賦足千秋脈方別在扁倉外
君是人間第一流

講學孜孜三十年一門桃李簇羣賢退公時復有幽事
自剪嘉蔬立白田

故園風物果如何客裏光陰駒隙過今日登高酬令節
紫萸黄菊感逾多

奉次入澤先生秋懷韻　石萍　宗像　鐵

不說榮華不說愁育英矻矻幾春秋學窮今古術歐米
君是刀圭第一流

記曾拔擢在青年今日醫科駕昔賢北越鄉人應喜語
我州生玉是藍田
公餘諷詠興如何蘊藉風流歲月過最是襟懷瀟灑處
令人景仰不勝多

次雲莊博士秋懷瑤韻　石舟　宮田去疾

買酒有錢堪掃愁世人何事每悲秋樂夫天命須終歲
松菊猶思隱逸流
碌碌空過七十年讀書唯識慕前賢從來暖飽非吾願
養老有金何買田
髩髮踈踈奈老何笑看世事眼前過蟲聲如雨天如水

秋思偏於月下多

次入澤雲莊先生秋懷詩韻以贈

鶴洲　栗生　武

先生莫漫藉詩愁　一夢梧桐夜雨秋藐視功名輕富貴
流風千歲博風流

濟生講學廿餘年門下彬彬世世賢長向人間留瑞色
匹如穲稏滿秋田

駸駸醫術進如何西學東漸無以過百歲死生雖有命
折肱絕技活人多

次韻入澤博士秋懷三絕

澹如　滑川　達

依依舊恨與新愁搖落正逢天地秋要識先生無礙處
翻瀾海裏見安流

振鷺于飛三十年還開東閣掖羣賢不求栽樹成陰計
下種門生方寸田

姓名祇合付何何半白頭顱六九過那用撐腸五千卷
不如飽暖一杯多

辛酉歲抄寫秋林書屋圖併次雲莊博士秋懷
三絶韻寄希兩政　晈亭　內野五郎三

黄林紅樹夕陽愁寫出溪藤一幅秋乞與君家靈妙術

煙雲供養見風流
躡閣攀林閲卅年杏壇養得幾多賢崑崙仙籍煙霞富
別有開雲種玉田
蜉蝣天地意如何富貴功名瞥一過豈可執冰夏蟲咎
老來定嘆鬢絲多

次雲莊入澤博士秋懷韻

象軒　平野直文

夙昔難銷社稷愁閲來斯界幾春秋濟生天職席無煖
君是平頭醫國流
星移物換歎流年淨几明窗接古賢堂奧諸生材未就

優游不許賦歸田
學海如今果奈何滔滔棄舊拾新過積年研究略堪識
品彙休言几木多

步雲莊入澤博士秋懷高韻三首

鳳山　小山忠雄

青燈一夜不堪愁萬籟蕭蕭又報秋學在濟生調國脈
欽君餘事有風流
藉甚盛名三十年仁人業不讓先賢兒孫自有兒孫計
何用家山買美田
學海前程果奈何官情一夢半生過崢嶸世路風濤險

節入悲秋感更多

恭次雲莊博士秋懷詩韻錄呈

松南　石渡秀實

博愛是仁何說愁志存濟世自千秋通才宛轉人如玉
開口高談亦一流

身任毓英三十年彬彬輩出一時賢消閑餘戲風流事
隨意作詩耕硯田

昨非今是感如何四十年前夢一過垂老獨悲醫國志
生憎白髮賺人多

次雲莊博士秋懷瑤韻賦呈

南山　畑野艮平

青囊欲去萬人愁三折其肱得意秋更向煙霞醫痼疾
香山高處白雲流
湖海名馳幾十年活人妙技駕前賢楓宸拜賑寵榮厚
紫綬承恩福有田
滿門桃李喜如何教養英才年月過仰看泮宮留畫像
後生懷德頌聲多

次入澤博士秋懷詩韻三首

南溪　林　茂吉

逍遙澗壑欲忘愁屢賞紅倉木落秋好箇幽莊塵不到

賦詩呼酒亦風流
講學濟生三十年陰功果見駕前賢杏林着手多春瑞
不爲兒孫買美田
奈斯文化變遷何孰與黃粱夢一過砥柱中流醫國手
引援門下秀才多

和雲莊博士秋懷瑤韻三首

香浦　本間健四郎

越山勝景足消愁九月清霜楓葉秋賜暇一旬休浴日
雲莊博士擅風流
泮宮奉職廿餘年醫術咸言軼昔賢聖代殊欽恩寵渥

投簪未許賦歸田

奈此秋風落寞何一年容易夢中過知君百世傳聲譽
門下三千才俊多

次雲莊博士秋懷韻　龍谷　甲野　棐

萸衰菊老易催愁炎帝送來仍送秋對此清涼成底事
退公敲句亦風流

醫界馳名茲閱年禁方應比越人賢君身卜得餘生事
歸去來兮有好田

時讀陳編心奈何忙中歲月夢中過秋深四壁殘蟲語
偏在孤燈青處多

次入澤雲莊先生原韻奉呈

天真　萩原兼愛

爲救人間無限愁庠黌講學幾春秋内科妙技無儔匹不是尋常國手流

教育羣英廿五年杏林叢裏夙推賢邦家未許挂冠去休說躬耕下野田

埋頭黄卷若君何富貴功名夢一過牘得忙中閑日月秋懷三首感人多

次入澤雲莊先生原韻奉呈

鴨南　寺島靖逸

夙懷大志救民愁講學不休春又秋胸裏常藏閑日月
達人心事自風流
教育俊才三十年杏林夙許棟梁賢公餘更把詩材去
隱几優游墾紙田
才思豔麗奈溫何借月支風叉手過日出芙蓉峯影好
詩成坐上瑞光多

次雲莊入澤博士秋懷韻

菊畦　西川　光

老境何邊白髮愁恪勤二十五春秋箕裘繼得名逾顯
便是人間第一流

醫人醫國卅餘年本意從來世養賢縱有家江鱸膾美
未容容易賦歸田
佳氣藹然觀若何幾人相駕載樽過紫蘭并見列珠玉
濟濟一門名士多

次雲莊博士大人瑤韻　豐陵　青木定謙

康壽曾無四大愁鬢霜休說鏡中秋杏林劉子於君見
卓卓人間第一流
翰林樞要卅餘年欣聽麟兒似父賢不怪一門榮祿盛
封侯爲相面如田
白盡之頭奈老何謝君芳意草堂過好將醫國本然手

仁術醫人思更多

謹攀雲莊入澤博士秋懷芳礎請郢政

貞松　武石　潛

休說絲絲白髮愁醫官二十五春秋彬彬才俊集門下
當代應推第一流

三折其肱在早年一門鬱見杏林賢育英遂志期歸隱
豫向故園修墓田

精技比肩無幾何楓宸拜脈數年過逢遭昭代承恩渥
爲是濟生陰德多

恭次雲莊入澤博士秋懷韻賦呈

耕雲　三谷　仲

菊芳蘭秀入詩愁金井桐飄天地秋悄坐燈前夜將午
蟲聲如雨露如流

朝絃暮誦一年年聖代才名冠世賢天下齊依醫國手
先生不可賦歸田

飄雲世態感如何也遇秋風寒雁過餘事風流贏得好
寧嫌詩債逐年多

謹次雲莊博士韻書懷三首

柳樊　朝倉慶吉

浮生有累不勝愁幾度餞春還餞秋未了女兒婚嫁事

何時五岳恣風流

久矣一官空送年兒孫唯願伍時賢資分伏臘供其學

未買傳家負郭田

風飄梧葉奈愁何垂老光陰一夢過别有郊墟讀書好

秋來夜夜剔燈多

雲莊博士寄示秋懷三絶索和率賦却呈

朴齋　增村度次

樂在育英寧說愁偷閑拈筆偶吟秋雖然詞藻是餘事

志趣欽他超俗流

聲譽隆隆廿五年硏精術夙駕前賢杏林三世君家業

起死回生是福田

蟲聲雁語奈秋何一夜窗前涼影過夢裏田園歸尚未
官家今日待君多

次雲莊博士秋懷瑤韻寄呈

徽潭　久芳直介

鏡中鬢髮未知愁猶見詩詞偏感秋七日一休天地靜
先生餘事是風流

暇時寄傲幾年年越北湘南友古賢不療煙霞成痼疾
風塵寰外拓心田

肱經三折竟如何輩出英髦亦倍過他日黃金宜鑄像

杏壇春色更加多

次雲莊入澤博士秋懷詩韻以贈

誠軒　小山吉郎

術到回春造化愁知君氣宇似高秋激湍急瀨徒成噪別有天河無響流

居職學宮三十年門生皆是一時賢董仙兼得陶公趣種菊園連種杏田

奈此秋風催老何青山白水有誰過爲君好欲吟招隱唯我邨莊桂樹多

次雲莊入澤醫學博士秋懷詩韻予亦言懷

玩古　野村重治

無詩難掃滿胸愁有酒醉過春又秋文字因緣花與月
人間天地亦風流

才疎志大感流年杯裏常親聖與賢未識力耕多所獲
筆爲耒耟硯爲田

奈此乾坤節物何四時眼底等閑過梧桐風又芭蕉雨
驚殺秋人魂夢多

次韻雲莊博士秋懷詩三首

蘘香　八木三彌

杏林仁術夙志愁三折肱來廿五秋湘海越山休沐日

不妨官暇事風流

濟世毓英年幾年羨君抱負媿前賢不將樽散廣文比何勸歸家耕石田

試問先生感奈何芳聲美譽幾年過一身能報君恩澤門下三千子弟多

次雲莊博士秋懷瑤韻賦贈請政

碧江　守谷富之助

歐士山川戰後愁學園荒草早驚秋東方幸在風塵外濁劫曾無起濁流

聞得高名二十年才能學殖一時賢人間如有長生藥

百病頼君方寸田
杏園今日感如何
美譽芳聲蔑以過
世上深知仁者壽
回春有術授恩多

次雲莊先生秋懷瑤韻三首

素堂　西原　康

詩味咀來何說愁
新涼燈火又迎秋
金聲如水和金氣
浩浩詞源萬斛流
講學知君經幾年
泮宮眼見古之賢
世間更仰濟生術
別有青山種杏田
意中歲月果如何
眼底雲煙特地過
一夜秋風吹得急

窗前寸裂碧蕉多

次雲莊入澤醫學博士秋懷韻三首

杏僊　四熊　泰

活人醫國不知愁藉甚名聲三十秋肘後奇方濟生術
卓然自作一家流

舐毫硏墨樂餘年學涉東西凌古賢膝下春風德如海
幾村化作杏花田

賀章山積喜如何弟子三千日日過秋晚風光非寂寞
白雲紅葉繞莊多

次雲莊博士書懷詩韻

賣劍　上村才六

人間何地可埋愁桂玉長安春復秋何幸賴君餘一命
嚼花抱月繼風流
青囊濟世卅餘年夙有名聲軼古賢憐否終生坎壈甚
曉風殘月柳屯田
奈此死生關鑰何折肱而後幾年過飜思時局風雲惡
醫國雄才竟不多

次大學教授入澤博士秋懷詩韻幷正

春坡　渡邊　新

風露淒淒蟋蟀愁都門節物又驚秋吟窗一夜感多少
閑見西天大火流

醫國醫人三十年陰功豈敢讓先賢清時莫作歸休計
秋熟家山田又田
飛鴻落木奈秋何世路崢嶸夢裏過誰道人情如紙薄
三千子弟及門多

秋懷次雲莊先生見示瑤韻博一粲併乞郢政

竹雨　土屋　泰

庾詩蕭瑟本工愁潘鬢零星早感秋歲月磨人人欲老
浮雲北去水東流
秋來絲竹感中年先達朱門孰最賢更誦新詩懷品格
其人如玉出藍田

雞蟲得失近如何竿木逢場一瞥過唯把文章供笑罵
腹中書曝小庭多

次雲莊博士秋懷詩韻予亦述懷

鶯村　明石　昇

人生何物不牽愁況値梧桐葉落秋賴有傳家琴劍在
勳名以外仰風流

都門桂玉幾經年寧問塞廚酒聖賢好是閒人閒活計
硯田耕歇墾心田

鏡裏衰顏感若何青燈白髮幾年過我將試向先生問
却老神方那處多

賀入澤雲莊博士教授莅職二十五年

仙坡　勝島　仙

博士平生不識愁泮林講學幾春秋温敦詩領葩經旨
尙是當年洙泗流

康健未躋華甲年名聲早已壓時賢令郎況有麒麟譽
不向家山買美田

二豎跳梁可奈何奇方投藥幾年過濟生仁術回春訣
桃李滿門才俊多

次雲莊入澤博士秋懷詩韻

藍壺　米山　梅

尊酒成歡散古愁人情誰道冷於秋三千弟子如雲集
醫國仁泉不斷流
講學泮宮三十年未容歸臥學前賢爲君憶起更科路
明月一輪田又田
赤庫溪聲夢奈何吟詩賴得送秋過幽篁明月梧桐雨
夜夜先生清思多

次雲莊入澤博士秋懷韻三首

夢香　上　真行

蒼黔疾病代天愁銳意濟生春復秋請看望聞鴻術力
神泉聖水四方流

破浪乘風少壯年歐西負笈就名賢方書藥物載將返
闢得東瀛大福田
先生今日感如何尊酒招邀怕暑過喜見及門新博士
杏林濟濟逸材多

次雲莊博士詩韻以奉贈

雪莊　中田敬義

令聲鳴世復何愁賀讌爲開辛酉秋學術萬人宗仰久
邇遐來會悉名流
活人無數得延年盧扁有知應避賢珍重刀圭醫國手
皇家未許賦歸田

論講成書定幾何及門弟子日相過玉函祕鑰賴君啓
濟濟俊才從後多

次雲莊入澤醫學博士秋懷韻

雲涯　加藤純吾

人事百端偏引愁夜來庭上又驚秋風聲颯在梧桐葉
看到三更露欲流
兎走烏飛年又年學宮講道世稱賢先生夙作平康計
家有寧馨郭有田
問君活教意如何倏忽光陰夢裏過生怕秋風吹得冷
鬢邊白比去年多

次雲莊入澤博士秋懷芳韻

正堂　齋藤中介

百年嘯傲不須愁醉月吟花春復秋醫國功成名已遂
猶看砥柱立中流
欽仰高風過幾年杏林偉績軼前賢家山松菊開三逕
種德誰知別有田
開醼東臺喜奈何黄花薰處故人過泮宮卅歲育英俊
橘井濟生功德多

雲莊先生見贈秋懷詩卽和瑤韻贈呈

漢陽　馬渡俊猷

名遂功成無所愁活人濟世幾春秋如今愈見脈方妙
國手東洋第一流
花發鳥啼還一年學詩何意慕唐賢平生自咲迂經濟
未向城西買薄田
人間在世果如何爭利競名忙裏過一事無成愧天地
愁兼白髮不勝多

奉次雲莊入澤博士秋懷韻呈政

鶴洲　尾中郁太

餘事吟哦常遣愁況逢紅葉夕陽秋料知香嶽居閒日
于月于花會韻流

獎學濟生三十年勝他扁鵲趁前賢君恩優渥還殊遇
未許家鄉買美田
卅年講說感如何春雨秋風歲月過弟子三千皆頌德
如今斯界令名多

次雲莊入澤先生秋懷瑤韻

玄谷　北村信篤

臥病呻吟不耐愁親來藥餌閱春秋憑君幸有蘇生感
真個名醫第一流
養老湘南可送年讀書有味接先賢風光明媚真如畫
好對青山耕紙田

退隱如今奈老何皇恩負荷幾年過離宮近處風塵少
髣髴蓬萊佳氣多

和入澤雲莊博士秋懷三絶韻奉呈併正

北山　田村久井

一身成痼奈多愁泉石膏肓又遇秋願乞先生新療法
百年老欲擅風流

醫國醫人年又年折肱自比古名賢杏壇久聽執牛耳
餘事風流耕硯田

名士彬彬今奈何當年皆是學庭過師恩已報萬金釀
更見先生高義多

醫學博士入澤君爲大學教授二十有五年于此
今秋同人胥謀張宴於上野精養軒博士有詩次
其瑤韻　　　　　　　　　浩堂　中村元嘉
濟世效成休說愁應嗤宋玉賦悲秋杏壇賴有斯君在
長使芳聲天下流
講道官黌廿五年技經三折壓羣賢傳家清白兒孫計
敢買城南一畝田
清世閑人奈老何匆匆八十五年過西窗偶讀秋懷什
一穗書燈萬感多
次入澤雲莊先生秋懷詩韻以呈

閑雲　宮崎透闢

蟲聲月色又何愁更有青松芳菊秋二十五年猶一日
動中觀靜亦風流

祝宴秋清辛酉年由來學德冠時賢濟生講學功勳大
積善君家有美田

代謝新陳奈樂何藏中無盡箇中過老來心境悠悠樂
不啻詠花吟月多

次雲莊兄秋懷詩韻　夷川　船越光之丞

濟生能斷病魔愁大學當官廿五秋積善之家有餘慶
名聲不怪拔時流

寄呈雲莊博士　淡水　鈴木榮藏

岐黃技妙壓前賢夙使令名遐邇傳誰料錦心兼繡口
緒餘吐出幾諸篇
已占人間第一流泮宮講學幾春秋謙虛德見詩篇上
整暇從容依又游

入澤醫學博士教授於帝國大學二十五年
故舊門弟相謀開賀會而祝之博士賦七絶三首
敘感懷則恭攀芳躅賦呈而表敬祝之忱

讓山　田　健次郎

爲解蒼生萬斛愁泮宮教授幾春秋濟生之業在仁術

學界今推第一流

肉骨華枯年又年可觀仁術掩前賢人間至樂斯中在
不爲兒孫買美田

世上涼炎竟奈何不關春夏隙駒過高人別有吟懷在
霽月光風到處多

奉贈雲莊博士次其秋懷原韻弃正

秋渚　磯野惟秋

除非世上萬般愁講說鏗鏗三十秋花月隨緣不相負
一函難素也風流

桃李滿門年又年風光月霽洛中賢此間無復歸山念

不買瓜田買紙田
育英講學感如何卅有年華夢裏過一片靈臺若春煦
作人多又濟人多

次雲莊入澤博士秋懷韻三首
南鴻　奧宮正治

一盞難消萬斛愁江湖滿目奈悲秋先憂猶欲援沈溺
人海有波多逆流
講道泮宮年又年果看門下出羣賢想君綽綽存餘裕
翰墨風流有硯田
雁來燕去奈秋何駒隙光陰夏已過灰冷老心霜白鬢

功名偏向鏡中多

謹次雲莊入澤達吉先生秋懷韻

靜堂　長井岩雄

颯颯涼風拂暗愁
蟲聲喞喞又逢秋
傳聞診脈詣天闕
夙有榮名世上流

仁術講來多閱年
濟生功德勝前賢
高人至竟名爲累
閑却家山二頃田

家有良妻君謂何
芝蘭滿地飶香過
書窗鎮日須高臥
詩榻風涼清夢多

次入澤博士秋懷詩韻　松蘿　奥田曉宗

不識幽悲與暗愁泮宮奉職幾春秋及門子弟推師父
真是人間第一流
仁術成家廿五年精研不必逐前賢側聞天子賜恩寵
清望優他萬頃田
欲醫民病復如何世上癡人說夢過陰德果然陽報在
高名不恠勤勳多

次雲莊入澤博士秋懷詩韻三首

小舫　逸見文鋼

卅年得意不知愁高閣啣盃嘯素秋此處先生應一快
飽看霜葉恣風流

泮宮相識卅餘年
一代名聽壓古賢
誰料生平活人手
更於詩國拓良田

名顯功全歡若何
休言歲月夢中過
三千賀客擧盃處
粲粲楓人着錦多

再次前韻自述懷

浩蕩煙波儘洗愁
廿年消受北溟秋
我心唯有白鷗識
不說人間第幾流

白髮蕭疏六十年
不才何比故人賢
老餘猶有獻芹志
自索天涯未墾田

奈此自然遷變何
萬林霜落雁聲過
溪山不着吸霞躅

看到十州秋色多

奉次東京帝國大學教授醫學部長入澤博士

秋懷瑤韻　　碧東　古川忠次郎

耔耘絃誦不言愁況復方逢九月秋折臂何人似君大

杏林採藥亦風流

獨步董園三十年說微極細毓羣賢學壇娓娓無寧日

時復優游耕硯田

奈其腦袋積容何恰若江河決水過寶玉珍鱗藏不盡

退而結網羨情多

次雲莊入澤博士秋懷芳韻三首

鶉山　杉田定一

玉露金風暗惹愁雁聲蟲語不勝秋回生起死神仙術
君是刀圭第一流

杏壇講學卅餘年凌駕前賢況後賢天下滔滔尚多病
故山未許賦歸田

閑中日月果如何又向妙高山下過萬斛靈泉十畝宅
四時風景不勝多

恭賀雲莊博士司杏壇二十五年攀其見貺秋懷
芳礎三首　青園　南弘

起死喜他眉解愁授方二十五春秋汪然一脈資醫海

君是長江萬里流
天教仁者亦延年桃李蹊成自出賢麗澤奇功石爲玉
杏林别拓一藍田
其奈人間病苦何潛心仁術半生過浮雲富貴未須問
門下蔚然扁鵲多

次入澤雲莊秋懷韻　易水　湯原元一

除非生死復何愁追逐好春兼好秋大塊茫茫多樂地
不須詩酒説風流
交深管鮑卌餘年此事何爲輸昔賢約汝餘生亦同樂
捨吾早獨莫歸田

舊識如今存幾何高門勿怪屢經過相呼爾汝省儀禮
交到忘形真樂多

攀雲莊入澤博士秋懷高韻三首

克堂　香川　鍊

雁語蟲聲易惹愁詞人自古最悲秋青囊以外錦囊在
不啻杏林第一流
提誨諄諄三十年及門皆是一時賢濟生手腕存餘力
種月耕雲拓硯田
奈此鬢邊添白何人生半是夢中過不堪蕭瑟秋風冷
愁緒多於落葉多

贈雲莊入澤博士次其秋懷詩韻

葛水　辻澤　玄

大家歡笑不知愁便是平生得意秋芝玉階庭多子弟夫人亦算一名流

濟生功就樂餘年一世隆譽類古賢手把刀圭抵耒耜從頭耕耨是心田

奈此承恩懷德何青山碧海虎龍過煙霞痼疾君醫否久矣扁倉入夢多

再次雲莊入澤博士秋懷詩韻

雙眼花明不說愁活人濟世幾春秋誰知餘力學詩處

健筆飄來三峽流
紅帳青囊三十年操修可比古人賢風塵拂袂遊何處
一路春山有杏田
明窗淨几意如何滿眼鶯花春未過一榻相看且無語
被襟先受惠風多

恭次入澤雲莊博士秋懷瑤韻

福陵　大野德太郎

霜鬢蕭疎豈可愁泮宮守職幾春秋育英勳績濟生效
併使芳名萬古流
夙立學堂多閱年克勤愛毓杏林賢三千子弟皆欽仰

休說家山二頃田
功遂名成君謂何花晨月夕未空過偏欽耿耿凌霄志
尚叱文鋒諷世多

次雲莊入澤博士秋懷韻賦呈

吟風　川合直次

青燈白髮引詩愁懷舊情深三十秋今日欽君功績顯
杏林俊傑半門流
仁術救人知有年夙稱巨腕駕前賢老來頗愛雲煙趣
寧悭香山購石田
奈此名奔利走何不堪冷眼漫看過借君起死回生手

欲治人間病弊多

次雲莊博士芳韻　　海仙　日下　毅

無復齊門鼓瑟愁濟生妙術足千秋特欽位貴家仍富
眞是人間第一流

察微治痼幾旬年學府芳名壓羣賢更有忙中閑日月
高懷擬拓杜陶田

東海扁倉無幾何脈方眞訣有誰過杏林花發惠風起
偏向白雲莊上多

攀雲莊入澤博士秋懷瑤韻寄呈

翠濤　坂川岩彥

未信先生猶有愁才高學博富春秋泮宮賴有及門士
爭汲白雲莊下流
馳名藝苑亦多年翰墨風流當代賢夫子難醫夫子疾
煙霞成癖在心田
功成名遂感如何夢向越山湘水過教授赤門三十歲
青襟弟子受恩多
次雲莊博士秋懷瑤韻三首寄呈
松雨　長澤範男
縱賦新詩莫寫愁泮宮講學廿餘秋除非博士好風度
誰是人間第一流

壯心未去送殘年陋巷唯論酒聖賢我對先生多所愧
菲才空守舊山田
都門風色近如何垂老光陰忙裏過唯有楓人能衣錦
一身萬感入秋多

次雲莊入澤博士秋懷韻三首

梧堂　井上近藏

療得人間百病愁杏林猶是富春秋不唯斯道執牛耳
風藻還看第一流
大學授徒三十年回生妙術駕前賢乞骸寧用賦歸去
朝暮耕耘舌是田

草木根皮今若何刀圭妙技昔人過扁倉地下應驚目
博士門前起廢多

賀雲莊博士醫學講壇到二十五年

次博士見寄秋懷詩韻三首

香堂　水野錬太郎

研鑽新方二豎愁刀圭界裏不知秋及門齋得回春訣
渾是華陀扁鵲流
杏壇二十五經年輩出濟生無數賢綽綽欽君有餘裕
唐簑宋笠鬬詩田
拔除衆苦竟如何獻替無功半歲過却喜君家仁術力

掃清冐兩致祥多

雲莊醫學博士司大學講筵二十五年

見徵詩乃汚見示瑤什芳礎

犀東　國府種德

聞說佳人有莫愁芳心托地自千秋借君仁術醫衰鬓
同汲詞源不老流

曷來二十五經年輩出倉庚以上賢二豎畏君都避易
名聲如鼓自田田

進如韓信退蕭何三傑配君襃未過一擲杏林功業碩
轉身却似子房多

同題　　亞洲　川村竹治

刀圭療病筆消愁常慣回春不識秋鍊藥鍊詩人愈健二十有五歲星流

意氣昂然凌盛年杏壇頻出杏林賢及門濟濟多髦士拓得人間種玉田

奈此民心溷濁何不容仁術漫看過健人始可醫時病待子三分俠氣多

同題　　龍孫　飯島　茂

暮雨蟲聲易引愁荻花楓葉不勝秋勸君休誦江南賦元是杏林推一流

育才闌學既多年仁術通神絶衆賢珍重濟生醫國手
不須揮耜故園田

鄉夢綿綿奈夜何秋來不許等閑過一痕明月冷於水
照得詩人白髮多

同題　竹潭　中島久萬吉

用捨行藏豈説愁名聲燿煜玉堂秋平生着手回春色
君是杏林稱一流

神農邈矣不知年君是辟雍當代賢多事何須鞭百艸
碧花紅穗滿山田

白露金風夜奈何把杯目送斷鴻過月光驀地斜翻座

天象閣頭秋興多

次雲莊雅契韻賦呈併政

適堂　岡村龍彦

襟懷灑落本無愁公暇勝遊春復秋越嶽煙嵐湘海月
錦囊佳句占風流

泰斗名高二十年黛眉閨秀世推賢如君清福誰能及
何況家鄉有美田

賀筵茲夕感如何楓葉菊花秋半過學德藹然堪敬仰
三千門下俊髦多

題雲莊博士葉山海山雄觀莊壁三首

次博士秋懷詩韻請正之

欽堂　黑木安雄

雄觀眞堪解九愁閑中一日抵三秋窗含大嶽晶晶雪
檻接方壺浩浩流

活國活人多歷年辟雍夙仰棟梁賢湘南五畝閑衡泌
亦是劉家續命田

四海具瞻可奈何故山肯許共雲過膏盲苦又菁莪樂
拔與俟君準槩多

送入澤雲莊博士遊支那三首再次博士秋懷
詩韻

想君縱目散詩愁八達嶺邊榆柳秋立馬長城望朔漠
燕山眉睫碧雲流
黍離風誦已經年山澤不堪多大賢酹酒金陵江寺路
囑君先薦劉青田
絶勝不知身在何湖雲嶽雪縱吟過竢君萬里歸來日
囊錦膨亨珠玉多

讀雲莊先生秋懷詩次其芳韻

予亦病後寫懷　銀川　山崎直三

此處先生莫說愁能安歸思菊花秋如今底事吹竽濫
鼓瑟齊門亦一流

一官守職廿餘年人仰國醫當代賢城市山林何用問
躬耕別是在心田
雁聲蟲語夜如何病後抛書愁裏過古往今來真學理
誰能看破個中多

和入澤雲莊博士在職二十五年祝筵述懷詩韻

有恆　小村　恆

爲報邦家不識愁螢窗雪案幾春秋回生技術通神手
真是杏林推一流
烏兎匆匆廿五年活人妙術壓前賢學生千百慕君德
不許歸耕負郭田

以醫報國亦如何窮得脈方年月過但解常因仁術力
一門藹藹快愉多

雲莊入澤國手教授大學二十有五年于此有
秋懷三首謹步高韻乞正

玄虎　指田義雄

杏林掃盡萬家愁丹堊門頭廿五秋仁術如今濟生外
要醫世道幾潮流
壽像記功垂後年巨資獎學導羣賢百忙時插一閑去
萬丈墨雲飜硯田
奈此雲莊甘兩何濟生講學歲華過餘慶看得仁兼壽

春入人間恩澤多

次雲莊先生秋懷芳韻却呈

午山　高橋軍平

湯陵此夕有詩愁賦到長安一片秋家距茗溪三五步
出門明月落清流

采藥耽詩廿五年杏林傑是藝林賢平生爲有神仙志
只買青山不買田

問君詩興近如何笑道濟生忙裏過一等頭銜醫博士
緒餘吟草不嫌多

次入澤博士秋懷詩韻以賀勤任二十五年

其樂　勝部貫一

病者依君脫苦愁辟雍講學幾春秋提撕後進擴仁術
德澤洋洋不斷流
灌培費力已多年杏樹成林諸子賢有箇英才真可樂
家山不用賦歸田
醫國醫人樂奈何一官二十五年過煙霞更又癖成痼
春入杏林詩興多

次雲莊博士秋懷詩韻奉呈三首

越山　九田尚一郎

自有人間草療愁淒涼未必賦悲秋香山應與盧山比

眼底杏雲如帶流

授業國庠三十年看他仁術讓君賢范公餘惠周宗族

負郭方知置美田

霜侵雙鬢竟如何歲月投梭夢裏過唯喜手開金匱祕

濟生當代偉勳多

次雲莊入澤博士秋懷韻

默淵　小川忠之助

欲濟生靈二豎愁潛心仁術幾春秋軒岐業就隆聲望

君是杏林第一流

菁莪培育卅餘年多士出門皆是賢別羨君家三樂外

植將金玉滿詩田
奈此危微世態何仁人豈可等閑過屬君別下回生手
揭挖偏能治病多

奉呈次雲莊博士秋懷韻

蕉陰　池田　實

一枝筆寫一時愁滿目江山天地秋欽此杏林賢博士
刀圭餘事足風流
馳名四海卅餘年醫國推君世上賢休賦家山秋色老
中朝尚未許歸田
奈此養才傳術何辛酸二十五年過四時春色新桃李

秋懷唱和集

厥德不孤歌頌多

次入澤雲莊先生秋懷韻三首

曼洞　小池　重

玉斝傾來可掃愁金風此夕恰清秋欽君鳳闕拜醫務本是人間第一流

撫育英才忘歲年當仁不敢讓前賢邦家愈要活人手未許悠悠耕硯田

逝水光陰喚柰何滄桑回首幾經過公門桃李遍天下我亦當年受誨多

和雲莊國手秋懷瑤韻

越山　濱田和三郎

杏林本自不知愁醫國活人三十秋緬想東臺明月夕
張將盛醼會名流
種月耕雲幾十年𩛠詩名繼古時賢欽君忙裏閑天地
筆作鋤犂硯作田
育英功就喜如何不道春秋夢裏過晩節匹儔霜後菊
揚芬偏向日邊多

秋懷次入澤雲莊瑤韻　洪洲　松野篤義

雙鬢爲霜不貯愁朝昏何嘆鏡中秋傷時憂世非吾分
有此澄心泉水流

從容遯世復經年三徑東籬憶昔賢珍重菊花黃與白
閑中誰是說歸田
奈此西風落葉何匆匆短景眼前過下階十步隨明月
露濕一蛩吟處多

次雲莊入澤博士秋懷韻

月陵　須山　巖

蟲聲喞喞月光愁吟及越山霜葉秋休沐浹旬塵足洗
一莊敲句亦風流
奉職泮宮三十年刀圭泰斗仰名賢料知聖代恩光渥
未許投簪耕舊田

秋風落寞奈愁何真個光陰如矢過獨喜君家春每在
一門桃李不勝多
雲莊老博士見示秋懷詩三首秀潔之調一一
感人痛快曷勝因攀高礎却呈併乞粲政
看雨　村田峯
造化紛紛儘作愁醫功濟世幾春秋夕陽紅葉分榮處
君是人間第一流
欽君醫國四十年妙技真成勝古賢縱設故山秋菊好
都門未許賦歸田
不奈人生年壽何幾多禍福靜中過秋聲夜半驚幽夢

落葉撲窗風雨多

雲莊入澤醫學博士有秋懷詩謹步玉韻併請

郢政　　　　赤城　鎗居龜太郎

起號有人何足愁楓宸拜脈幾春秋幽懷寫見詩篇富

豈啻刀圭第一流

懷德青山廿五年及門皆是一時賢即今不許林園臥

二頃將蕪負郭田

當代比肩無幾何四方求治遠來過青囊獨擅回春手

積善將看餘慶多

謹次雲莊先生秋懷韻

蓬洲　青木錄三郎

詩宜言喜豈言愁有月有花春又秋唯願先生三折技
且醫世俗僞風流
身世茫茫幾十年浮生知我愧時賢故鄉何日營生壙
白水青山好墓田
處世百年呼若何未成一事我空過聞言名下無虛士
天下幾人相似多

攀雲莊入澤醫博秋懷高韻三首

如水　田宮從義

肯學杜陵詩句愁吟花嘯月幾春秋刀圭不獨推名手

擬去騷壇第一流
雄視杏林三十年江湖額手仰君賢村園何暇賦歸去
二頃秋深負郭田
風雲滿眼奈愁何時局誰言夢一過匡濟假君醫國手
齊憂晉患見機多

次雲莊入澤博士秋懷三首韻

騏山　川村愼一郎

先生何故漫言愁閑暇吟情春又秋博士頭銜名得實
百年餘事最風流
醫人醫國廿餘年更見名聲繼古賢桃李滿門兼齒德

別看詩境拓心田
如此清風朗月何冝宵一刻莫空過眼前秋入詩天地
萬唾墮成珠玉多

寄雲莊入澤博士次其秋懷瑤韻

森浦艸洋

曝眼羣經不識愁大名馳世幾春秋猶傳先哲遺風在
偏惜光陰去似流
出門子弟幾青年只合刀圭亞古賢夫子藏儲夙誇富
終生不用買冝田
君寓京華樂奈何我栖田舍少人過緬思醫國名譽大

慚愧吟詩酒債多

次雲莊入澤先生秋懷韻以贈

英蘭　三浦久子

燈前蟲語惹吾愁往事茫茫又遇秋想見先生詩思爽一天如水月光流

稻禾既熟報豐年三徑恐荒陶令賢誰識先生高隱志故園子弟待歸田

歲月如流奈老何紅顏綠髮瞬時過不如高臥芸窗下蕉葉鳴風暮雨多

寄懷雲莊博士次其瑤韻三首

桑陰　渡邊謙二

朝夕絃歌百巨愁杏壇垂教幾春秋醫方別出新機軸君是刀圭第一流

醫國箸書茲有年杏林賢軼竹林賢先生積善今如此不用孫謀貽美田

回生起死術如何千古耆扁無肯過門下夙知多俊士使君聲譽比來多

次雲莊入澤博士秋懷詩韻

清風　梅澤彥太郎

讀書萬卷不知愁着手成春得意秋況有家庭蘭惠秀

欽君随處有清流

次入澤雲莊博士秋懐詩韻

樂堂　下村　亨

專力内科君謂何脈之深趣意中過秋聲四壁喧蟲語

偏傍電燈明處多

次入澤雲莊先生秋懐詩韻

霞庵　關澤清修

奈斯黄巻寂寥何特地欽君研鑽過綽綽胸中閑日月

拓開花月比來多

赤倉訪雲莊博士林莊賦呈

碧堂　田邊　華

雲莊博士翰林醫卅歲泮宮垂絳帷却是山中丹竈古
神仙妙訣亦精知
妙高峯頂是仙鄉瑤草溥溥風露光自有山靈能見士
教君管領白雲莊
銷夏林莊六月天朝朝行藥到山巔無端採得金光草
墾破白雲栽石田

感與次雲莊博士詩韻

鳳岡　荒木寅三郎

杯酒難消萬斛愁霜鬢不獨爲悲秋和羹鼎鼐何人在

看到新安洙泗流

已知勳業屬中年敢道行藏似古賢天地無心人欲老
秋風何處賦歸田

騎鶴腰金竟奈何江湖幾歲賦詩過秋風今日頭全白
一曲高歌感慨多

雲莊入澤先生以秋懷詩索和敬次瑤韻

雪漁　謝汝銓　臺北

心病知應國病愁薰陶二十五春秋無憖博士頭銜好
占得人間第一流

春綬青囊到老年五聲氣色察微賢廣栽桃李如栽杏

十萬花開古硯田
清秋無奈老懷何三首新詞寄意過畫像二幀金一萬
友師風義海東多
入澤博士在大學教授二十五週年諸名流盛
開祝宴先生自賦詩三章以抒情素出以示余
竝索和予不揣無文爰依韻應之
吟龍　顏雲年臺北
舉世滔滔病與愁那堪愁病又逢秋回春術得桑君授
池上神方活水流
功成東國廿餘年玉尺量才啓後賢漫道金丹惟換骨

杏林橘井亦良田
和緩由來術若何　齊憂晉患幾經過　聞君壽世還醫國
四海瘡痍總不多

敬和入澤博士先生秋懷雅韻

凌槎　許廷光　臺南

人心世道有耽愁　樂育賢才兩鬢秋　二十五年如一日
春風桃李盡名流
皐比坐擁幾經年　不讓前賢啓後賢　一點愁心極清淨
肯因蓴膾賦歸田
海外西風今如何　都門秋好昨經過　先生妙手兼仁術

衣被人間德澤多

雲年社兄以入澤大學教授秋懷詩見示竝索

和章依韻奉呈　　　　林湘沅臺南

果是良醫二豎愁名齊秦緩足千秋況兼講學黌宮裏

廿五年間占上流

天教壽世享高年醫國醫民萬古賢桃李滿城資雨化

那容公早賦歸田

新詩吟罷樂如何悵隔鯤溟未得過北斗泰山空仰止

小巫慚對大巫多

謹步雲莊先生秋懷三絕韻

一堂　李完用　京城

精養軒高一散愁黄花丹葉白鷄秋此筵非直張文讌
共擬芳名百世流

釁堂二十五經年皇室忠勤是獨賢勳位漸高思漸重
未應容易賦歸田

瓊篇直壓古陰何格似梅花品更過詩教亦爲風化補
疇能濟世比公多

呈雲莊入澤先生並引　蒲菴　閔泳綺　京城

夫得天下英材而教育之是爲三樂之一而況先生
有二十五年之久其樂果何如哉且其作成者飛騰

英實顯揚時局凡幾人乎今日一宴之享萬金之資
宜乎艮其報也先生有秋懷詩三篇蓋寓志也余盥
讀起敬仍次原韻呈雲莊先生吟壇下
老去不知白髮愁育英一樂飽春秋試看文化淵源處
國子先生第一流
一據皐比廿五年菁莪育得濟時賢萬金自至束脩外
歲取多於倬彼田
鼓角騷壇近若何聞風恨不日相過焚香細讀秋懷什
一樹梧桐得雨多
謹和雲莊先生秋懷韻　茂亭　鄭萬朝京城

爲民爲國滿腔愁宮職釁師釁已秋餘事文章詩更健
雨聲蟲語助風流
聖主恩深待老年勳章秩詰屢褒賢家山二頃何須戀
已遍人間種福田
上園風景問如何師友妻兒握手過珍重萬金兼二幢
微公誰得此情多

和入澤雲莊秋懷元韻　揚贊賢蜀西

數行佳句解煩愁如領新涼一味秋況有金丹能換骨
傾心也共水東流
坐擁臯比廿五年春風舉國盡稱賢兼金爭醵瓊瑤贈

始信菑畬出硯田
乘槎浮海意云何次第雲山眼底過最好梧桐疏雨句
感懷新詠得秋多

和作甫成聞日本地震爲災情殊震駭再步元
韻藉表唁忱

詩到工時總爲愁吟經海角雨聲秋無端警耗傳三島
七月星飛大火流
精研素問已多年怪道師高弟子賢良相既稱醫國手
忍看滄海變桑田
天災人禍近如何莽莽紅年劫裏過一樣陸沈分顯晦

秋懷唱和集

新愁更比舊愁多

田村院長以入澤雲莊先生秋懷詩屬和卽次其韻　嚴修 天津

相逢忽漫感離愁別後匆匆又早秋讀罷新詩益心折技餘亦足壓時流 月前先生過津晤僅兩次旋卽別去未盡所懷起句故及

大學皐比廿五年扁盧門下盡英賢豚兒亦獲霑時雨甘澤能肥下下田 兒子智鍾卒業於東京醫科大學受先生教誨最久轉句故及

欲學長生奈老何神山幾度客中過盈盈一水伊人在露白葭蒼感慨多 余曾五游日本

敬頌佳什高簡幽秀具有唐音率成和章

王武祿 江都

一雨蕭疏替洗愁凌雲健筆入高秋回思元氣淋漓處
江海蒼茫無盡流

菁莪樂育自年年詩詠緇衣說好賢一代津梁資倚界
如何輕易賦歸田

涼風天末意如何人世虛舟一葉過祇覺去思今更永
青山好處墨痕多

入澤教授過北京賦贈 湯爾和 北京

一代宗師歎望洋長安無復數韓康高談未脫頭巾態先生邃于漢學粹然儒者談笑之間猶是書生本色也
得意爭傳脚氣方脚氣先生最得

意之一此文在京爲中日醫師講演其標題卽爲脚氣相馬定知空冀北兒醫猶記入咸陽先生爲余言二十年前應江督周玉山之聘至南京爲其子視疾故用越人過秦句中原多少纏綿思特倩夫人效漢裝先生夙慕華風數年前其夫人嘗御吾國女子服至横濱出遊云

又和原唱三絶

學術能銷萬古愁管他人世幾春秋浮華刊落鬚眉白花自常同水自流

回首西歐已卅年幾家成聖幾成賢大名傳遍人間世那管荒蕪負郭田

中原蒼莽意如何萬里雲山眼底過不向尊前弄羌笛

爲愁此後別離多

田村醫學博士以其師入澤君秋懷詩見示卒

題祈政　　旋紀　雲鶴坐蜀東

夙聞海上三神山徐市求仙去不還隨行五百童男女

避秦留住扶桑間又聞隨代值開皇中日交通海可航

東來緇流繙貝葉輸入佛學感三唐香山詩賈鷄林買

中邦文化漸東土箸作專門漢文家酬唱代興風雅主

同種同文本一家揭來頻通貫月槎寅賓出日窮暘谷

觀風測海入支那歐化西來文物變風軌火輪奔如電

東鰈南鶼聚一隅相依唇齒益親善伐毛洗髓究西學

濟世活人君先覺弟子田村抱技遊聚首津沽相見數
有時向我述師傳服膺弗失意拳拳且將錦句傳尺素
新詩快覩秋懷篇羨君朗抱玉壺冰妙諦都參最上乘
醫學精深詩格老是曾於此三折肱我讀君詩識君意
思想不作人第二安得寰宇遍春風調元贊化參天地

秋懷唱和集終

書雲莊博士秋懷唱和集後

大學教授入澤君雲莊奉職二十五年知友門生相會開賀筵於東臺精養軒且贈以畫像二幀及奬學資一萬金君之榮大矣君又賦詩抒懷遍求賡和余與君同庚同學當時唯記君快談縱横不修邊幅見以爲尋常書生耳而今則業成名遂鬱爲杏林泰斗名聲烜赫遠近瞻仰荷榮如此豈可不慶哉余因知成非常之事者其人殆如常人不衒奇欺俗而卓爾懸絶於衆古今知人之難有如是者矣噫余則常人是不若空老于草野亦命爾余切望君益自重以效家國使後進知其所由

乃書集後弁敘今昔之感云辛酉嘉平月蕗村眞島信城

秋懷唱和集底稿送之上海排印往復之際誤脫上野默狂君所寄七絕三首今附卷尾云

和入澤雲莊君瑤韻　默狂　上野喜永次

聖代官清豈惹愁濟生已過幾春秋刀圭仁術冠天下皆仰杏林第一流

從事育英三十年展開醫國邁前賢欽君猶未賦歸去啓發後生如拓田

察脈及門人幾何有朋每自遠方過卽今才俊坐中滿想看先生喜色多

昭和二年三月一日印刷
昭和二年三月五日發行　（非賣品）
編輯兼發行者　入澤達吉
東京市小石川區駕籠町二三六番地
印刷者　野田文之助
東京神田今川小路二丁目十七番地

雲莊詩存

據民國二十一年上海中國仿古印書局鉛印本影印

雲莊詩存

陳寶琛題

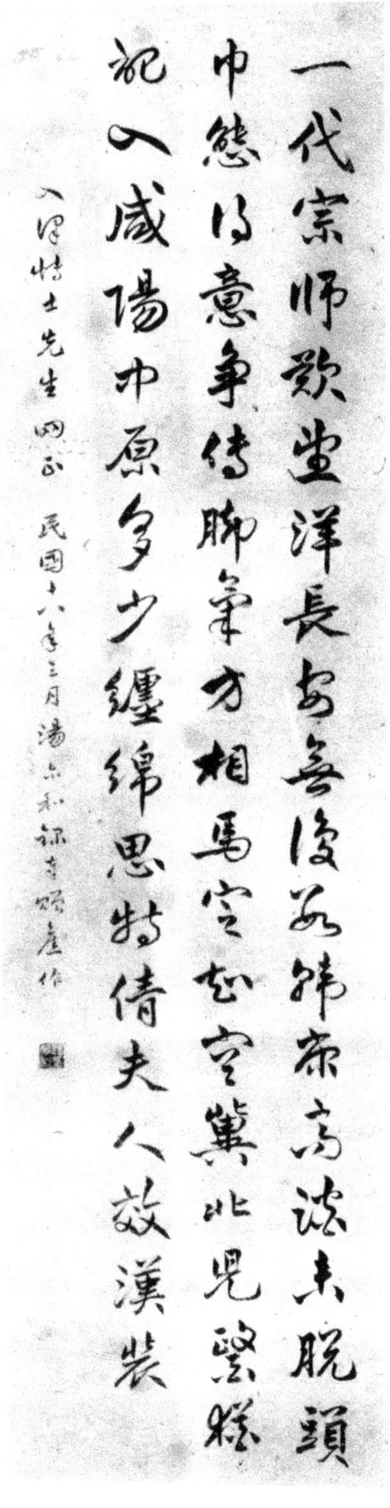
一代宗師歎望洋長安無復韓家高談未脫頭
記入咸陽中原多少纏綿思特倩夫人效漢裝
民國十八年三月

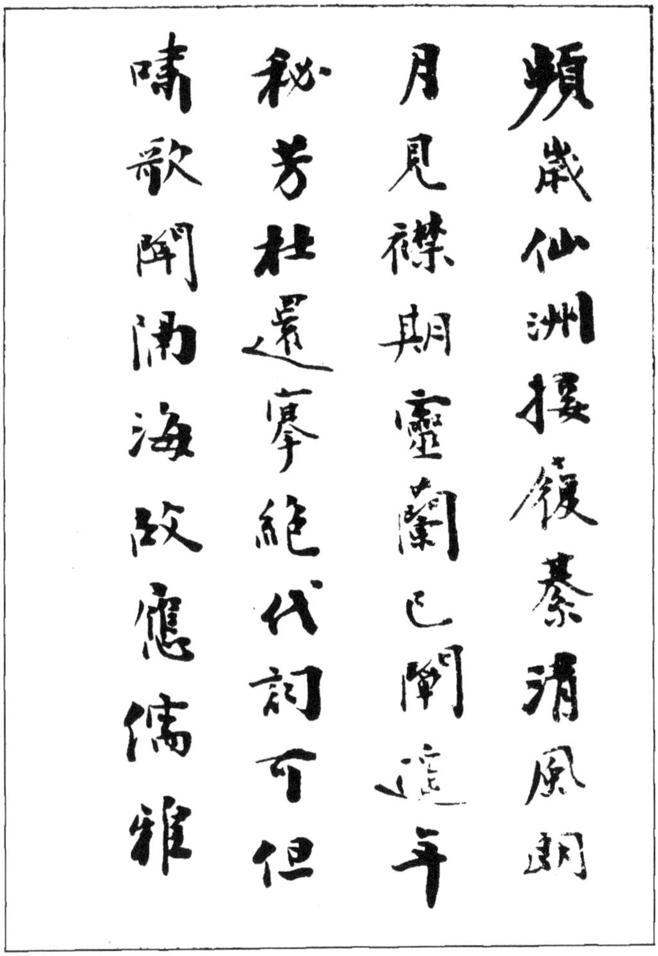

頻歲仙洲接履綦，清風朗
月見襟期。靈蘭已闢遐年
秘，芳杜還寥絕代詞。可但
晴歌聞渤海，政應儒雅

是吾師不嫌五嶽尋幽遠
尊酒重論會有時
奉題
雲莊先生大集　汪業賡拜撰

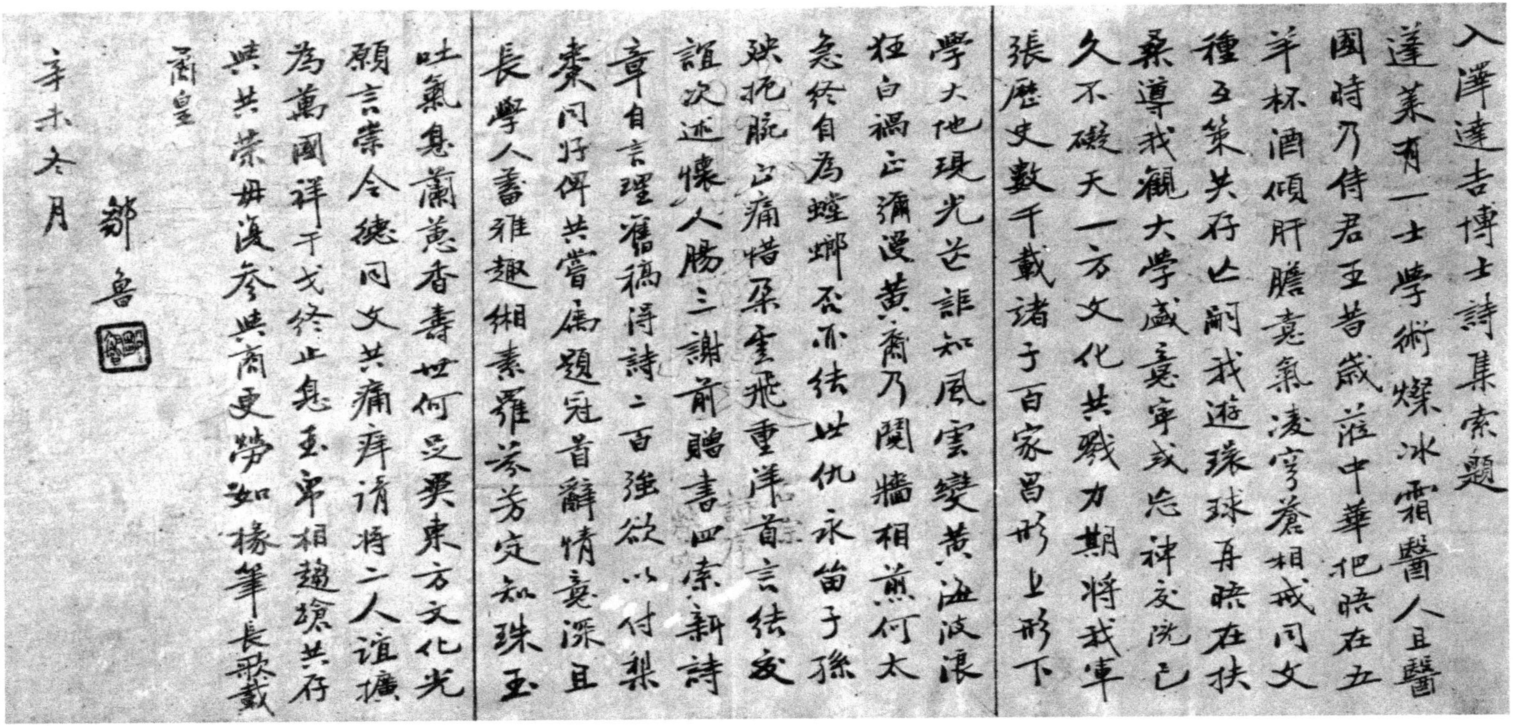
入澤達吉博士詩集索題
蓬萊有一士學術爍冰霜醫人且醫
國時乃侍君王昔歲莅中華把晤在五
羊杯酒傾肝膽意氣凌穹蒼相戒同文
種豆箕共存亡嗣我遊瀛球再晤在扶
桑導我觀大學盛意寧或忘神交況已
久不礙天一方文化共戮力期將我軍
張歷史數千載諸子百家昌形上形下
學大地現光芒詎知風雲變黃海波浪
狂白禍正彌漫黃裔乃鬩牆相煎何太
急終自為螳螂否亦結世仇永留子孫
殃扼腕正痛惜翠飛重洋首言結交
誼次述懷人腸三謝前贈書四索新詩
章自言理舊稿得詩二百強欲以付梨
棗問仔俾共嘗臠題冠首辭情意深且
長學人蓄雅趣緗素羅芬芳定知珠玉
吐氣息蘭蕙香壽世何足異東方文化光
願言崇令德同文共痛癢請將二人誼擴
為萬國祥干戈終止息玉帛相趨蹌共存
與共榮毋復參與商更勞如椽筆長歌載
爾皇
鄒魯
辛未冬月

脚氣良方邁及之淵源家學蔚儒醫回春妙手春無盡
又有生花筆一枝宋董汲字及之有脚氣治法總要二卷
佳句秋懷見一斑今窺全豹更徧爛命名倘仿清臣例
韻語叢談兩不關宋車若水字清臣有脚氣集二卷乃雜説之屬先生前年過京師爲中日
醫師講演其標題卽日脚氣三四句故云然
撥雲仙館一尊傾家室雍雍感客情省識有言根有德
未應技術掩詩名今夏重遊日本於汪公使席上晤先生一見如故旋卽邀至其家巹飲夫
人暨文孫均見秩如藹如令人起敬

辛未秋日奉題

雲莊先生大集

吳縣胡玉縉時年七十有三

雲莊詩存序

詩有二字訣曰眞曰實語貴於實故其敘事也切情貴於眞故其感人也深若夫雕章繪句舍其本而趨其末者豈足與言詩乎哉雲莊入澤博士夙以醫鳴天下而幼少好詩至老不衰其官則自大學教授而大學長而侍醫頭其游卽自歐洲諸國及支那各省而其所經過而閱歷必發於吟詠境無虛設事皆實際使人有目睹耳聞之感今世以詩名家者見及於此幾希而博士以刀圭餘暇所詣如此可尙也夫蓋博士爲人坦率樂易尤厚情誼所蘊於中流露於外乃爾比諸世之譎性飾

情沾沾自喜者固有天籟人籟之別此豈非得所謂眞
與實者邪於是乎序昭和五年九月學軒吉田增藏撰

自序

余年甫十二來東京修漢學執贄日尾竹陰先生先生荆山先生女夙奉家學下帷教授受業者常百數十人乃相與切劘始學作詩及入大學豫科以學課餘暇從馬杉雲外先生游復亦學詩然學課多岐不能專力于此既卒大學之業以醫立身振鐸辟廱三十餘年後奉仕宮闈又經年所日夜拮据殆無寸隙一年或不賦一詩閒請假出遊輒得數首僅不廢吟哦以及今日故所作固不多今探篋底得長短二百五十篇仔細點檢足以追憶予五十年間身迹不忍遽投諸火中也乃釐爲

一卷以付剞劂將頒知友資笑談之一噱顧予幼少好詩而中年班籍杏林刀圭倥傯則於詩道不能積三折肱之工夫爲深可慙此爲序昭和五年晚秋入澤達吉

雲莊詩存

入澤達吉著

芳野懷古課題明治十三年庚辰

延元陵古轉蕭條一路無花迹已遙風瀲暮哀天欲夜亂山喬木憶南朝

骨原回向院弔殉難諸士墓明治十四年辛巳

寂寞秋風蕭寺路荒苔寒帶凄凄露何人字字分明題二十一回猛士墓

回向院前將夕曛一叢荆棘路難分太憐死伍無聞鬼日本古狂生古墳

送逸見小舫文九郎歸越中

我歸後越君中越再會幾時形影親豫想當天他夜月一輪分照兩鄉人

香山雜詩錄一　明治十五年壬午

倦來買醉睡來醒陣陣涼風入碧櫺向背分將晴雨景前山影黑後山青

癸未歲晚客感　明治十六年癸未

風塵滿面滯京城忽值殘年客子驚氣傲王公何所得學期經濟遂無成窮通以外心常在醒醉之間感易生遙想家鄉今夜夢阿孃小妹若爲情

送長谷川醫學士寛治赴任金澤醫院明治十七年甲申

不奈離愁侵肺肝強將痛飲且成歡學勤螢雪談何易
術究刀圭事實難以禮爲羅賢令尹張筵送別舊金蘭
加州此去三千里天外白山殘雪寒

春夜寄懷鄉友

十年世路易蹉跎也遇東風奈汝何月榭笛聲遊子涙
水樓燈影美人歌梨花吹雪夜愁亂楊柳帶烟春恨多
佳麗可憐猶客土家山隔斷幾關河

遊繪嶋次服南郭詩韻

鼉吼鯨哮響似雷忽疑島嶼逐風迴蓬萊自有通津路
一洞居然向海開

登伊豆山

松杉矗矗聳空蒼獨立振衣萬仞岡快矣豆山山盡處
寸眸下瞰大東洋

留別

江樓置酒對斜曛一褐秋風手忽分明日越山千里路
雨蕭蕭裏也懷君

悼大崎龍助

鄉人大崎龍助者奇傑士也性磊落嗜酒曾入

大學修醫學刺股警枕罷勉匪懈亡幾其學大進至四等學生今茲六月其父罹病乃匆匆理歸裝以其月念七上途時北地熱疫流行龍助亦罹焉遂不起實九月十二日也余聞訃悼惜不措因賦三律錄一

竹林遺事總凄涼每憶劉伶心暗傷秋潦鴻泥空舊雨寒籠鴛瓦乍新霜半窗燈影夜方靜四壁蛩音秋欲央幽夢覺來人不見讀殘書上淚淋浪

秋日雜感

羈窗荏苒幾居諸猶有粗豪氣未除天下政機多得失

生前事業半蕭疏高秋星氣時看劍破壁蛩聲夜讀書
憶起家江秋味好西風一枕夢鱸魚
西風節物自堪憐偏屬蕭條秋晚天紅葉青山許丁卯
曉風殘月柳屯田早行情味已淒絕臨別興懷還黯然
實歷始知眞境地詩篇難得繼前賢

甲申除夕

倦遊猶剩骨崢嶸襆被蕭然豈愴情落落胸中空意氣
悠悠世上笑功名窗中燈火耿光迸瓶裏梅花奇氣橫
局促何須歎轗軻門前車馬旣春聲

奉賀大孺人七十七壽明治十八年乙酉

七十古稀人所欽更加七歲喜何禁芝蘭生砌清香遠桃李滿門春色深長子卽先考次謙齊君冒池田氏寄寓人寰躋壽域歸依佛界了慈心性甚喜佛小孫獻賀遙相和鳴鶴家山正在陰

銚子港卽事

來去淹留儘自由江山隨處足優遊金華松島君休說銚港潮通北米洲

書懷

抛來書劍遂爲醫歷落一生身計奇儒士文章無所用英雄肝膽有誰知陸游招累南園記韓偓韜名奩體詩

休笑鯉魚徒點額眼看雲雨化龍時放翁晩年爲韓侂冑記南園人多刺之

晃山雜詩錄一

恰似英雄氣宇宏呼爲第一有誰爭倒懸天上銀河水百萬雷霆撼地鳴

失題二首

得得捋虬髯揚揚跨肥馬胸中無一物客是何爲者

古塚何纍纍寒煙縈白骨始悟生死理却增名心熱

贈田代疎狂 義德

平生談笑儘粗豪自是社中推俊髦末技之間長技見

世情以外逸情高才疎志大君須戒蟬噪蛙鳴彼正囂役役刀圭徒守業割雞無乃用牛刀

書懷似片桐風花道宇

憂時論策任開陳奇禍或恐纏一身咄咄世間多怪事滔滔天下正迷津誰云不憤非豪傑張船山詩云良時苦蹉跎不憤非豪傑我信無言是達人詩酒消來閒日月清狂聊欲避風塵

送君嶋桂三赴布哇

君不聞博望侯奉使殊域名千秋又不聞閣龍氏欲探米洲航萬里男兒事業在遠征桑蓬成志賴有此天之

所覆地所載鞋底江山無遠邇身排百難心自鞭須向盤根試利器維時乙酉冬十月褰裳欲涉南洋水南洋島國稱布哇土肥泉甘山川美同胞渡航旣三千決然各執耒耜起新畬百畝桑麻田雞犬聲在煙火裏但恨癘瘴多炎氛人一觸之十九死聖明天子殊憂之已遣先輩栲齋子君也今復爲壯遊三千民命得依恃君也名聲傳杏林能仁其術神其技今夜祖帳開芳樽豈與尋常別酒比區區離愁不可說千秋之業萬里之行從此始

冬夜讀兵書課題

夜色闌干漏正殘燈光半穗逼人寒才粗漫說遂名易
年少還憂醫國難絕代英雄憐項籍千秋豪傑慕曹瞞
眞成書劍成何用一卷陰符剔燭看

礫川僑居病中雜詩 明治十九年丙戌

伏枕連旬意氣衰鏡中愁鬢欲成絲黃昏簾幙瀟瀟雨
春盡多愁多恨時
柳外小橋橋外家夕陽搖影映窗紗僑居自有風情在
不必東台萬朶花

戲題束髮美人圖

不是吳姝卽越娃明眸皓齒自然佳雲鬟妝出歐洲樣

一點薔薇換玉釵

年少

年少粗豪氣絶倫誓期大業濟斯民豈圖心事易蹉跌
遂作尋常一樣人

過白河驛

顧望京畿落日幽名公遺事有誰求一鞭疲馬蕭蕭夕
關路秋風入奥州

會津雜詩

春菲自作落花飛何事山風逞疾威誰爲英雄傷末路
涙痕和雨濕征衣懷蒲生氏鄉

十九城中白虎兒慨然奮殉國亡時一杯醇酒酹公等
地下英魂知不知　弔白虎隊墓

將移家東京有作

賣書賣劍我何比鬻盡田塍鬻盡家遮莫風流眞面目
雲山隨處托生涯

讀獨逸人歇科耳造化史 HAECKEL

由來生物皆同祖造化妙機說得奇議論唯憂極端走
空中樓閣岌乎危

戊子新春口占　去臘官布保安條例明治二十一年戊子

大地波瀾安者誰茫茫天意奈難知半千逐客行三里

不夢魯連夢李斯

將遊奧州賦似友人

我送春時春送我春將盡日我將遊春風吹我那邊到衣水稻山東奧州

松島客舍題壁

品紫評紅賦冶遊麗都花月幾春秋海風吹破繁華夢人在松洲第一樓

瑞岩寺觀伊達黃門像

東海難雌伏南歐遣使臣重瞳當愧死獨眼有斯人

平泉懷古

百戰山河在千年功業非恩讎兩無迹古木帶殘暉

無題六月念七偶作

驚人功業奈難成半世蹉跎氣不平已以刀圭付餘技敢依筆舌博虛名雲臺麟閣廿年夢鐵劍寒燈半夜情聞道歐洲風雨惡靑龍躍發匣中聲

讀南洋時贈志賀矧川

富國之基在交易南洋開市欲移民能論時事文章美可謂東坡有替人

元箱根寓居偶作

駒岳之下蘆湖畔有客中宵起讀書四隣人定月未上

青燈剔盡影蕭疏十年攻鑿何所得齊門執瑟予笑予
經綸滿腹向誰語昨是今非事紛如嗟乎蘇張之舌游
夏之口亦徒爾其奈世上多毀譽山靈水伯若容我責
書來欲混樵漁

托柳赫魯寄金玉均在小笠原島

孤忠憂國有誰同一敗豈圖途忽窮東海頻年風浪惡
蠻煙深處老英雄

繪島客舍口占

風送濤聲落枕邊海樓夜半月如煙浦郎仙夢依稀似
身在金鼇背上眠

大磯鴫立澤偶作

水禽飛去夕陽傾悵觸秋風無限情爭使世間名利客
西行祠畔聽潮聲

富岡雜詩錄一　明治二十二年己丑

纔去繁華別有天沙鷗浴海弄晴妍蟹紅魚白村村酒
社鼓篝燈浦浦煙漁網影斜含夕照竹枝歌鬧祝豐年
流連遮莫歸期失一榻清風曲臂眠

鎌倉雜詩錄一

邱山寂寞昔人非華表千年鶴未歸石燈苔痕留碧血
公孫樹畔雨霏霏

過米山 明治二十三年庚寅

醉吟跨馬上崔嵬拂面長風響若雷雪壓家山雲漠漠
捲空濤自狹門來

新瀉謁先君墓時予將游歐洲

西馬蕭蕭向故園誰知愁思此中存蓬桑夙抱四方志
海岳難酬罔極恩萬里波濤時入夢廿年霜露幾銷魂
征衣又欲天涯去泣薦蘋蘩拜墓門

航西雜詩

留別東京諸友

飄然投袂向天涯行李蕭蕭筆一枝踏海魯連吾豈敢

探源博望彼何爲雄心落落窮猶壯吟骨稜稜瘦益奇
休問三年成底事遇人唯索送行詩
花滿東都雨若絲臨岐心事有誰知五洲英俊多交臂
萬國江山總入詩大漠風過斜日暗紅洋浪穩落潮遲
黃膚漆髮少年客又抱雄圖向遠陲

航海雜詩

送我人皆回棹歸曉煙散盡遠山微海西從是八千里
夜夜夢魂何處飛發横濱
輪船蹴浪破煙嵐萬里海天程可諳千古晁鄉何處弔
一帆無恙入安南西貢

俯仰江山易斷魂千年名教跡茫茫半灣落日紅將滅
椰子樹陰人驚涼錫蘭
鄉夢三更欲覺初中天月黑吼鯨魚枕頭剔燭時披讀
一部況翁航海經航海指針石黑況齋翁所著
孤帆萬里嘆離羣萍水無端也遇君絕海清風明月夜
舷頭攜手細論文贈小林恂後改姓名稱高楠順次郎

木城似從弟池田秀男BONN

一別東西跡若煙異鄉相遇互相憐三更燈火兩人影
風雨聯牀話往年

宿墺國底江BODENBACH

雨霽新涼到樓前水急流夜山如太古明月近中秋境靜喧蟲語酒濃銷客愁家鄉雲萬里人在澳西陬

過虞羅威朗杜戰場 GRAVELOTTE 明治二十四年辛卯

百戰場荒剩一邱廿年尚未忘深讎英雄有恨干戈盡天地無情草木秋白葦黃榆人骨朽青燐碧血鬼聲愁東方游子來憑弔匝地風雲莽不收

瑞西遊中雜詩

欲寫風光記勝遊推敲詩句思悠悠雲煙驀地湖心起眼底溪山盡壑舟

冰海雪山總入詩遠遊何害負歸期杖頭剩得酒錢少

猶說底湖風景奇 宿君斯丁津 BODENSEE, CONSTANZ.

巴巔簡人 明治二十五年壬辰 BADEN

北轡南轅又一年秋風蕭索入巴巔汗漫休笑永爲客
囊底猶餘沽酒錢

答人在羅馬

有書羅馬到遊意動將狂想像嶺南景黃橙入夢香

鸛城竹枝 STRASSBURG

泰平未撤幾重關秋老寒煙荒樹間依耳水通萊印水
黑林山對寶覓山 ILL, RHEIN, SCHWARZWALD, VOGESEN.
一塔凌空映落暉城門夏過鸛來稀多情我愛狂胡蝶

偏向美人頭上飛州俗女子所戴帽形似胡蝶故云

自由堡途上作 FREIBURG

觸景無端思故園蓴鱸何日醉清罇黑林山下巴丁路秋老夕陽黃葉村

失題

落托江湖詩百篇花天月地送流年憐才未遇牛丞相賺得佳人借酒錢

美堡行

普佛戰役佛將段覆魯 DENFERT-ROCHERAU 奮提孤軍堅守亞兒薩斯州美堡 BELFORT 砦百有

餘日歷七十三戰而竟不降也和成之後普帝優遇其將卒且特免美堡一帶之地之割讓以彰其忠勇後人乃就砦下彫巨獅以表其功績云城中又有一銅像像爲亞州女子戴蝴蝶帽執其夫之銃臨陣之狀者像下鐫縱令QUAND MÊME二字寓縱令男子皆死女子猶在之意也千八百九十二年秋共和創政百歲紀念祭日予偶遊此地牧師賚蒲陸亞LEBLOIS及陸軍大尉羅鐵ROTH爲予東道登堡砦而四顧不禁今昔之感乃賦古風一篇

二山盡處孤壘高夕陽殘樹秋蕭騷有人爲說當年事
風雲猶見帶餘豪帝旣就擒萬兵沒獨守嬰城竭臣節
糧盡援絕氣逾振七十餘戰仍未屈守將餘勇誰能買
亞州女子何勇烈縱令郎斃妾尚存忍將邦土委腥羶
直執銃槍衝敵陣蝴蝶帽上留彈痕苦戰能支十旬久
城下盟成始撤守成就卓卓叚將軍豈落睢陽張許後
金湯形勝無匹敵百門巨礮架絕壁況有當關猛獅蹲
講談吐氣嚇北狄吾今來遊遇國祭共和創政一百歲
士女歡呼動山河滿城旌旗壯以麗

發鸛城赴伯林車中口占

飄泊廿年無定蹤此行何事別愁濃天寒酒醒夢難結
起望幷州雲萬重

入伯林得一律

幾賦歸歟歲月遷故園猿鶴夢空牽去墳墓地三千里
讀聖賢書二十年入洛自嘲才遂拙題橋猶憶志堪憐
半簾踈雨孤燈暗獨有愁人猶未眠

伯林客舍寄母明治二十六年癸巳

豈不思歸夢屢驚萱堂白髮最關情應期湖海十年後
能使阿兒成大名

遊伊雜詩

渺茫一碧水連天望斷歐南山盡邊萬里遠征多快事又驅胡馬看噴煙登威斯布火山VESUV
古昔繁華地寂寥無客過亂山歸鳥盡斜塔夕陽多㟁沙有斜塔PISA

歲晚伯林客中作

客中又爲客歲晚尙孤征鄉遠雙魚少天寒匹馬鳴一身餘傲骨萬里博狂名無奈平生志蹉跎猶未成

歸航雜詩明治二十七年甲午

明治二十七年一月十日發伯林是日先考廿同忌辰

江湖落托跡悠悠父歿廿年猶客遊昨夢覺來鄉信惡

帶愁萬斛去幷州

地中海

浮海何圖忽遇春滿城風雪夢猶新紅洋黑漠途非遠
笑我還爲逐熱人

次清客王元琦詩韻 字鐵君山東人伯林公使館參贊

萍水相逢未了因慨時憂世淚痕新多君滿腹經綸策
天爲中華降偉人

紅海次王元琦詩韻

火輪輕萬里日夜蹴濤行山赭長風熱天垂大海平夕
陽鵬背沒涼月蜃邊生觸目皆奇絕遠遊慰客情

亞甸 ADEN

歸心急於矢夢破獨銷魂殘月蠻湮暗宵過墮淚門 BAB EL MANDEB

次王元琦詩韻

歐洲萬里泛長槎觀國之光眞可誇想見高堂謁親日
玫瑰酒熟笑聲譁

印度洋

滄溟望斷路迢迢十幅征帆逼九霄連日東風吹雪浪
一時驟雨冷炎潮海中燐火光明滅天上星辰影動搖
人去舷頭宵寂寞家鄉萬里奈魂消

偶作

船窗月落曙光催孤客遠征猶未回何處啼猿攪鄉夢
此聲不聽四年來（王夫人於新嘉坡獲胡孫艙間愛飼之歐洲無猿猴之屬）

香港別王元琦

相逢相別一舟中萬里省親情亦同他日墨江重握手
鶯花三月醉春風

香山雜詩

予年甫十八患脚疾養痾于上毛伊香保淹
留五旬其間所交沼間守一田中耕造金杉
竹軒等多是當代名士而未數年前後相踵
即世今茲甲午夏重試勝遊俯仰不堪今昔

之感因有此作

曾遊回首十三年往事悠悠跡若煙名士登仙少年老
石泉依舊響淙然

當時予有香山竹枝數首示金杉竹軒索和
竹軒讀至香山怪底香魚直五寸銀鱗五十
銅句激賞不措以爲少年奇才不易得今也
予齡迨而立碌碌無聞豈能勿恆怩乎竹軒
之子英五學醫與予友善乃賦一絕以寄

愧我奇才遂不奇半生研鑽受人嗤香山空記香魚句
無復竹軒和竹枝

送鶴田直卿禎次郎從軍

貔貅八千上樓船萬里遠衝渤海煙一片雄心三尺劍
直卿意氣凌九天青山原頭秋風冷壯士臨別意慘然
此行羨汝得死處四百餘州好墓田

小金井觀花

暖雪和風裙履香豔陽三月綺羅鄉春溝瀲灩櫻花水
纈出都人錦繡腸

失題

薔薇花發酒方醺夢遶歐南萬里雲司馬歸來猶薄倖
當壚未見卓文君

寄鶴田直卿禎次郎從第二師團在臺灣

時有三國干涉之事明治二十八年乙未

九仞築山山未成一難排去一難生北胡遂作千年禍欲起仙臺林子平

贈人

悲歌擊筑酒盈觥老去壯心猶不平燕趙人傳高士迹魯齊史失大臣名江湖棲隱轉堪羨鵷鷺朝班無足榮浮世百年兒戲耳任他百鬼儘橫行

贈澁谷松東周平明治二十九年丙申

廿年未詠大刀環身老酒香裙影間紫陌紅塵行樂足

秋風無夢到家山

伊豆道中　明治三十年丁酉

輕車搖夢夕陽斜水郭山村取次過方是都門人苦熱
一腔詩思入煙霞

忽傳蛭島起英雄入道諸豪爭望風劉蹶嬴顚千古事
茫茫遺跡麥畦中

沼津客舍　明治三十一年戊戌

僅出都門氣快哉函山盡處大洋開淸陰一榻曲肱睡
忽有濤聲破夢來

大洗卽事　明治三十二年己亥

不是潮聲是櫓聲夜深咿軋枕邊生鰹魚應識滿船到
赤脚村孃秉炬迎

過守谷驛

好取八州遭誅耳覇圖一蹶跡荒涼桃花亂發北總路
猶有村人說僭王驛外有將門城趾

春晩卽事

滿城風雨夜來晴桃李花殘柳絮輕寒食清明春次第
杜鵑聞到一聲聲
吹盡東風廿四番落花芳草又黃昏一年春色等閒老
聽到啼鵑易斷魂

熱海客舍偶作明治三十三年庚子

風送清香入小樓海村冬煖足優遊笑吾忘却人間事也爲梅花三日留

祝醫事週報第三百號兼贈川上巖華元治郎

論議縱橫無黨偏眼光如炬筆如椽刀圭餘暇十年業警世文章三百篇

信州道中

噴煙漠漠盪青空十里高原多北風雪映殘陽山色紫人行一幅畫圖中

送田代義德遊歐洲

長風拂面我心降破浪先經負海邦俠氣關東誰第一
文章洛下自無雙月涼椰子陰千樹花壓葡萄酒百缸
想見詩成回首處極南星斗照船窗

弔金杉極到英五郎喪兒明治三十四年辛丑

一夜傷心雙鬢皤人生盡處是山阿瀟瀟忍聽殘春雨
又濺碑陰葹草多

葉山銷夏雜詩明治三十五年壬寅

青田盡處野橋橫帆過林梢斜日明又對芙蓉千古雪
寒光一片眼中生
十丈紅塵漲帝城海莊好是趁涼行泉流石上洗吾耳

一枕松風吹夢清

贈第五十八號水雷艇長中牟田大尉武正

明治三十七年七月八日黎明大尉乘曉霧

襲敵艦亞斯格兒度於旅順港外叱咤躍進

放魚雷以奏奇勳明治三十七年甲辰

峨峨大艦曉煙遮乍迸魚雷的不差誰道螳螂漫揮臂

亦能一擊覆龍車

讀旅順戰報有作

連山壘壁半空橫圍急皇師十萬兵怪底孤城猶未陷

徒教豎子博驍名

戰聲始罷暮笳哀此日將軍破敵回月黑前谿人影動
胡兒知是索屍來

贈塚原夢舟周造

吏才幹事世皆知高臥何心睡起遲海國偉謀開氣運
使臣專對繫安危閒中日月風流會老後悲歡感慨詩
緬想蘘溪邀客處縱談驚座酒酣時

題田邊濤濟遺稿

遺篇讀罷淚如絲兩世交深隔世知長記柏陽煙月夜
青簾殘燭醉論詩

接旅順捷報有作

陷此金湯死亦甘塹濠幾處戰方酣積骸爲壘血醫渴
奪取高丘二百三

迎東鄉大將凱旋 明治三十八年乙巳

艨艟壓海虜氛亡百戰歸來我武揚一代偉人齊景仰
西鄉以後有東鄉

輓足立少尉 美堅

投筆從軍氣凜然微軀甘爲奉公捐欽君瘞骨得其所
二百三山好墓田

哭兒三首

平生豪語竟如何漫道辛酸閱歷多事到今番惆悵甚

三年歲月夢婆娑
魂兮不返足深嗟愁欲催秋白露華澆得墓前泉一杓
斷腸人種斷腸花
鳩車竹馬有三兒日日趨庭相笑嬉肯信餘慶緣積善
鼎亡一足奈難支

秋懷

玉樹凋傷霜滿天茫茫身世轉相憐葉聲半夜繁于雨
無賴秋風又一年

迎乃木大將凱旋 明治三十九年丙午

二兒功烈亦超羣征露應推第一勳父老相迎皆制淚

生還復見乃將軍

馬關春帆樓卽事

隔牆松柏是皇陵一曲琵琶說廢興細雨春帆樓上夕
可堪酒醒對孤燈

金陵絕句

畫舫紅橋萬柳枝夕陽打槳欲回遲六朝山色千秋跡
聞說秦淮似舊時
珠簾銀燭納涼時聽得琵琶譜竹枝桃葉渡頭脂粉水
美人何處鑒嬌姿

浪華贈渡邊金谷千代三郎

萍絮遊跡千里歸浪華來叩故人扉剪燈話盡廿年事
月落江心漁火微

送金杉極到英五郎再遊歐洲

憶昔相攜游伯林臨岐今日感方深歐洲若遇舊知已
爲我慇懃傳好音

大江揚鶴翁卓大森明星閣中秋雅集席上次
韻

無月此宵蟲語幽桂香冷在雨中浮十年重訪明星閣
客與先生鬢共秋

隨鷗唫社大會以事不能赴因次三島中洲翁

詩韻言懷

天公何意苦慳晴昨日梅花今日櫻三月江樓修禊事
雨中春樹老鶯聲

次荒木鳳岡寅三郎詩韻以贈

醒來喚酒欲銷憂詩卷雜然堆枕頭燈火可親書可讀
滿庭蛩語報新秋
骯髒空懷千古憂讀君詩句瘉風頭薔薇院落霏霏雨
夢遶依兒河畔秋
憐君故國正丁憂蕭索結廬碓水頭讀到冷煙凄月句
敗荷殘柳不勝秋

野州道中

泥沒桑麻沙壓門誰能治水濟元元鵁梟啼歇江聲急
月黑毛州刼後村

不忍池畔雅集席上卽事

半簾疎雨夕模糊隔水燈光影欲無人與嫦娥俱有恨
秋風吹老小西湖

繪島旗亭醉後題壁

紬衾睡覺漏沈沈煙霧遮樓月色侵意氣何人輕萬戶
笙歌隨處擲千金魚燈無影浪逾壯鼉鼓有聲更已深
醉後詩成誰又聽試攀巖角一長吟

秋日雜題明治四十年丁未

意氣空銷委死灰夢魂不復到麟臺秋飄一葉無聊賴
滿地蛩聲灑雨來

一樽倒處桂香搖天上無雲敞泬寥刀尺催來秋萬戶
風前砧響月今宵

上野鶯亭中秋雜集次大江揚鶴翁卓詩韻

一株仙桂散金葩勝會眞知勝意賒顧我遊跡心望蜀
和君高韻調慚巴清光漸覺昨來好圓影恰於茲處加
飽賞東臺今夜月三春休說有櫻花

奉壽叔父竹山香山翁屯古稀次其韻明治四十二年

己酉

休言心事老成空養浩由來知有功矍鑠風姿期大耋
今番先祝古稀翁

送大澤岳太郎再遊獨逸

誤謫東洋十五年歐洲文物夢空牽長風好放飛行艇
直到亞山萊水邊

葉山雜詩 節一

訪勝攀山嶺尋涼步海濱無爲眠食足恰是葛天民

大江揚鶴翁 卓 中秋雅讌席上分韻

胸中曾未着纖埃十歲詩心屬死灰林墅迎賓親掃逕

海樓待月共傾盃
桂花香冷到秋半
蕉葉影搖知雨來
多謝主人投轄意
欲酬好句奈無才

京都偶作 明治四十三年庚戌

半年三入洛
春過又逢秋
爛熟鴨東路
題名幾酒樓

悼馬杉青琴女史

何處青山瘞玉姿
黃昏小閣月如眉
梅花忽向風前落
隣笛一聲吹者誰

題豊住醫學士 秀人 遺著

母在此身猶萬金
萬金兒死恨方深
秋風吹動梧桐葉
獨讀遺文今夜心 起用成句

送大江揚鶴翁卓之南詔次其韻

臨風回首歲初周重訂舊盟詩思悠千里清光今夜月一年佳節古中秋敞筵有主幾投轄長笛教人頻倚樓欲訪入蠻南詔地鵬雲落影入扁舟

過莫斯科明治四十五年大正元年壬子

不知教義僞乎眞只見行人膜拜頻堂塔伽藍千六百曾無德澤及黎民

伯林客舍漫賦一絕似人

蓬桑萬里志初酬一劍將窮五大洲底事思鄉終作病丈夫却抱女兒憂

重遊斯篤羅斯堡

二十年前予入斯堡大學留學三年今茲重遊俯仰今昔感慨不禁因賦一絕斯堡有鸛每來城頭其寺塔湧出空間始欲建雙塔而今尚未成

城連關塞鸛橫秋古寺天高孤塔浮同學故人誰話舊某山某水是并州

大江揚鶴翁卓中秋招宴以事不能赴賦一絕以謝大正二年癸丑

去年今夜在歐洲賞月鵁湖載酒舟萬里歸來違勝事

無端又負古中秋 WANNSEE

信州道中 大正三年甲寅

路入信中涼逼肌山容水態兩清奇深林處處聽黃鳥
正是都門苦熱時

贈伊東博士 忠太 大正四年乙卯

半肩行李一身輕禹域迢迢賦遠征南弔厓山浮粵海
北游燕市度長城洞庭波駭大魚躍劍閣風高孤雁鳴
足跡正留三萬里張騫以後有吾兄

偶成

老去功名亦等閒秋風夜夜夢家山洛陽酒味難忘得

卅歲淹留猶未還

奉賀叔父竹山香山翁屯七十七壽大正五年丙辰

七十又加七優游感聖恩手栽紅杏樹春色不離門

上毛甘樂途上口占

十里輕車路桑麻綠萬重有人談往事哆口說玄龍上毛山名村有醫曰玄龍以豪俠聞元治甲子之變爲武田耕雲齋所捕不屈遂被斬

赤倉偶作

載筆妙高山下遊靈泉滌暑似涼秋鵑聲鶯語小亭靜

白樺碧杉深澗幽雨霽蓮湖明鏡皎日升斑岳彩霞浮

滄溟認得征帆動天際青螺是佐州

題岡田道一薄櫻集

知君美譽早成家三十一言言作葩桃艶李嬌何得比無雙國色在櫻花

新潟行形亭眞島信城招飲酒間賦贈大正六年丁巳

風送濤聲月色新山亭剪燭話前因羨君高臥林泉裏笑殺世間名利人

十年賦得大刀環又逐秋風入故山綠鬢雖吾未能隱可堪齷齪老塵寰張問陶有句云無奇久被青山笑欲隱其如綠鬢何

葉山村莊卽事次湯原易水元一見寄詩韻大
正六年丁巳
秋潮浴罷倚欄干積水茫茫帆影殘日動紅輪春欲落
紫芙蓉嶽閣前看
釣人幾處住江干戶戶曬蓑斜照殘避暑湘南吾樂足
陶詩一卷曲肱看
佐世保客舍與人話日米戰事偶作
艨艟壓海幾艘浮望斷九州州盡頭禦侮折衝誰有策
杞人漫抱百年憂
次土居香國翁病中詩韻却寄

靈氣有功痾忽痊𧃹香國吸酸素而病癒一篇詩挂畫屏前避寒養
老知何處砂白松青湘海邊

新潟謁先人墓大正六年戊午

涓滴未酬滄海恩立身行道志空存北風吹髮天將暮
獨酹寒泉泣墓門

過見附驛

纔出都門心自閒秋風一路故鄉還雨晴木末浮青黛
莫是多年夢裏山

時事絕句節錄

戰敗如今引恨長忍看餓莩斷人腸衆民遂創共和政

廿六邦無一帝王
霸氣銷沈威武荒干戈百戰睹興亡可憐奔竄在他國
空望伯林天一方

次佐藤碧海勤也病中絕句韻却寄

隨處有山骸可埋何言伏枕悶難排盡人事後竢天命
無復一塵侵病懷
濟生百萬不誇功宿志休言半是空高臥青山移動影
泰然養痾一牀中動影移山見於唐詩金粉

題岳父中牟田中將傳後大正八年己未

廠海艨艟壓賊兵風雲慘澹五稜城千秋功烈巴灣戰

竹帛長留驍將名
不惜死兮不愛錢平生持論志尤堅匪躬已盡王臣節
一劍酬恩五十年

庚申新年口號大正九年庚申

半生心事易蹉跎奈此故吾今我何垂老光陰須掩鏡
鬓絲恐見昨來多

山陰道中游嫁島有詩碑刻永阪石埭翁所作

棹歌乃次其韻

碧雲湖上碧雲飛雨霽高樓醉落暉北馬南船詩思盡
廿年猶著舊征衣

予承乏大學教授二十五有年于茲矣今秋十月念二先輩知友門弟胥謀張賀宴於上野精養軒招予及妻兒且贈以畫像二幀及奬學資一萬金予感荷弗措宴後一日偶得詩三首題曰秋懷汎請同人和韻大正十年辛酉

喞喞蟲聲惹暗愁一年容易又逢秋半生空鼓齊門瑟
恐落人間第二流

講學泮宮三十年濟生何術繼前賢投簪猶未賦歸去
秋老家山二頃田

新程邐迤奈愁何舊事參差夢一過半夜燈前欹枕聽

梧桐風雜雨聲多

次澁澤青淵翁病中絕句韻寄呈

飛鳥山邊櫻始開春風入座氣佳哉恐論世事談風月
千萬無人問病來

悼原總理大臣

黨同伐異勢望隆兇刃喪身萬事空豫作遺書辭顯爵
逸山此處是英雄

遊華雜詩大正十二癸亥

南京

覇氣銷沈王氣亡山河幾度閲滄桑廿年重過金陵路

雲莊詩存

江艸青青引恨長

遡江

明月中天秋氣清舷窗夢冷客魂驚欲探禹域新文化
千里長江破浪行

武昌

黃鶴樓臨鸚鵡州晴川閣聳漢陽秋謫仙一去呼難起
天際長江日夜流

黃河

中原平野草連天望斷飛鴻欲沒邊曾是木蘭鞭馬過
黃河萬里水濺濺

北京

兩邦玉帛得機宜正是東方多事時談笑交歡朝達夕
燕京旬日遂無詩

曲阜

曙色氤氳望聖林涉洙涉泗感尤深千年名教存遺蹟
經過令人幾正襟

青島

起伏峯巒抵海濱樹葱葱裏赤甍新一場曾灑三軍血
如此江山坐付人結放翁句

癸亥仲秋口占

百萬樓臺安在哉惟看敗瓦與殘灰清光依舊中秋月
知否人間有震災

南遊雜詩大正甲子十三年

高雄竹枝

布帆十幅向泉州載否吾儂萬斛愁日暮海風吹醉臉
相思樹下送郎舟

臺南謁鄭成功廟

延平將舉兵謁孔子廟焚所著儒服仰天
曰昔爲孺子今爲孤臣向背居留有各所
用謹謝儒服庶先師照鑒焉高揖而去

昔爲孺子今孤臣焚却儒衣挺一身國姓爺名傳不朽大東天地出斯人

奕世勤王節最堅干戈百戰欲回天島民猶有慕遺德廟食南荒三百年

薩福建省長鎮冰書唐賈至詩見贈乃用其韻賦呈

海南冬暖不知寒肯說異邦行路難白塔屹然雲表聳閩山巘巘水漫漫

廈門口占

天涯幾處試窮探禹域山川略自諳意氣老來猶骯髒

秋風孤劍入閩南

潮州卽事

往事悠悠付逝波依然形勝舊山河文公祠廟空荒廢
却怪潮州佛刹多

廣東偶作

珠水溶溶千里長粤南隨處又觀光客中詩酒得新友
夢裏溪山似故鄉玉帛須知依國論經綸只合本民望
黄花崗畔秋將老七十二碑名姓香（廣東黄花崗有首倡革命七十二烈士碑）

大正甲子紀元節朝廷錄先考松塢先生功追

贈從五位蓋異數也感泣紀恩

曾遊瓊浦學洋方三折其肱名姓揚今日幸逢追贈典
墓門松柏有輝光

日光金谷旅館矚目

急湍嚙石萬珠跳乍覺人間暑熱消一簇老杉高百尺
雄姿似護古神橋

翁島偶作

萬頃煙波望欲迷半天積翠是磐梯湖光山色倩誰寫
風景依稀似瑞西松永侍醫以猪湖比瑞西諸湖故及

次森永友健詩韻却寄

畢竟煙霞未了緣柴門高臥思悠然羨君矍鑠筆加健
百歲唯餘廿二年

悼渡邊勝子

鴛鴦雙宿無多夜何意忽焉歸道山衰柳敗荷秋落莫
每思往事淚潸潸

葉山海山觀卽事次落合侍從見寄詩韻

忽見紅霞岳麓生此樓宜雨亦宜晴澄空日落新涼到
閒聽幽蛩竟夕鳴

乙丑元旦口占大正十四年乙丑

靑山何處卜幽居老去功名意轉疎起向明窗呵凍筆

元朝先艸乞骸書

乙丑六月初六當陰曆端午伴兒博愛觀紙鳶競技于今町

一別家山五十年鳩車竹馬夢空牽歸鄉今日逢端午兩岸薰風鬪紙鳶

寺泊聚感園懷古

老松枝偃海雲間更見豊碑對碧灣俯仰豈堪今昔感夕陽紅沒佐州山

乙丑六月牧野內府招同人泛舟多摩川酒間賦一絕

絃歌聲湧水中央豪興何人遊醉鄉別有羣賢滿雙艇
清談半日賞風光

乙丑七月晃山離宮

皇后陛下召臣觀瓶中櫻花恭奉
懿旨賦此以獻

扈蹕白雲流水邊離宮佳氣自融然深山七月春猶在
幾朶櫻花芳且妍

送三上博士參次游支那

江山隨處好題名我亦曾遊動遠情禹域茫茫三萬里
一壺火酒壯君行

北京途上口占

鐵路遙遙載夢行客衣偏覺早涼生韓山瀋水三千里又逐秋風入北京

平蕪無際夕陽斜一路風光去國賒不是尋常探勝客三年三度入中華

次若櫬首相見示詩韻

衣錦還鄉歌大風山陰觀月聽鳴蟲羊裘欲結江湖夢麟閣偏懷鐵石衷一代英雄俾斯麥千秋豪傑拿波翁平生景仰人相似滿腹經綸氣若虹

次蔗庵上山總督詩韻却寄

臺灣千里隔何物慰羈情萬顆木爪熟滿林蕉葉清經
綸期遠大機略儘縱横白髮匪躬節丹心報聖明

次若槻首相見示詩韻

壯時負笈帝都遊自是人間第一流王事于今終靡盬
卅年桑梓不回頭

送人赴任臺灣

多歲江湖逃盛名白頭再起爲蒼生經綸別有圖南策
不是尋常刺史行結成句

送兒民政游歐洲

不用臨岐說別離桑蓬萬里向天涯行過紅海回頭望

正是阿孃思汝時

日光客舍偶作

細雨如絲冷似秋濛濛水氣鎖高樓曉風驀地拂雲去
欄外千山翠欲流

紅葉館雅集賦呈若槻首相大正十五年丙寅

高樓置酒對斜陽綠樹葱葱幽草香解飲風流新宰相
羣賢滿座醉歌長

丙庚八月葉山卽事

又扈鑾輿到海濱風清氣爽絕炎塵曉煙散盡濤聲靜
駿岳相山晴色新

那須途上

樹間鶯語雜蟬聲忽有離宮照眼明坦坦那須山下路
快車如箭截風行

次土肥鶚軒慶藏辭官詩韻

挂冠脫却鷺鵷斑料識故人心自閑綠鬢童顏身尚健
採芝未許隱青山
洙泗遡流窮聖源千年遺教仰逾尊立身行道揚名後
不忘哀哀父母恩

悼澄川德

千里入京忘病軀江樓小宴笑相呼秋風落寞感殊切

不見山陽舊酒徒

答人昭和二年丁卯

馬革裹屍曾所期當年意氣劍相知老來何事壯心已
閉戶爐邊讀小詩

過寺泊

永仁中藤原爲兼謫佐渡途過寺泊阻風淹
留有游女初君侍焉初君善國風因與之唱
和遺悶後遇赦歸京奉伏見上皇勅撰玉葉
集乃採其歌收諸集中世傳以爲佳話初君
墓今猶在

蕭條海驛日將曛遙望佐山橫暮雲千古風流留勝迹
落花撩亂女郎墳

昭和二年二月七日扈從

靈轜敬賦

二重橋外暮寒催弦月蒼蒼照鳳臺三百萬人齊慟哭
轜車伊軋角聲哀

自西野抵大河津有作

信川除得百年憂十里截山寬水流懷昔垂髫隨母過
夕陽呼渡立蘆洲

致仕有作

身老禁垣丹闕邊山情野趣轉纏綿聖恩今日賜骸骨
歸臥田園送暮年
野鶴閑雲任所之淹留歸去總無期五兒已長縞衣老
獨對青山惟賦詩

甲府昇仙峽即事

危石怪巖忙送迎溪山三里賞秋行圖窮七首突如見
一道飛泉撼地鳴

扶老杖題詩應久須美雪堂翁囑

三尺仙笻拔俗標菅翁截竹賴翁彫銘云扶老百年後
餘韻流風猶未消

次河上太拙翁謹一春思詩韻

朝衣脫得志初酬鄉思無端惹暗愁爲客卅年歸未得
春風欲賦大刀頭

昭和三年十一月擧登極大典先師馬杉雲外
先生辱贈位恩命蓋異數也詩以記喜昭和三
年戊辰

勤王講學布衣尊曾援天誅功永存枯骨九泉天寵渥
及門弟子泣朝恩

遊信雜詩

小諸北去路悠悠忽見豊碑峙驛頭一自象翁傳好事

文章角觝共千秋（滋野見力士雷電碑文係佐久間象山翁撰）

四百年前是我鄉山河猶覺祖風香拉兒一路三經過

八岳彌高曲水長（過南佐久郡入澤村予家祖先所曾住）

快車十里試清遊當面連山翠色幽探遍信中南北勝

三湖湖畔又逢秋（游仁科三湖）

赤倉山莊次岩溪裳川翁見寄詩韻却贈

三伏山莊住白雲新詩寄我亦思君雨晴紫翠濃於染

百里盍來俱話文

田園雜詩

朱門未免有憂患富到陶猗也等閒健羨鄰翁年七十

挈兒日日耨南山

好去都門避世譁震餘笑我數移家村居始解茹蔬美
前圃芋魁後圃瓜

捲簾曉靄罩蒹葭遠樹模糊連水涯忽見朝暾升冉冉
爭妍紅白滿庭花

題遠山博士椿吉新著

道德淵源在科學自然玄理說來新洛陽紙價從今貴
偏喜交游出此人

華賓歡迎會席上賦贈王一亭震

十年滬上始相逢再會無端接笑容翰墨有緣君記否

爲予曾畫四蟠龍

己巳元旦新潟口號昭和四年己巳

五十年來夢寐頻元朝餠味覺淸新滿街風雪仍如舊白首重逢故國春

己巳古重陽桂社雅集次王右丞詩韻課題

家鄉遙隔白雲外難折茱萸寄老親新雁一聲天似水七年身是未歸人

秋懷桂社課題

老來未賦大刀頭齷齪猶懷一片愁蟋蟀聲悲連夜雨也逢殘柳敗荷秋

永源寺觀楓有序

先考曾藏梁川星巖翁所作近江永源寺觀楓畫幅後有故割愛於越後中蒲原郡七谷鶴卷氏烏兎忽忽五十年先考墓木已拱大正年間畫幅再歸于我昭和四年十一月東京日日新聞社開安政大獄遺墨展覽會於青山會館予乃出陳一日往觀偶逢德富蘇峯翁翁說永源寺勝概頗詳且贈以其所著關西遊記一篇後數日予以事赴大阪遊意頻動兒民政時爲茨木稅務署長會夫妻來

侯乃相攜往遊紅楓滿山清流繞麓半日優
遊甚娛心目因得一絕

萬樹斕斑映水明永源寺畔雨初晴星翁畫幅蘇翁記
成就觀楓百里行

新燕次吳回詩韻桂社課題昭和五年庚午

春過長嗟日幾回櫻花已謝李花開幽居地僻無人到
簷角乍看新燕來

寒食次陸游詩韻桂社課題

城外雨過浮翠霞殘雲影淡似平沙半汀新綠垂楊柳
滿苑落英紅杏花白髮無情怕看鏡青山有友欲移家

客中寒食年年事空望故鄉天一涯

贈澁澤青淵子爵次其詩韻

聖明殊寵賞誠忠一意謙虛不伐功確立百年經濟策
四民誰不仰高風

寄懷若槻克堂全權在英京次其詩韻

處處庭除雪尙殘老來多病怯春寒案頭披得坤輿志
一夜愁心把劔看

讀游心錄贈堀口長城九萬一

游心錄出忽馳名才筆縱橫舉世驚北越騷壇多俊秀
長城文豈讓春城

庚午七月四日楓荻凹處雅集次趙秋谷卽事
詩韻

吾廬遙負郭秧緑水田田窗竹收時雨庭松帶午烟風
流無俗士談笑有羣仙雞黍新開局詩成一醉前

其二次宋荔裳田家詩韻

喬松幾樹聳亭亭雨足秧苗插後青此處幽棲耽寂寞
一編欲著衞生經

其三席上分韻得園

休言白首志猶存世上功名夢一痕敢仿柴桑多種秫
吾家詩景在田園

庚午八月游黑部溪偶逢國府犀東種德次其
見示詩韻却寄

點頭鄉在水之湄猫股猿飛名各奇豈料僻陬鐘釣路
逢君溪上誦新詩點頭與宇奈月國訓相通

過出雲崎

佐山影淡夕陽遲數百漁家列海涯想到人間榮辱事
良寛堂下立多時

佐渡道中

一自明皇怨杜鵑催歸聲絕廿餘年千秋恨事向誰語
淚灑空山落日邊

奉壽西園寺陶庵公八十初度次國府犀東種德詩韻

匪躬蹇蹇夙勞精八秩傾陽抽赤誠誰道英雄起山澤今看俊傑出公卿使西征北功勳偉卜獵坐漁巾褐輕一代風流賢宰相居然聲望壓東瀛

贈德富蘇峯翁昭和六年辛未

一代盛名凌馬遷高才博識筆如椽老來意氣逾豪壯報國文章五十年

題紫竹樓

櫻澤博士地相爽塏營新居湯島結構瀟洒

眺矚宏闊凡本鄉下谷淺草神田日本橋本所及深川七區之高樓大廈攢蹙累積於袵席之下予乃名其樓曰紫竹以紫竹與七區邦音相通也因分庭上紫竹數竿贈之而實其名且媵以五絕一章

層樓靠崖聳眼界豁然開庭竹生靈籟臨風待鳳來

攝津深江問湯川寬吉疾

追懷往事感偏多壹鬱胸中可奈何爲是故人長臥病甲南大道十經過

悼中村少佐

少佐名震太郎越後人年甫十二來東京寓吾家居八年入陸軍士官學校才學優秀畢業後爲高田聯隊將校出征西比利亞有功更入陸軍大學爲參謀本部員累進少佐昭和辛未五月奉命深入滿蒙之野爲支那兵所殺享年三十五舉世惜之

萬里入胡身遂亡一誠報國姓名揚北邙他日當題石
好漢中村震太郎

跋

入澤君雲莊嗜詩其所觸懷一發于詩蒐集五十年來詩爲一卷將刊行以頒親族故舊受而讀之君之立志以後之詩也詩者史也與雅故黨友唱酬與山水風月嘯咏者游涉海外觸目感懷凡君之一生罔羅不遺披卷洛誦無非君之史乘君繼先人遺志志于刀圭卒大學之業留學獨逸歸後爲大學教授拜侍醫頭其所交游遍于天下遠及海外其所贈答不啻邦人取材也廣咏懷也遠皆出於實歷遭遇無一虛構無一泛辭閱首至尾足見出處進退曰君之史乘非誣言詩者史也於

君之此集知其然也漢書曰古者諸侯卿大夫交接鄰國以微言相感當揖讓之時必稱詩以喻其志故孔子曰不學詩無以言也詩於是乎見其用之大與無病而呻吟者異其撰當其排印跋以此言昭和庚午晩春貞松武石潛

民國二十一年壬申
上海中國仿古印書局印行

吉川幸次郎

知非集

據日本昭和三十五年中央公論社鉛印本影印

知非集

昭和庚子刊

中央公論社

自序

異邦之人以漢語爲詩爲文非所宜也我邦先儒多爲之且或詡其能於此今余意異乎是既讀漢語書爲業當知其款要知其款要莫善自操蓋工欲善其事利其器云爾抱此志已久作輟不常大正十年余年十八在京都第三高等學校始謁青木迷陽先生以其介紹購上海書往還之牘以漢語爲之時又識張君景栢習北京語言十二年晉京都大學文學部從狩野君山鈴木豹軒二先生遊君山課作漢語文每星期一篇私心喜之有一二篇謬見獎借喜之愈甚時又悅清賢詩漁洋竹垞略能成誦刻意倣之構思累日或累月竟不能篇蓋余性不宜於詩既寡於性情又拙於組織少年苦不自知故愈爲而愈窘也十五年論宋詞源流以應畢業之試亦用漢語君山豹軒與內

藤湖南先生同爲考官時東平夏渠園與衡陽王芃生避禹域亂小住西京與諸老爲文字交余往間之渠園告以古文義法余數望洋芃生南社詞人乃贈之以詞覺詞之敷衍易於詩之組織然亦一二篇而罷昭和三年以君山意之北京浪迹北京師範中國諸大學又問文法於漢軍楊雪橋楊性寡默對坐移時只得數語乃每星期攜文往以代筆談類淸季課藝之文不足存也詩則愈窘在燕三年無數篇六年東歸途經江南其南京蘇州揚州淮安杭州皆有遊踪而竟無詩既東歸任京都東方文化學院所員君山爲山長其始述作皆用漢語平生悅乾嘉之學不悅道咸及其自作庸言源流不能經訓反類道咸乃自厭棄漸就國語詩猶偶作傅君芸子爲學院客掌教北京語詩非專門而羈旅之思時見於容余乃倡爲詩社與之唱酬於

是余詩俄得數十篇蓋不求之性情故作之易也時與同僚校尙書疏序之又校元曲其箋釋之文倣淸儒之訓詁蓋學乾嘉而不成乃出於此也二十二年轉調京都大學文學部敎授自此日授漢語書於諸生而自作甚寥君山又以此年見背學殖愈荒有所述作概用國語然其國語之文時以漢人雜文之法出之世人或未之知也近忽復勤於詩愈不求之性情作之愈易然其格則已卑矣昔錢衎石有兄學源嘗問之曰弟他日欲居史傳何等耶衎石對曰文苑余嘗讀之歎爲通人之言蓋能文苑乃能儒林此衎石之志也余之綴漢語以爲讀書之階梯亦猶是耳今年迫桑楡所得止此且其讀書亦不少進棄之可惜裒而錄之題曰知非有取乎蘧子之言又箸其非漢語之眞素自知之昭和三十五年歲在庚子陽曆七月吉川幸次郎善

之甫時將遊歐洲

知非集目錄

吉川幸次郎　善之

知非集甲

吉川幸次郎 善之

送王芃生歸衡陽次君山夫子韻二首 大正十五年丙寅

萬言曾定策卓犖杜司勳風雨傷離別滄桑痛見聞詩名留海島劍氣指湘雲後會知何日孤帆悵送君

誓墓當年意行邁遠雙親丘壑寧無夢邦家正待人槃敦勞應對袞帽飽煙塵息影好歸里秋風吹葛巾

法曲獻仙音 贈芃生

駝陌花殘鳧塘煙濕九十風光都了去國情深送春人獨知君斷魂多少向晚照休回首山如故鄉好 歎芳草正萋萋又添新恨頻顧影依舊青衫潦倒候館相逢感知音曾許同調緩拍低吟對晴空星冷風悄恁一宵清話怕早水天雲渺

無題 昭和二年丁卯

有時惆悵有時悰難得心情是阿儂脈脈簾前曾欲訴悤悤陌上不成逢人憑水閣易愁緒夢到雲屏偏笑容待向天公垂涙問斯緣錯鑄幾重重

滿庭芳 寄神田鬯盦

水宿孤鴻風飄哀笛時節還易黃昏蕭條庭院腸斷自溫存一別河橋往侶秋雲冷偏惹愁魂簾櫳寂斜陽低了新月印纖痕　堪論憔悴盡西京學士南國王孫記幾度燈闌醉倒銀尊羅扇題情舊夢空成憶煙暗江村疎鐘斷無聊賴處悄悄掩重門

與松浦學士遊香山靜宜園是夜宿香雲別墅二首 昭和四年己巳　以下四首燕京作

繡樹前朝苑鬱葱嵐靄封圍牆包嶺壑盤磴入雲峰華發星壇寂磬流臺殿重爲窮金輦路絕頂聽風松忽作數峰暝石廊射照翻支笻煙接野投舍樹依村欹枕堦泉合對牀簷月昏平生湖海意子細此宵論

碧雲寺禮孫中山櫬

白塔明霞外疎林蕭寺邊昔營由石顯今看葬孫權事業蒼杉默風煙丹旐纓中原還戰鼓憑弔意茫然

冬日遊臥佛寺

落日西山寺清磬發深壑雲光入我夢明發起杖策出郭眺三輔百卉盡云瘼窈窕玉泉塔亭亭揷穹碧我行緣其隈逶迤履犖确曾巘開寶境孤嶂壓林薄豈煩問塗徑遙矚心已廓依依綏我轍到門森蒼柏山僧披袈裟啓齒迎熟客碧殿杳深沈長

廊響行舄龍潭荇藻枯祇林頹葉積法王般泥洹幻相空山宅津梁豈云疲妙香諸天寂對此足遐想頗覺塵襟滌乃尋荒榛路騰身俯冥邈迅商凋大野白日幽墟落流目窮遠勢寒靄翳城郭悲歌發我口徙倚竟向夕

學院聽京劇唱片四首 昭和九年甲戌　以下東歸後作

玉槃珠滾正亭亭淸唱任君取次聽精舍桂殘菊初發先生幾日廢研經

休說機關假與眞歌聲搖曳欲傳神諸君獻藝宜當愼細按紅牙有解人 謂傅君芸子

三年襆被在春明脈望穿書太瘦生回首如今滄海隔繁絃急管一移情

學算平生蔑里堂那知餘事亦相將農談花部續能否點到放

牛情欲狂能田君忠亮愛聽吹腔小放牛

除夕二首昭和十年乙亥

堂堂去日積悲歡對酒中宵意鬱盤宛轉世途吾乃壯離披舊牘字多殘同甘苜蓿朋能久一讀蓼莪懷若剜自笑詩成易浮綺猶希守拙此心安

芸籤十架伴青氈自愧丹黃多未全思誤漫耽邢邵適問疑猶遜賈逵專微言心折乾嘉老舊事夢追吳越船幼子迎春歡不睡戲云汝勿學耶顛

與學院諸君遊西崦金藏寺德川家光姬人桂昌院所修

昭和十一年丙子

旄丘積翠對新晴飛磴時聞山溜鳴樹杪雲來紺宇冷天邊日射碧江明頗憐地僻僧皆瘦甚愛亭孤氣許清說道佳人尚香

火祠前花發不知名

由金藏寺山行至善峰寺山長狩野君山先生先到攝景

於臥龍松前

巨牝谽谺響犬雞俯臨煙樹護招提到門亟撰先生杖登閣共看平野霓松學龍鱗枝偃蹇畫留鴻爪坐高低下坡飛步買餘勇回顧層巒日已西

和傅芸子講師遊山詩三首

燕臺秋色夢應酣尤向陶然亭畔探却賦西京好山水不教詩事擅宣南

詩筆聊將慰客心和歌翻得獨長吟肅王墓畔花之寺憶否吹簫醉碧陰（路經長岡花之寺北京朝陽門外花之寺有清肅親王墓其名偶同）

水愁王母泛觴苑草沒武皇郊祀壇避世乘槎知有意吟盟結

得不容寒

君山先生用芸子韻作山居詩敬和三首

犖經食古老彌酣興到詩如囊裏探竹影泉音好聯句退之書館在城南

月色當窗堪印心篋中奇句自龍吟郊居似過休文樂未用息機杳漢陰

鄭氏家風教子札宋廛歲事祭書壇壽開八秩健逾昔移杖遙瞻嶽雪寒

三疊前韻贈同社諸君三首

鬪得尖叉興正酣層層新意競相探可知字有無窮讀不怪春秋鄭伯南

諸老堂堂語稱心倍教後學苦呻吟倘能腹笥分其半豈歎詩

魔銷晷陰
誰云樸學絕吟詠願與諸君同坫壇一任詩人笑吾輩冰心好
在玉壺寒

葵祭次傳講師韻

迤邐汀洲杜若風分飛憐彼伯勞東九重貞卜又諏酉御道輕
埃紛走驄靈草頒來裝束儼寶車窺得靚妝紅柔情猶說光源
氏欲置塵身葵帖中

又疊

儼然儀注六朝風千載靈祠鴨水東舞袖張時如蛺蝶玉簫響
處繫驊騮豆籩縟列菅筵白劍佩森依華表紅旗旛不動知神
降祝詞徐奏冷杉中

讀漢書宣帝紀

鬪雞走馬逐紅塵朝請空云屬第親詎意獵車來下杜俄看璽綬耀中宸背芒不許將軍驁開土終招驕子賓盛事千秋傳議奏非惟吏治自稱神

與學院諸君遊叡山擇路之尤險者

始知千仭可追攀漸覺諸峰脚底攢絕壁遮人芒屐健山櫻留客酒盃寬望湖眸逐晴光轉踞石談爲鳥語閒聊愛上方梵唄冷依依瑤草坐相班

丙子秋將有越東之行王君芃生以大使館參事館在東京見餞以詩又乞許雙溪大使簡諸名流以爲先聲會患痢疾不果行依韻以酬

尺素殷勤情百端嗟吾病骨遠遊難不隨賓雁挂帆往飽看棲烏掠枕還縞紵故交違聚首蜩螗世事可摧肝問君詞筆近何

若沈痾當如辛幼安

芃生書又來云將重游西京喜而答之仍用前韻

十歲各依天一端岑苔能似我曹難鳧塘舊句煩君摘丙寅芃生在西京余贈以詞有駝陌花殘鳧塘煙濕句甚爲所賞來書猶及之筠管新詩待使還前度秋光堪極目何時夜話共披肝得來佳訊情顚倒蠟屐猶期陪謝安

書中以近日之局爲憂三疊

憂思如泥繞筆端眞成來日大艱難朔方空見飛箝遈江表厭聽鼙鼓還誤國何人猶掉舌結仇焉事便刳肝坐悲萬物將芻狗終俟淸平共享安

送新城博士之上海自然科學研究所長任代能田君忠亮　昭和十二年丁丑

名山業就受恆先屈指從遊已十年魯曆既匡三統謬周金又

譜共和前戴錢雖往堪同調渾蓋誰云有二天觀象由來徐匯
事當依鴻碩領羣賢

送佐藤匡玄之北京 昭和十五年庚辰

精舍校經侶久如苔同岑戒駕欲遠遊驩喜滿我襟貝勒故所
都宮闕鬱蕭森昔我襆被往丈人盛儒林家法爭今古流略繼
向歆觀光登祕閣發篋耀璆琳優游宣南肆收書可千金中原
自烽火赤縣坐陸沈簪纓滯荆楚庠序刺青襟雞鳴急風雨努
力覔南鍼若能宗漢京謠俗宜潛心雅詁理未變禮意猶可尋
康成曾有云通古亦知今高論談唐虞浮誇誇難賞音庶各勉
光采以慰契闊深

野崎君誠近見贈吉祥圖案解題賦謝二首 昭和十六年辛巳

兩已繡成青黑文依聲託事復紛紜知今通古存家法遺俗堪將補鄭君

猶憶當年燕市居燈光笑語歲將除尤憐厨下羹初定舉箸聲聲祝有魚（燕俗除夕以鯰魚作羹意取年年有餘）

慰足利原田翁喪耦　昭和十八年癸未

平生豪氣傲東方賤彼滑稽齊得喪有淚不關腸似鐵無言獨對月流牀天將何意繩休咎（翁於此日得孫）佛說三生恐未荒歌哭本堪男子事況君飽閱世滄桑

壽王君九七十　昭和十九年甲申

龍蛇舊事數從亡莫訝頒來御墨香五柳紀年唯甲子三槐門第冠金閶怡情親譜遏雲曲格物時緣看日廊好向春明爲市隱西山翠色足徜徉

送島田虔次從軍

俗儒相呫囁擧世薄文章之子能卓犖析理可豪芒精舍相因依講習未渠央倏奉羽檄徵暫同金革强執手爲言別感激不能忘投翰亦壯哉炎徼擊鼓鏜

學院讀漢書

丹黃一握便怡然日課炎劉史半篇莫怪先生著書懶窮愁暫學地行仙

乙酉八月十五日三首 昭和二十年乙酉

普天播王言闔國哭吞聲秦鞭竟斷流天塹失堅城寂寞橫海將淒涼國西營終使詔罪己含垢乃弭兵亡狀在諸臣觳觫大錯成善隣爲國寶安安萬邦寧爲天地立心萬世開太平宋臣張載語庶可四表橫

玄化茫漠漠浩流去湯湯童子威黃雀黃雀威螳蜋否泰紛倚伏芻狗萬物傷所貴於達者先幾適弛張俠士尙一節其術久必喪殷鑒匪在遠匡時瞻周行豪芒必千里堅冰戒履霜新亭對泣日琅琊有剛腸

少愛杜陵詩篇什頗成誦所愛音辭壯抑揚意飛動中年積哀樂稍識寄託重不意將遲暮身世乃與共昔者渠園翁規我戒放縱爾爲太平人窮愁非爾用讀書移性情何必學哀慟斯言猶在耳頗感所見洞三復秋興篇千載有餘痛

憶故桑原博士贈令嗣武夫事在昭和丁卯（昭和二十一年丙戌）

塔段西邊夜雨堂燈闌坐久靜花香丁寧爲說詞臣業不讀溫公便面牆

輓顯原退藏教授 昭和二十三年戊子

西極煙波尙舊封人材崛起似柴翁評論大雅遍江戶揚搉眞詩光海東旣設皐比臨國學俄懸丹旐對秋風幾囘談榻淸池畔悔不從君問正宗

送京都大學圖書館長泉井博士之美國 昭和二十五年庚寅

昔讀魏收史心偉李業興攝齊見梁主卓犖辨三正南中用王義我自宗康成奉使當如此折衝賴儒生況今大同世鬱鬱起書城錄略二劉業規模逾漢京非有雅不羣安得眉目淸君如楊子雲別國方言橫讀書十行下源流星羅明都人垂帶厲氣奪魄亦驚萬里壯風煙乘風正可行

東三好達治速之來西京同箋唐詩

高齋雨歇朝想君在白屋讀詩午夢圓苦吟對霜菊著書尙佇興能事非迫促笑我何爲者壽陵强匍匐賦由玄晏重注待向秀足可一發緒餘良工示其璞千里能命駕風流事更篤多少南朝寺危欄俯平陸尊酒論儘酣夜闌共秉燭如無十日糧可命好事續

送木下周南之岡山大學任

淸要由來稱辟雍休言道大不相容行哀經藝將塵土暫可吟身伴講鏞魚米斯鄕名久美尖义幾鬪韻堪重小樓微雨送君去話到三唐酒亦濃

金福寺魯庵上人求題與謝蕪村十便十宜帖寺有蕪村墓　昭和二十六年辛卯

人生悲短促勝事可從容畫跡前賢妙便宜隔代同離離墳上

雨習習谷中風不厭心香數詩禪理本通

贈山本桃屋

負郭斜陽好郊居似樂游短籬官道接板屋野風幽賣炭閱朝市品茶羅盞甌齋中多長物韻語任陽秋

依韻答某氏 昭和二十八年癸巳

夢繞堯封岳又河不知中國復支那帝秦據魯頻橫議麥秀黍離哀古歌兩可自慙言每溢中年彌覺氣難和晚蟬聊伴牢騷思炎暑蒸人未易過

康橋次韻答楊蓮生 昭和二十九年甲午 以下二首美洲作

自哀中年心且死乘風强學禦寇子逢君談古耳欲熱始覺異鄉酒亦旨懋堂小學竹汀史君兼其長非摸擬海內風塵猶澒

洞前輩風流吾曹比

洪煨蓮博士見招次韻

詩酒此州盛殆忘離我羣盍簪頻愈妙風俗亦堪欣爛漫花圍屋清明人上墳心同同此理何事不同文

金福寺春星忌祭與謝蕪村魯庵上人求詩

十七字詩埋古邱風光如舊可凝眸詩禪雙付溪邊寺歲暮寒雲靜不流

除日答清水光男

萬里歸來倦眼開堂堂去日歲復除把君詩卷反覆讀喜君戰勝得道腴維摩示疾丈室中天女來問事有無詩本雅道貴典型言之太露無乃汚聲病又宜講更密忽漢忽倭俠耶儒中有一篇評我書辭頗雅馴堪可娛記我遠在華盛頓婦郵此詩壯

我途媿我文章同流俗煩君鼓吹徒區區

和豹軒師移居詩四疊昭和三十年乙未

萬首詩成鬱鬱文放翁之後未前聞卜居還似山陰宅一曲鑑湖依水雲

商搉千年禹域文緒言心得我曾聞皐比國學將三紀弟子何妨集似雲

當年絳灌竟無文閟盡滄桑飽所聞卓犖三朝杜陵史不堪詩思局風雲

譜年曾及沈休文詩解歷他黃晦聞願讀先生大全集家藏稿本積如雲

今田哲夫惠永富氏春及廬詩箋注賦謝二首

嗣響淸賢調乃新關西崛起一詩人終生不著麤豪筆前輩風

流自絶塵
早賦歸來彭澤田不煩責子著詩篇更看淸福還身後私淑有
人爲鄭箋
浪淘沙次龍楡生寄小川士解韻
江左舊汀洲夢寐難求飄颻天地一沙鷗杜陵詩句曾經諳
身世悠悠　日日夕陽收楚尾吳頭登山臨海幾凝眸不知
中國誰詞客山谷少游
南座觀劇絶句五首昭和三十一年丙申
鑼鼓喧天歌繞梁重來三島問滄桑人民中國乾坤闢齊放百
花爭妍芳
歌聲當日徹雲霄舊夢宣南魂可招銅狄堪摩人未老梅郎風
骨愈迢迢

何如唐代踏謠娘魚臥銜盃亦擅場蓮步蹣跚尤奪魄可憐飛
燕醉沈香
由來百戲漢京能平子賦存猶可徵歎息延年後人在跳丸揮
霍儘飛騰
好事當年記品梅東山墓石長莓苔貞元朝士凋零盡可屬道
人重別裁

鷓鴣天 次龍楡生

花草陳編久懶抽忽聞漁笛起蘋洲泠泠如訴心中事一葦
誰云風馬牛　看世主若從鷗逍遙堪學佛圖游尋章摘句
千秋業志願平生這裏酬

壽斯波教授六十三辭官 昭和三十二年丁酉

文選樓久圯文選學久微只看李善能卓犖五臣膚淺東坡譏

近來清儒稍鉤沈言多緒餘少發揮退庵旁證空獺祭蘭坡集釋亦疏稀蕪穢悠悠將千祀誰知昭明文采彙況乎村學竇唐宋沈思翰藻事愈非忽然崛起得夫子繼得絕學魯殿巍由來我邦富舊本某氏集注尤珠璣句梳字櫛一一校董而理之杼在機隻字有疑不敢忽讀書深切如救饑當今熟精選理者舍此冥行欲安歸負笈問學桃李滿星布駸駸各騄駬顧我戔戔何爲者几席昔同董生幃爾來淡交三十載奇義共析心莫違國家功令有引年聞君冠挂神武闈祝君名山業可就祝君道腴體自肥

大阪藝術祭中國歌舞團絕句四首　昭和三十三年戊戌

百戲將隨世運新聯翩小隊舞壿壿人民中國淵源博半自殊方半自豳

聚如車輻散如漪捕蝶採茶還蔚跂巾舞歌辭錄江左千年遺意未參差

能將餘事自名家當代琴師是老查誰說廣陵成絕調紛紛行雁落平沙 查阜西彈琴

樂事朝朝未渠央不惟畫舫錄維揚願逢四海爲家日趙瑟秦聲共一堂 前數日美國樂團亦來相左而去

銀座酒肆逢石川夷齋淳 夫婦戲贈夷齋先人爲昌平黌儒官

已倒玉山猶擧杯知君款款踏街來婦言莫聽曾經誓酒裏有眞沈醉該彈指樓臺俄頃現盱衡當世綺言哀蓬山舊事話能否風急觚稜夕照開

南京懷舊絕句七首 遊在辛未夏曆正月

山圍故國曉崢嶸津吏譏訶問姓名莫怪貂裘蒙海客三年襆被在燕京下關車站

直指臺城堤築沙春寒官柳未藏鴉驚看樓殿凌雲起云是交通第一衙交通部新樓

雪後江山劇可憐恰逢廢曆入新年笙歌寂寞秦淮岸好向書坊問蠹編夫子廟書肆

車衝春雪涉沮洳太學西邊楊子居窓下臘梅香寂寂飽聽磊落說蟲魚黃季剛教授

向我憐君眼暫青卅年往事思冥冥穀梁音義豪芒析始覺中原存典型穀梁隱四年音義弑釋舊作殺幸次郎久疑不解質之黃公卽云此宋人校語羼入

詞客哀時吳瞿庵漫將吹笛老江南書生鼎足何其幸人日草堂春酒酣季剛見招瞿庵同

若不蓄髯疑是僧吳儂雅雅氣磅礴山陽載記當揚搉未許官
儒恣愛憎時禁清史稿二公盛言其非

讀畫絶句十五首

彌歎賦性太奇觚心賞不曾於畫圖千卷收書聊自傲前人墨
戲半幀無

日耽文字恣空靈乃覺畫師泥器形僧壁諸天任他好我看塵
土沒丹青

若數平生讀畫曾廬名守拙強攀登新裁別傳爲誰氏心出家
盦粥飯僧大正十年幸次郎始謁青木迷陽先生先生方著金冬心之藝術

結社羣賢祭鐵翁恣陳手澤挹流風元僧方幅尤奇絶日暖光
浮繞蕙叢大正末考槃社同人祭富岡鐵齋陳其遺愛有元僧雪窗墨蘭

如舟博物傲西都携我同參沈叟迂既許東坡寫朱竹何妨藍

蟹傍枯蘆與小川如舟博士同觀某氏藏畫沈石田以藍墨作蟹
萬里煙濤爲裹糧虎頭神品在西洋携來模本傳阿堵高視千
年蔑宋唐顧愷之女史箴圖前田青邨等模本
尙書池館酒盃繁繪事尤推巡撫孫聊展素縑斜點筆歸帆已
到夕陽村昭和六年過吳中潘君景鄭見邀吳君湖帆於席上作畫景鄭文恭曾孫湖帆愙齋孫
崖懸樹倒瀑淙淙知子性靈丘壑鍾握手病牀言別後桑田碧
海事從容吳中又識陶君冷月臨別以山水小幅見贈
當年列女畫霜紈列士列仙還不單孝子亦當存粉本家中髹
漆認丁蘭昭和五年樂浪漢墓出小篋其四周畫故事濱田青陵博士命幸次郎爲考證大意云御覽引劉向別錄
所作列女傳又畫之於屛風知漢時諸傳皆有圖此篋雖市人所畫亦出之
陳壽鄉人西蜀來發囊示我宋臣哀凌波出水紛綸甚筆逐卷
長知所裁西戎白君堅携趙子固水仙長卷來西京

模本輞川由郭仙樓臺綺麗俯青天固知摩詰開元客能事非唯水墨專貝塚君茂樹藏郭忠恕輞川圖卷其先人小川如舟博士遺愛

公私畫史幾曾諳遺箸炳翁猶指南宗匠四王吳惲在憐他異味强爲甘內藤博士支那繪畫史

草花頗愛壽平眞巧鏡模來慰我貧寶愛難同杜林簡持將換米已離身

罔兩一圖奇趣纏洛神孤本儘嬋娟西人具眼歎其碧不愛名山愛鬼仙美國華盛頓美術館

振振戎衣記是君江城邂逅鬢絲紛網羅收得陳淳艷照水紅蕖韻絕羣美國甘城美術館史克門君昭和二十一年從軍來西京二十九年訪之甘城以明畫數幀見眎陳淳蓮花殊佳

天理圖書館觀書歌

清淨爲教稱眞柱鬱如天師在龍虎好事又爲百宋主斯亦人間一册府吾曹成均相伴侶宜趁秋晴一訪古清晨駕車行平楚既過奈良十里許阿閣凌霄樹鷺羽層樓環之帶廊廡入之千門又萬戶拾級而登法物貯殷盤周鼎漢銅弩況來解頤言覼縷（梅原子嘉博士）爲之流連將亭午乃尋一逕通幽塢其陰築館琳琅弆窓前所陳乃餘緒五山鏤版紛步武豈唯諸祖苦口語春秋經傳集解杜子厚文集五百注刻者西來俞良甫小字中州遺山序翰林珠玉伯生著皆模宋元逐絲縷借問張華可成譜（神田鬯盦博士）忽看祕笈新入簿此乃宋刻孤寰宇毛詩要義了翁詁曹氏楝亭莫氏邵遞傳一綫入網罟紹興單疏闕可補摩挲堪劇十五女又滕墨妙兩軸亘亦出南渡筆勢舞靈澤誥命由吏部紙尾丞相彌遠署某氏墓銘九峯與書學晦翁殊娟嫵當年

賢奸迹齟齬沓嗟今日一卓處嗚呼有力者能使物聚物來奔之如風雨日暮欲去堦前佇遙聆靈官坎擊鼓

壽豹軒夫子八十兼賀文化獎金

格調本依工部篇章已過放翁金賜桓榮稽古壽將李耳無窮

又次夫子韻

儒林功業莫相儔益壽況行王母籌詩解心香陶杜陸門人列座賜酉由談酣池北杯觴暖步散甲南風日優正是文章倡披甚仰看宗匠截洪流

雜詩寄錢賓四穆

不但有亡國亦有亡天下此語出亭林且莫論眞假亭林憂猶小當時唯華夏天下今彌大所憂豈能寡東西皆稱帝想非相玉瓦中立講禮樂俗儒紛笑罵欲學嗣宗達孤鴻號外野欲學

東方誕吾非玩世者子美乃詩人眼前欲廣厦廣厦今亦有吾
憂未能寫百世俟聖人斯言殊覺雅

壽石濱博士七十

行步如鶱未杖藤儒林點將語飛騰悼亡聊賦兒孫藝隱市同
塵著述增墜簡流沙來不已方言別國正堪徵新修黌舍秋晴
倚君室宜居最上層

購書懷舊絶句四首（皆憶弱冠前購書）

隔海書來字每斜我奇鉛石自中華春申江上停舟問十字街
西第二家（函購鉛石印書皆由亞東圖書館其尺牘字甚不易讀癸亥春遊上海乃往訪之）

達夫浪漫說沈淪禹域文風由此新創造季刊曾購得恨同長
物付埃塵

湖上春星映水寒依稀燈火照書攤二田心解青蚨百隨我能

爲羣帙冠時亦遊杭州得讀杜心解

夷市東隅隱士廬家風淳樸及鈔胥層層小室芸籤疊此乃書淫成癖初上海英租界蟫隱廬羅氏

西江月次韻寄夏瞿禪瞿禪唐宋詞人年譜云宋妓名師師非唯宣和人

公子歸來燕燕平康到處師師宋人能事屢餘詩譜得掌中斯指　嬾慢相成已癖青燈黃卷棲遲聊當落日送鴻飛夢繞西泠煙水

浣溪沙次韻寄瞿禪昭和乙亥幸次郎作臧在東先生年譜瞿禪來書見正

樂府新詞續大堤人間依舊笑和啼行人幾度折楊枝　書隔前塵猶在篋知編小集又筩詩膏肓尤憶見箴時

和龍榆生寄小川士解詩三首

海上築樓園未窺當年宗伯孰鍾期白頭弟子編遺集淚灑前

十六

朝哀父師（檢生方校刊沈氏曾植海日樓詩）
心愛唐賢道久東務於情語析瞳曨別裁僞體吾何敢祖述唯
如鄭小同（檢生謬賞拙箸新唐詩選）
詩筒來往紛如雨杯酒縱横醉似泥一點靈犀尚通否桂堂東
畔畫樓西（今關天彭丈昔在南京與檢生過從尤密）

采桑子（次韻答龍檢生）
幸同文字過千祀玉振金聲詩選東瀛當日俞樓偏眼明
高賢蓮社頻揮麈誰可持平天地猶腥聊愛吾廬衆鳥鳴

壽南康甫五十
淵源道德自垂加不獨文章宗八家論學書來頻滿篋釋詞箋
就密如廡江鄉春事魚皆美博士皐比鬢未華所在名山可揚
席好將遊記續徐霞

晉京車中又疊和楡生三首 昭和三十四年己亥

乾嘉樸學略曾窺尤覺段錢心所期半百年過猶碌碌成均顏
厚曰人師

舊夢依然震澤東吳頭楚尾思曚曨懷人詩就歎難寄名籍如
今頗異同

曙色葱葱隨曉雞劫餘三島絕拘泥迯行笑問乘槎客樂國豈
唯銀漢西

西村君淸助書來欲以幸次郎爲師且媵以七律一首謹
謝不敏卽用其韻答之

鑄鎔今古愧康成千里書來蓋未傾業似季長終訓詁心同子
厚避師名蒼蒼四海皆兄弟歷歷人間幾傑英幸遇劫餘無諱
日何妨魚雁互怡情

駿臺莊雜詩四首

晉京幾度此樓居高枕眞成是我廬頗恨難賡車上夢憑欄晴色滿皇都

扇懸東海白皚皚仙嶺遙瞻名駿臺雲斂風淸望千里天將圖畫爲吾開

萬家院落夕陽浮人海蒼茫眼底收獨立危樓緣底事無端拍檻欲離憂

祇餘燈影散黃金萬籟蕭疏群動沈風露淸涼堪置酒讀殘書掩坐更深

熱海惜櫟莊讀蘇詩

辜負眉山半我生比來頗有太倉情磨銅海畔浴泉罷飽讀君詩酬晩晴

和神田鬯盦藏書絕句十二首

賈君經學豈深蕪宋刻精嚴稱厥書多事陽城張太史後來居上藝芸摸（清汪氏藝芸精舍覆宋刊本儀禮疏 案張敦復本前於此而非景刻）

茂堂爲弟竹汀兄五硯樓中讐校精一始亥終篇十四千年雲霧廓然清（清袁廷檮手批說文解字）

欲將瞿利代瞿曇先辨開齊與撮含願起九原彌戾客如今門外鬧文談（明天啓六年刊本西儒耳目資 案瞿利即基督及彌戾皆彼教語魯迅有門外文談）

太監使舶駕滄洲土木秋風泣冕旒故紙不關榮辱事百蠻奇字自綢繆（清鈔本華夷譯語）

豈因文理析豪芒酷吏悠悠傳善長不廢江河流萬古作箋爲敬出天潢（明李長庚刊本水經注箋 案魏收書道元在酷吏）

聲價東南雅俗同貨郎鹽豉亦眉公定知名下無虛士莫厭僞

題汗史通明刊本史通陳繼儒注案列朝詩集丁陳徵士繼儒小傳眉公之名傾動寰宇甚至窮鄉小邑鬻粔籹市鹽豉者胥被以眉公之名

文公語錄說顏良平話三分擧國狂下史上圖存舊式摩挲猶

仮建州坊明閩書林楊美生刊本三國英雄志傳案朱子語類五十二讀書理會義理須是勇猛勁直理會將去正如關羽擒顏良

長箋雖見顧公嗤小字能刊宮體詩不意東瀛同調在昌平官

版欲肩隨明寒山趙氏小宛堂覆宋刊本玉臺新詠

莫怪丹鉛親季唐鈍吟雜錄闢滄浪君家詩學如馮氏何不披

沙廣墨香清馮武手批唐音戊籤案武馮班姪

梅鼎祚王惟儉黃叔琳紀昀棗梨新前此麗辭誰問津何李無端陸梁

日人間自有有心人明弘治刊本文心彫龍

頗哀一綫草堂傳詞到朱明殆鬱湮剞劂陳陳相踏襲驚看舊

本自滄泉（明萬曆壬寅余氏滄泉堂刊本草堂詩餘）綠楊城郭句空靈絕代銷魂王阮亭三昧非專在韋孟新詞搜得滿清聽（清初刊本倚聲初集）

邕盦又示續藏書絕句三首皆法國茹蓮著

字釋句銓非曰泥茹君訓詁冠巴黎沙門求法窮山海知不如今道更西（法譯大唐西域記）

狸毫自在揮蒼頡鶩筆謹嚴逡拉丁想見咖啡一盃罷邉他八法署亭亭（拉丁譯孟子封面題孟子西講係茹蓮自署）

僧佑當年記軌科近時鴻碩出歐邏西州一簡頻傳後自覓解人歸我倭（梵語漢譯法係沙畹舊儲）

倉田君貞美清季民初詩人紹述龔定盦考

昭代嬋娟子段玉裁外孫詩句儘綺麗無窮開法門瓣香尤公

度餘波光宣繁清京歌麥秀南社復依藩一一畫宗派擧證溯
厥原斯事今寂寞丁寧乃見論宜受衣冠拜持此一招魂

哭斯波六郎

胡爲忽然死灑淚向虛空齒德十年長成均硏席同獨精蕭選
理誰解阮車窮吾敢寢門哭知予莫似公

篠原君壽雄新印無著道忠葛藤語箋

儒既漢宋岐釋亦頓漸分頓不立文字却見語錄紛其手寫其
口呵喝猶如聞當時取易曉歲往失義蘊況我倭語異艱深逾
典墳狂禪徒公案意氣謝斧斤郢書而燕說治絲絲愈棼忠公
山陰秀清行却腥葷崛起成詁釋耄期不倦勤鐵網下海底求
野及戲文遺書溢篋衍今見墨版薰美媿東涯老名物六帖群
德行必問學其道始皆賁孰曰不相謀帳中各芳芬

戶田君豐三郎周子太極圖說考

清儒詡考證易圖辯胡渭竹垞齋中詩亦恣相詆誹不知宋賢業曠古自道味只可求其是且緩傳眞僞元公在當年徒以佳士謂空山演太極以之貫萬彙表章得朱子道彌隱而費羨文爭國史深究二理氣君能抉其微流變得髣髴足箴雷同徒學豈必漢魏

奥野君信太郎女妖啼笑隨筆三首

大街十二壯長安如海侯門屏似山閑却鞦韆晚風冷有人小立落花殘

斯宵聽雨小西湖零落瓶花玉漏徐水檻同凭人已去空留姓字妥娘如

觀潮樓上感斯文舊事貞元正倩君好色何妨詞客賦由來神

女愛爲雲

伊賀書賈沖森君刻服部土芳遺著二種

鑒識錢聽默刻書陳道人雲煙儘過眼獨抱劫餘珍

次龍楡生韻却寄三首

險韻詩來不易儔知君海上曲聲遒翰林蹤跡文徵仲課讀楞嚴趙大洲

拾遺六代託王嘉太史徵言悲伍奢何限人間前後浪劇中關某語高華（關漢卿關大王獨赴單刀會劇云長江今經幾戰場恰便似後浪催前浪）

自笑吾詩鏡裏鸞徘徊己影與無端步先生韻尤堪快留與來今倘可看

知非集乙

尚書正義定本序 昭和十四年己卯

吉川幸次郎 善之

尚書孔氏傳者諒作於漢綱既絶之後魏晉遞禪之日觀其訓傳多可理遺尋厥旨趣惟尚辭達袪祕緯而就人情寧平近而不曲碎有望文之訓無蓋闕之疑導彼渾灝申其詰屈若厥詁釋之所自則綜衆流而擇善既窺馬氏之絳帷又掇鄭君之芳艸生魄依國師之解弗辟應洨長之讀字從隸古義或涉今周流變動罔迪不適此乃壘守之博徒溝通之英傑殆爲漢詁之歸墟而馴壓經之文理者乎爾乃風靡江左聿自枚氏波及河朔亦徵酈生箸唐代之功令掩先儒而孤行粲厥本起稽夫廢興蓋有解義通暢饜乎衆心體例簡易奪彼舊注者焉惟其託

名安國同莊子之寓言增多僞篇如優孟之衣冠蒙虎皮於羊質混魚目於蛇珠所以朱子疑之於前閻君證之於後然賈馬與弃川同逝鄭王共隤日皆沒窺雅誥之奧義玩帝王之大訓非此莫梯蔑斯奚津又夫僞經雖復臆造欺千年之耳目繫後代之憲章人心道心標圭臬於理窟威克愛克滋問對於兵家周官基明皇之典胤征聚曆家之訟斯亦衆說之郛郭掌故之鈐鍵循玆而談皇古則謬舍此而論近代則漏君子憎而知其善愛而知其惡可也唐儒孔君承詔作疏據二劉之成業吸六代之菁華深而不蕪鉤而能沈愼步趨於漢苑義例甚嚴闢奧窔於孔室發揮乃勞難義紛設類羊腸之宛轉賓實屢核辯毫髮於幾微辭曲折而後通義上下而彌鍊匪惟經詁之康莊寔亦名理之佳竟孔疏五經斯爲翹楚文公譏云最下恐言之而

未當世儒止資涉獵固淺之乎視之乃自永徽之後晉豕漸羣端拱之刻魯魚猶泳由此數本彌出彌譌爰暨近代校者始盛皇朝有山井鼎赤縣有齊召南浦鏜盧文弨阮元等各勤掃葉遞有積薪然齊浦之時舊本多伏億則未中逞私見而屢失山井與阮采獲稍備博乃寡要列異字而莫斷欲使後生若爲去就今者同人愍其若斯謹竭庸愚成此定本其挍勘之例徵引惟博祕閣單疏首遵海內之孤本足利八行復涉千里而重挍及乎明清公私之刻乾嘉近賢之注凡有異同莫不畢綜但以革車方邁羽檄交流瞿家金源之刻尚隔目覩清宮九行之本徒勞神往罔羅所逮惟斯爲恨然皆單疏之裔十行之倫則所損益其可知耳乃其器之既利復其事之盡善至理無二必衷一是於參差獨見恐違咸聘同僚之討論剋期開筵此往而彼

復執經問難相對而若讎雖一字之未圓如恫瘝之在身苟片義之有滯輒發憤而忘食遂使冋穴悉就櫽栝顏曰定本非誇稱也又今經傳異孔所見八行以下慒爾相併非合符之復析鉅柄鑿之能容進退失據多坐此焉茲逢會昌之運大同之世國朝博士之所讀李唐經生之所寫出兩京之楹書在泰西之博物傳眞蹟於工鏡託副本於使船雲集鱗比咸萃精舍皆近儒所莫覩實千載之一時也爰盡參稽博爲折衷遠溯長興之前略復貞觀之舊庶此疏讀傳彼經傳如子應母似膠投漆此亦讀疏之新徑挍經之創例者也但唐時之本例多古字未經衞包之刊改復異薛宣之私定而於正義殊少符合既以正義爲據故所采用者稀世之覽者幸無怪焉凡所銓敘始於昭和十年四月四易星霜始登梨棗同邯鄲之三字願布國學非不

韋之千金敢懸市門其所取挍悉列於左

舊鈔本古文尙書跋 昭和十四年己卯

古文尙書孔氏傳十三卷國朝人鈔本舊爲東京內野皎亭翁所弆卽我研究室尙書正義挍勘記中稱爲內野本者也據圖記本爲搢紳日野西氏故物至明治中田中靑山伯爵獲之繼而歸翁今又易主入靜嘉堂文庫按孔傳舊本首稱燉煌石室唐人鈔本我邦九條岩崎神田諸本亦可驂靳然皆爛脫非復完帙多僅盈卷少則數行圭斷璧零覽者恨之惟此册鈔寫稍晚而首尾無闕枚本完帙存乎今者蓋莫舊於此焉是以當世嘖嘖稱之然未有取而細讀焉者有之蓋自我室始昭和十年春我室始挍尙書正義廣搜舊鈔經傳用資考鏡燉煌本等皆得其副而斯册獨闕評議員新村重山先生與皎亭翁有舊乃

爲我室乞爲景照時翁已沒哲嗣晉君重父執之言慨然允焉其秋十一月同人襆被入京就麴町區富士見町一番地內野氏照之倉石君武四郎平岡君武夫小倉君弘毅及幸次郎皆行照相者羽館君易凡五日蕆事捆載而歸及景本曬成取挍諸本其於宋版每多異同核諸唐鈔有若操券信唐本之冢適足利之先河我室挍定之業自此增一南鍼唐本有闕動斟酌於此焉今玆尙書正義定本遂付剞劂挍勘記中稱引此本者尤夥乃取昔日照存之版併刊布之竊謂此本之用非眎定本之所據已也今擧三事言之此本古字與唐鈔合與薛士龍本不合明隸古眞傳在此而不在彼若善理之亦小學之羽翼一事也此本行間附記釋文與今本多異當採自陸氏原本請以堯舜典證之堯典日短壘昴下云昴音卯徐又音茅古文作卯

以閏月定三旹成歲下云定如字古文作正說文以正爲古文
正字也舜典作舜典舜典下云下舜典二字釋文無內于大麓
下云內音納肆覲于上帝下云肆音四王云次馬故也鞭作官
刑下云鞭必綿反眚災肆赦下云災本又災（又下脫作字）皆古字也
說文災籀文𢦏字也灾或𢦏字古文（下脫作扻二字）黎民阻飢下云阻
馬本云始也㸒旹百穀下云播敷也傳五刑墨劓剕宮大辟也
下云剕扶貴反刖足也䅵拜乩首讓于殳斨皋伯與下云殳音
殊僉曰伯㞑下云伯㞑馬本作伯异也女秩宗下云女下或有
作衍字也簡而亡傲下云傲五報反黜陟幽明下云黜勑律反
皆與燉煌所出原本合卷二以下由此可推二事也此本和訓
甚密當出於明經博士舊讀亦漢詁之枝葉國語之淵藪三事
也此皆有待於學人之董理者焉據沙門素慶跋此書本刊於

元亨壬戌此乃其景鈔本然刊本止見於島田氏翰古文舊書考世所未見是以學者或議此跋說者不同未知孰是要此本之淵原唐鈔焯然無疑我室挍勘記具在可盤盤考也島田氏乃謂出自呂大防刻本明爲臆說俞曲園跋信之非也又此書既出唐鈔而後人挍以宋版記其異字於旁故有扌𠂇扌无扌乍本𠂇本无本乍之云扌者摺之略體謂版本本乃博士舊本扌𠂇者版本有此字而舊本無也扌无者版本無此字而舊本有也扌乍者乍即作之略體版本如此作而舊本不爾也本𠂇本无本乍反之國朝鈔本例多如此海外讀者恐所未曉聊復發之

左氏凡例辨 昭和十年乙亥

左傳記事說禮之例文以凡起者五十晉杜氏集解序謂之周

公垂法以別於不凡之例卽所謂五十凡例也杜氏之書近儒多言其變亂漢說惠洪以下各舉數端而凡例之說則從無攻之者蓋謂漢儒已有此義矣余嘗攷之理不得爾僂指而數厥證有六集解序曰其發凡以言例皆經國之常制周公之垂法史書之舊章仲尼從而脩之以成一經之通體又曰諸稱書不書先書故書不言不稱書曰之類皆所以起新舊發大義謂之變例此杜氏別凡於不凡而特崇之之說也而唐孔沖遠正義曰先儒之說春秋者多矣皆云丘明以意作傳說仲尼之經凡與不凡無新舊之例是自杜以前無別凡於不凡之說矣證一隱公七年傳凡諸侯同盟於是稱名故薨則赴以名告終稱嗣也以繼好息民謂之禮經注曰此言凡例乃周公所制禮經也正義曰凡例是周公所制其來亦無所出以傳言謂之禮經則

是先聖謂之非丘明自謂之也史之書策必有舊法一代大典周公所制故知凡例亦是周公所制案唐人之疏例不駁注凡於注義涉隱僻者輒多援證以曲成之孔氏此疏乃不能然直謂杜言無所出知自杜以前無以凡例爲周公垂法之說矣證二集解序又曰韓宣子適魯見易象與魯春秋曰周禮盡在魯矣吾乃今知周公之德與周之所以王韓子所見蓋周之舊典禮經也案定公四年傳說魯之始封曰分之土田陪敦祝宗卜史備物典策官司彝器注曰典策春秋之制序舊典之文蓋本於此杜意以始封之典策會韓宣之周禮以備周公垂法之證孔氏正義釋之曰備物典策謂史官書策之典若傳之所云發凡之類賜之以法使依法書時事是也然以典策爲春秋之制其解紆曲殆非舊義正義曰服虔云備物國之職物之備也當

謂國君威儀之物若今織扇之屬也孔引服解止及備物不及典策然以意推之傳旣二事相將而言則典策亦當誥命之類非春秋之制也宋書禮志載晉穆帝納皇后何氏儀注六禮版文等儀皆太常王彪之所定其納徵主人辭曰皇帝嘉命降婚卑陋崇以上公寵以典禮備物典策欽承舊章肅奉典制晉書禮志同夫嘉禮之納與史法何涉是彪之讀傳猶不以典策爲春秋之制矣又漢書王莽傳備物典策師古曰旣有備物而加之策書也一曰典策春秋之制也顏引杜義止備一曰亦知其難爲通訓故耳證三禮記檀弓曰喪之朝也順死者之孝心也其哀離其室也故至於祖考之廟而後行殷朝而殯於祖周朝而遂葬孔氏正義曰以此言之則周人不殯於廟案僖八年致哀姜左傳云不殯于廟則弗致也則正禮當殯於廟者服氏云不殯

於廟廟謂殯宮鬼神所在謂之廟鄭康成以爲春秋變周之文從殷之質故殯於廟杜預以爲不以殯朝廟未詳孰是孔引鄭語不標所本疑鄭志文案不殯於廟則弗致所謂凡例之一也服杜欲以傳合禮文鄭則謂此凡非周制明凡爲周公之法漢世儒者猶無此言不則康成之學雖會三家安得恝然爲此解乎證四儀禮旣夕乃反哭條賈公彥疏亦論此事曰左氏云凡夫人不殯於廟者春秋之世多行殷法不與禮合也案賈氏之疏多本北學賈氏周禮儀禮二疏皆有所承其周禮稍雜南學儀禮則純乎北學故其解傳多遵服義蓋河洛之學本然也此疏所言本於鄭不本於服然若周公制凡服亦言之賈氏之釋亦不當若此恝矣證五周禮喪祝及朝御匶乃奠先鄭注曰朝謂將葬朝於祖考之廟而後行則喪祝爲御柩也其下卽引檀弓及僖八年傳賈疏釋之曰孔子發凡言不薨於

寢不殯于廟不祔于姑則不致明正禮約殯于廟發凡則是關異代何者孔子作春秋以通三王之禮先鄭引之者欲見春秋之世諸侯殯于廟亦當朝廟乃殯案賈氏此釋果得先鄭意否今所不論其謂孔子發凡關異代則賈不以凡例爲周公舊法尤足明矣證六問者曰集解序曰孟子曰楚謂之檮杌晉謂之乘而魯謂之春秋其實一也正義引賈逵云周禮盡在魯矣史法最備故史記與周禮同名又哀公十四年西狩獲麟下正義引賈逵服虔潁容等義云孔子自衞反魯考正禮樂脩春秋約以周禮三年文成致麟麟感而至以爲脩母致子之應據此二文則春秋本於周禮漢左氏家已言之矣本於周禮卽本於周公也何謂杜氏創爲此說乎答曰漢儒古文之學皆崇周公謂春秋本於周禮固其宜也然此皆杜說之所從來而非杜氏別

凡於不凡特崇之之說也積水增冰勢有相因藍青之辨所宜審也且杜氏之特爲此說者其所以然亦可言矣曰欲舍先儒假於二傳之例乃飾美本傳所有之例而尊之云爾集解序曰古今言左氏春秋者多矣今其遺文可見者十數家大體轉相祖述進不成爲錯綜經文以盡其變退不守丘明之傳於丘明之傳有所不通皆沒而不說而更膚引公羊穀梁適足自亂預今所以爲異專脩丘明之傳以釋經經之條貫必出於傳傳之義例總歸諸凡推變例以正褒貶簡二傳而去異端蓋丘明之志也又釋例大夫卒例曰丘明之傳月無徵文日之爲例者二事而已（日食大夫卒）其餘詳略皆無義例也而諸儒溺于公羊穀梁之說橫爲左氏造日月褒貶之例經傳久遠本有其異義者猶尙難通況以他書驅合左氏引二條之例以施諸日無例之月

妄以生義此所以乖誤而謬戾也又曰先世通儒而乖妄若此者由于左氏與公羊穀梁闕闕者謂左氏不傳春秋世無盟主聽斷可惑假取二傳以救當時之事然亦後進君子所當悟思也據此諸文知漢儒之說左氏每假例於二傳杜氏則專就於本傳其假取之例皆所不取蓋左氏本漢世後起之學義例非其所長劉賈諸君希其立學則不得不乞靈於二傳以彌縫之以漢時春秋之學尤重於例也其實左氏之傳記事爲詳記事詳則褒貶之端多褒貶之端多則經之與奪約之以例難約以膚引之例尤難以此說經必多窘步而終漢之世莫有敢易之者此乃漢人之學篤於師門也黃初以還抱守之風闕師心之學興於是杜氏簡二傳之說出而假取之例舍焉假取之例既舍則本有之例宜尊乃飾美五十之凡託諸周公爾釋例又曰

公羊穀梁之論春秋皆因事以起問因所問以辨義之□者曲以通□無他凡例也左丘明則□周禮以爲本諸稱凡以發例者皆周公之舊制者也（史通申左篇引文有爛脫今用浦起龍本）此又盛言凡例之可尊以使乞假之說自形其陋嘗謂漢人之學多援經外之說魏晉之學專以錯綜本經漢人之易有卦氣爻辰書有三科五家詩有五際六情禮有推士禮而致於天子其餘諸緯之學皆經外之說也左氏漢說假取之例亦若是耳魏晉之儒槪所不取所言平易似近人情實則古義渺茫後代冥心之學百思且不可得者由此而亡者多矣劉賈許穎之春秋變爲杜氏之春秋猶京孟鄭之易變爲王弼之易耳

春秋正義書後（昭和六年辛未）

左傳漢注爲孔氏正義所援引者有賈逵（屢見）鄭衆（隱元年八年僖二十四年）

（襄二十六年昭二十二年二十五年定八年哀十七年引）馬融（僖五年二十四年昭十二年定三年引）延篤（昭十二年引）彭汪（昭二十七年引彭仲博云按仲博汪字見釋文序錄）服虔（屢見其本爲杜氏釋例所載正義引釋例而牽連及之者有劉歆許淑穎容今不錄）然隋書經籍志錄其書者僅賈服二家（隋志云春秋左氏長經二十卷漢侍中賈逵章句春秋左氏解詁三十卷賈逵撰春秋左氏傳解誼三十一卷漢九江太守服虔撰）餘則均非隋志所錄惟鄭衆條例劣存梁有之目耳（隋志云梁有春秋左氏傳條例九卷漢大司農鄭衆撰按據志例下當有亡字諸本皆脫）蓋賈服而外皆非沖遠之所及見也劉文淇左傳舊疏考正以爲孔氏正義本之劉炫述議述議又本之沈文阿蘇寬凡正義所引古書隋志不著於錄或云已亡者皆爲舊疏所引其言甚辯今按孔氏正義鈔襲舊疏固矣然馬融延篤彭汪之書隋志既不著錄又不曰梁有則其亡佚似先梁世沖遠莫論矣抑沈文阿輩亦未必見之（文阿梁陳間人陳書有傳蘇寬不知何代人然孔氏正義序其爲義疏者則有沈文阿蘇寬劉炫孔氏序之於沈劉之間則其人又後於沈矣）

劉炫隋書自有傳考杜預集解序古今言左氏春秋者多矣今其遺文可見者十數家正義詳錄漢魏注解人名而下於丘明之傳有所不通皆沒而不說條釋之曰傳有不通則沒而不說謂諸家之注多有此事但諸注皆亡不可指摘若觀服虔賈誼齊召南云當作賈逵是也之注皆沒而不說者衆矣云云杜序正義亦襲六朝舊疏劉氏考正言之甚詳乃言諸注皆亡止取證賈服則馬融等注早佚審矣不可謂前於沖遠者即能見之也余按此數注者本爲服虔解誼所載疏家摭之服注而沒其所本耳蓋服注體例略如鄭君周官注博采衆說乃下己意書雖久亡猶有明文可證者數事宣二年傳見叔牂曰子之馬然也對曰非馬也其人也正義曰服虔載三說皆以子之馬然爲叔牂之語對曰以下爲華元之辭云云下詳錄賈逵云鄭衆云又一說是服注所載

有賈逵鄭衆無名氏說也襄十九年傳齊侯圍之見衞在城上號之乃下問守備焉以無備告揖之乃登正義曰杜於此注皆用賈逵之說服虔引彭仲博云齊欲誅衞呼而下與之言因可取之無爲揖之復令登城仲博以爲云云服虔謂此說近之是服注引彭汪而從其說也且彭注駁賈而服從之則賈義亦在所載可知三十一年傳仲尼聞是語也正義曰昭二十四年服虔載賈逵語云是歲孟僖子卒屬其子使事仲尼仲尼時年三十五是彼年經仲孫貜卒下服注載有賈逵說也昭七年經春王正月暨齊平正義曰穀梁傳云以外及內曰暨謂此爲魯與齊平賈逵何休亦以爲魯與齊平許惠卿以爲燕與齊平服虔云其文相比許君近之是服注載賈逵何休許淑說而從許也二十年傳琴張聞宗魯死正義曰賈逵鄭衆皆以爲子張卽顓

孫師服虔云案七十子傳云子張少孔子四十餘歲孔子是時四（當作三）十一未有子張鄭賈之說不知所出是服引鄭賈說而駁之也二十二年傳王弗應正義先引賈逵鄭衆下乃曰服虔以賈爲然又二十三年傳使各居一館正義先引賈逵鄭衆下乃曰服虔竝載兩說仍云賈氏近之是服於此二條皆引賈鄭兩注而從賈也後漢書延篤傳云篤論解經傳多所駁正後儒服虔等以爲折中是服注所載又有延篤說也僖十五年正義辨上天降災等四十二字爲後人妄增曰服虔解誼其文甚煩傳本若有此文服虔必應多解何由四十餘字不解一言云云漢儒解經務從簡質若非罔羅衆家多載舊義無由文煩彙而觀之服於東京左氏家說實集其大成馬融等注亦賴之以傳故陳隋疏家得引此數注於已亡之後耳且援斯例而論之正

義引漢注或止標賈服不加別白或先引賈注乃曰服同皆爲服引賈注而從其說疏文詳略之故亦可以得其情矣

戴宏解疑論考 昭和六年辛未

春秋公羊傳漢世爲博士之業相承注記見於漢志者有外傳五十篇章句三十八篇雜記八十三篇顏氏記十一篇今何卲公解詁專行諸家皆廢矣戴宏解疑論者見於徐彥疏亦東京之逑公羊者也其書久亡近儒亦少措意余考校疏文得其匡略詳爲疏證條於左方凡錄徐疏七條楊士勛穀梁疏一條自謂諸經疏之涉此書者攈摭靡遺但箋釋之便隨文申證故文次不與本同

解詁序本據亂而作其中多非常異義可怪之論說者疑惑至有背經任意反傳違戾者其勢雖問不得不廣是以講誦師言

至於百萬猶有不解時加釀嘲辭援引他經失其句讀以無爲
有甚可閔笑者不可勝記也是以治古學貴文章者謂之俗儒
至使賈逵緣隙奮筆以爲公羊可奪左氏可興恨先師觀聽不
決多隨二創此世之餘事斯豈非守文持論敗績失據之過哉
疏恨先至二創解云此先師戴宏等也凡論義之法先觀前人
之理聽其辭之曲直然以正義決之今戴宏作解疑論而難左
氏不得左氏之理不能以正義決之故云觀聽不決多隨二創
者上文云至有背經任意反傳違戾者與公羊爲一創又云援
引他經失其句讀者又與公羊爲一創今戴宏作解疑論多隨
此二事故曰多隨二創也
又此世之餘事解云餘末也戴氏專慮公羊未申此正是世之
末事猶天下閑事也

又斯豈至過哉解云守文者守公羊之文持論者執持公羊之文以論左氏卽戴氏解疑論之流矣敗績者爭義似戰陳故以敗績言之失据者凡戰陳之法必据其險勢以自固若失所据卽不免敗績若似公羊先師欲持公羊以論左氏不閒公羊左氏之意反爲所窮已業破散是失所依据故以喻焉

按戴氏解疑論不見隋志則唐初已亡疏人能見之者此疏舊止曰徐彥撰彥何代人未詳淸儒臧琳等多疑爲六代經師近時吳檢齋先生（承仕）乃定爲北朝人（北平師範大學國學叢刊第一卷第一期公羊徐疏考）其言甚辯蓋作疏之時此書尙存也此三疏論戴氏著書得失甚詳約其詞意略有三端解疑論本爲破左氏而作一事也其人專慮公羊弗克審敵雖破左氏不中要害二事也邵公甚慊其書觀聽不決以下病先師者意主於戴

氏三事也此三事考諸公羊興廢之故咸有符契之合今次第明之一事解疑論本爲破左氏而作者自劉歆用事始崇左氏施及中興其業彌盛光武置之博士孝章嘉其義長雖遭世儒之詬詈而旋廢徵馬肝之論嘉之未遂然公羊相承之業已非世主所重其仍列於學官者亦曰以存祖制備故事耳公羊經師多懷怨望於此范升之駁李育之難作焉疏云戴氏作解疑論而難左氏則戴氏之志亦在排異端而衞己學且此疏承上文賈逵緣隙奮筆則解疑論本爲抵景伯長義而作可知蓋張左氏之軍者莫過賈逵公羊經師之所切齒者亦莫過賈逵也竊謂解疑云者解古學之疑申己業之正也二事其人專慮公羊弗克審敵雖破左氏不中要害者公羊經說定於嚴彭祖顏安樂二人中興以還二家並立

學官後漢書章帝紀建初三年詔書至建武中復置顏氏嚴氏春秋雖傳授又分數派顏家有泠任筦冥之學見前書儒林傳章句時見刪定范書樊儵傳就侍中丁恭受公羊嚴氏春秋初儵刪定公羊嚴氏春秋章句世號樊侯學教授門徒前後三千餘人又張霸傳後就長水校尉樊儵受嚴氏公羊春秋初霸以樊儵刪嚴氏春秋猶多繁辭迺減定為二十萬言更名張氏學又儒林傳鍾興字次文少從少府丁恭受嚴氏春秋光武詔令定春秋章句去其復重以授皇太子又使宗室諸侯從興受章句今文之學尤重家法其所損益可知蓋時師之所傳讀大致仍宗此二人矣然考二人西京儒者當時左氏未興公羊獨尊凡所注述不主應敵今者鄭衆賈逵難義競設鄭衆亦有左氏長義見徐疏仍持二人之說以抵其鋒是亦商周之不敵而已當此之時制勝之術在乎審敵所据彌縫已闕然審敵所据是攻乎異端彌縫已闕是變亂師說俱非泥于家法者所能為也戴氏所學未知是顏是嚴然徐疏一則曰不得左氏之理不能以正義決之二則曰專

慮公羊未申此正三則曰執持公羊之文以論左氏則戴氏專己守殘未達此術可知又序所謂二創徐疏上文皆當以嚴顏師說之未妥者而此云今戴宏作解疑論多隨此二事則其人所持爲博士舊說亦可知三事卲公甚慊其書觀聽不決以下病先師者意主於戴氏者卲公之學異乎戴氏蓋卲公以險峭之材生乎公羊寖廢之時審知舊義不足拒敵乃爲戴氏之所不敢蹈進則審左氏之義攻其無備退則錯綜經傳絕可緣之隙有可以申公羊而排左氏者輒變舊說無所忌憚立義堅深諒不易破然嚴顏顓門之業至此蕩然泯棄矣戴氏衞公羊之意同衞公羊之術異故有敗績失據之誚也

或曰卲公之不囿師法可質言之耶曰後漢書儒林傳於丁

恭周澤鍾興甄宇樓望程曾均明言嚴氏春秋於張玄明言顏氏春秋惟李育何休不明所學一證也傳言休作春秋公羊解詁又註訓孝經論語風角七分皆經緯典謨不與守文同說經緯典謨者兼綜之詞也二證也解詁序歷詆先師下乃曰往者略依胡毋生條例多得其正故遂隱括使就繩墨焉按前書儒林傳曰胡毋生字子都齊人也治公羊春秋爲景帝博士與董仲舒同業仲舒著書稱其德年老歸教於齊齊之言春秋者宗事之公孫弘亦頗受焉而董生爲江都相自有傳弟子遂之者蘭陵褚大東平嬴公廣川段仲溫呂步舒唯嬴公守學不失師法授東海孟卿魯眭孟嚴彭祖與顏安樂俱事眭孟孟弟子百餘人唯彭祖安樂爲明質問疑誼各持所見孟曰春秋之意在二子矣孟死彭祖安樂各顓門

教授由是公羊春秋有顏嚴之學彭祖爲宣帝博士據此則顏嚴二氏之學出於眭孟孟受之嬴公嬴公受之董仲舒二人實爲董生三傳弟子若胡毋生則僅曰與仲舒同業而已與二人無涉也後漢書儒林傳云前書齊胡毋子都傳公羊春秋授東平嬴公嬴公授東海孟卿孟卿授魯人眭孟眭孟授東海嚴彭祖魯人顏安樂范氏以嬴公爲胡毋生弟子使如顏嚴之學出於胡毋生是誤讀班書也徐疏引鄭君六藝論亦曰治公羊者胡毋生董仲舒董仲舒弟子嬴公嬴公弟子眭孟眭孟弟子莊彭祖及嚴安樂今卲公盡舍近師而遠憲章於胡毋三證也何序倍經任意徐疏云成二年逢丑父代齊侯當左以免其主春秋不非而說者非之是背經也按公羊舊說皆譏丑父而解詁不譏說詳後四證也又云任意者春秋有三世異辭之言顏安樂以爲從襄二十一年之後孔子生訖卽爲所見之世是任意按解詁以昭定哀三公當所見之世其說與顏氏乖違顏氏三世之說又見題疏

五證也又反傳違戾疏云反傳違戾者宣十七年六月癸卯日有食之日食之道不過晦朔與二日卽宣十七年言日不言朔者是二日明矣而顏氏以爲十四日日食是反傳違戾也按解詁無十四日日食之義六證也又時加釀嘲辭疏云顏安樂等解此公羊苟取頑曹之語不顧理之是非若世人云雨雪其雱臣助君虐之類是也雨雪其雱臣助君虐解詁無此義七證也又以無爲有疏云公羊經傳本無以周王爲天囚之類而公羊說及莊顏之徒以周王爲天囚故曰以無爲有也夫周王天囚嚴顏之所同辭也乃其說不見解詁八證也隱元年傳賵者蓋以馬以乘馬束帛解詁禮大夫以上至天子皆乘四馬徐疏云問曰若然異義公羊說引易經云時乘六龍以馭天下也知天子駕六與此異何答曰彼公羊

說者自是章句家義不與何氏合曰章句家義則許君所用亦爲博士舊說可知九證也襄十五年劉夏逆王后于齊解詁云不稱劉子而名者禮逆王后當使三公故貶去大夫明非禮也徐疏云何氏以爲天子親迎是以異義公羊說云天子至庶人皆親迎所以重婚禮也者是何此注云禮逆王后當使三公者蓋謂有故之時或者何氏此注云禮逆王后當使三公卽知何氏之意以爲不親迎與而異義公羊說云天子親迎者彼是章句家說非何氏之意也疏載二說後說爲長十證也莊元年傳命者何加我服也解詁云禮有九錫一曰車馬云云徐疏云此禮緯含文嘉文也案曲禮上三賜不及車馬孔疏引公羊說九錫之次與含文嘉不同一曰加服云云陳氏壽祺五經異義疏證云孔所引公羊說與何休解

詁不同葢公羊先師說與十一證也文六年公子遂如晉葬晉襄公解詁云書遂者刺公生時數如晉葬不自行非禮也徐疏云言葬不自行非禮云云者異義公羊說與此注合案此謂之合知不合者多矣十二證也漢石經公羊傳用嚴氏本而記顏氏異文於後近儒王靜安先生國維以殘石挍解詁乃何氏之本非顏非嚴觀堂集林卷四書春秋公羊傳解詁後十三證也據此十三證解詁爲何氏一家之學明矣

又按馬竹吾玉函山房輯佚書輯解疑論佚文而曰宏不詳何人今考後漢書吳祐傳云祐以光祿四行遷膠東侯相時濟北戴宏父爲縣丞宏年十六從在丞舍祐每行園常聞諷誦之音奇而厚之亦與爲友卒成儒宗知名東夏官至酒泉太守章懷太子注引濟北先賢傳曰宏字元襄剛縣人也年

二十二爲郡督郵曾以職事見詰府君欲撻之宏曰今鄙郡遭明府咸以爲仲尼之君國小人少以宏爲顏回豈聞仲尼有撻顏回之義府君異其對卽日教署主簿也范書先賢傳皆不言作解疑論然祐傳又曰祐在膠東九年遷齊相大將軍梁冀表爲長史按冀爲大將軍在順帝永和六年由是逆算祐在膠東在順帝初年宏時年十六則其人生於安帝初年視卲公生於永建四年（以本傳年五十四光和五年卒推知之）年齒稍長疑作解疑論者卽此人也

成二年秋七月齊侯使國佐如師己酉及國佐盟傳君不使乎大夫此其行使乎大夫何佚獲也其佚獲奈何師還齊侯晉郤克投戟逡巡再拜稽首馬前逢丑父者頃公之車右也面目與頃公相似衣服與頃公相似代頃公當左使頃公取飮頃公操

飲而至曰革取淸者頃公用是佚而不反逢丑父曰吾賴社稷之神靈吾君已免矣郤克曰欺三軍者其法奈何曰法斮於是斮逢丑父

解詁丑父死君不賢之者經有使乎大夫於王法頃公當絶如賢丑父是賞人之臣絶其君也若以丑父故不絶頃公是開諸侯戰不能死難也如以衰世無絶頃公者自齊所當善爾非王法所當貴阮氏挍勘記云當作非王法所得貴

疏如以至得貴解云丑父權以免齊侯是以齊人得善之但春秋爲王法是以不得貴耳而公羊說解疑論皆譏丑父者非何氏意不足爲妨

按徐疏先申何義乃曰公羊說解疑論皆譏丑父者非何氏意則戴氏所言與何氏異與公羊說同也意公羊說者卽五

經異義公羊說所謂譏丑父者公羊舊說皆以丑父免其君爲大惡按春秋繁露竹林篇云逢丑父殺其身以生其君何以不得爲知權丑父欺晉祭仲許宋俱枉正而以存其君然而丑父之所爲難於祭仲祭仲見賢而丑父猶見非何也曰是非難別者在此此其嫌疑相似而不同理者不可不察夫去位而避兄弟者君子之所甚貴獲虜逃遁者君子之所甚賤祭仲措其君於人所甚貴以生其君故春秋以爲知權而賢之丑父措其君於人所甚賤以生其君春秋以爲不知權而簡之是也若如此說丑父不但非王法之所得貴亦非齊人之所當善嚴顏之學淵源於董生解疑論又持嚴顏舊說當皆依而用之故徐疏云公羊說解疑論皆譏丑父也卲公解詁止譏頃公不譏丑父雖以王法抑之固與免君之忠與

舊義顯異蓋卲公爲此說者丑父之事二傳相枘鑿之大者左傳曰韓厥獻丑父郤獻子將戮之呼曰自今無有代其君任患者有一於此將爲戮乎郤子曰人不難以死免其君我戮之不祥赦之以勸事君者乃免之二傳所言不但褒貶異情實亦生亡殊詞必左氏家所集矢也且祭仲丑父繁露同爲衡量是非雖異其理乃一祭仲見褒已爲賈逵所攻後漢書賈逵傳載逵奏曰至如祭仲紀季伍子胥叔術之屬左氏義深於君父公羊多任於權變此譏丑父亦在長義之科可知卲公慮舊說不足應敵乃爲此調停之說以避左氏之鋒耳是卽序疏所謂險其所据以自固戴氏守文持論未肯於此故與公羊說同卲公不爾故與公羊說異序疏所言與此咸有影響之應也

莊十年秋九月荊敗蔡師于莘以蔡侯獻舞歸傳荊者何州名

也州不若國國不若氏氏不若人人不若名名不若字字不若
子蔡侯獻舞何以名絶曷爲絶之獲也曷爲不言其獲不與夷
狄之獲中國也
解詁夷狄謂楚不言楚言荊者楚彊而近中國卒暴責之則恐
爲害深故進之以漸從此七等之極始也
疏注夷狄至極始也解云注言此者欲道楚屬荊州吳屬揚州
所以抑楚言荊不抑吳言揚者正以楚近中國恐爲中國之害
故欲進之以漸先從卑稱進之若先得貴名而後退之則恐害
於諸夏故也運斗樞曰抑楚言荊不使夷狄主中國者義亦通
於此戴氏云荊楚一物義能相發吳揚異訓故不得州名也者
與何氏異
按邵公文謚例以州國氏名字子爲七等（見題疏）其說本於此

傳然成七年吳伐郯吳始見於春秋已國而不州則七等之例窮矣彼年解詁通之曰吳國見者罕與中國交至升平乃見故因始見以漸進今戴氏以吳揚異訓爲義則與邵公顯異矣其云荆楚一物義能相發者說文云荆楚木也又楚叢木一名荆也是也本年左傳孔穎達正義亦云荆楚一木二名故以爲國號亦得二名戴何二義與舊說若爲異同今不可考

解詁序傳春秋者非一

疏傳春秋者非一解云戴宏序云子夏傳與公羊高高傳與其子平平傳與其子地地傳與其子敢敢傳與其子壽至漢景帝時壽乃共弟子齊人胡毋子都著於竹帛與董仲舒皆見於圖讖

春秋公羊經傳解詁隱公第一

疏夫子所以作春秋者解疑論云聖人不空生必受命而制作所以生斯民覺後生也西狩獲麟知天命去周赤帝方起麟爲周亡之異漢興之瑞故孔子曰我欲託諸空言不如載諸行事又聞端門之命有制作之狀乃遣子夏等求周史記得百二十國寶書修爲春秋故孟子云世衰道微邪說暴行有作臣弑其君者有之子弑其父者有之孔子懼作春秋故史記云春秋之中弑君三十六亡國五十二諸侯奔走不得保其社稷者不可勝數故有國者不可以不知春秋爲人臣者不可以不知春秋爲人君父而不通於春秋之義者必蒙首惡之名爲人臣子而不通於春秋之義者必陷簒弑之誅馬輯本下並引以此言之則孔子見時衰政失恐文武道絕又見麟獲劉氏方興故順天命以制春秋以授之三十六字疑非

按此二條疑皆解疑論序佚文公羊高見於圖讖者徐疏又

引說題辭云傳我書者公羊高也是其公羊平以下盡董仲舒見於圖讖未詳云聖人不空生必受命而制作者按中庸故大德必得其位正義引演孔圖云聖人不空生必有所制以顯天心丘爲木鐸制天下法又魯頌閟宮正義引孝經援神契云聖人不空生生必有所制是戴氏所本也孔子曰云云史記太史公自序亦有此文索隱云春秋緯文引孟子者滕文公下篇文引史記者太史公自序文馬遷聞之董生者也餘皆具於當條徐疏

定四年冬十有一月庚午蔡侯以吳子及楚人戰于伯莒穀梁作伯舉楚師敗績傳伍子胥父誅乎楚挾弓而去楚以干闔廬闔廬曰士之甚勇之甚將爲之興師而復讎于楚伍子胥復曰諸侯不爲匹夫興師且臣聞之事君猶事父也虧君之義復父之讎

臣不爲也於是止文略曰事君猶事父也此其爲可以復讎奈何
曰父不受誅子復讎可也
解詁孝經曰資於事父以事君而敬同本取父之敬以事君而
父以無罪爲君所殺諸侯之君與王者異於義得去君臣已絕
故可也
穀梁傳子胥父誅于楚也挾弓持矢而干闔廬闔廬曰大之甚
勇之甚爲是興師而伐楚子胥諫曰臣聞之君不爲匹夫興師
且事君猶事父也虧君之義復父之讎臣弗爲也於是止
楊士勛疏君不至興師釋曰傳稱子胥云虧君之義復父之讎
傳文曲直子胥是非穀梁之意善惡若爲句解公羊左氏論難
紛然賈逵服虔共相教授戴宏何休亦有脣齒其於此傳開端
似同公羊及其結絢不言子胥之善

按見行穀梁疏出於楊士勛然唐人義疏之業每有所因其昭十五年盡定十五年（十行本卷十八十九）問者每發難於前疏人乃解釋於後（此條亦然）體例甚舊尤非唐人之筆也此涉戴氏而言亦必目睹之詞蓋戴何二義同爲六代之所重也此條戴義今不可考然按上曲禮父之讎弗與共戴天節正義引許愼異義云凡君非理殺臣公羊說子可復讎故子胥伐楚春秋賢之左氏說君命天也是不可復讎按許君言凡以目之則公羊舊義固不區王者諸侯疑戴氏即依用之邵公不用舊說以諸侯之君於義得去爲義者公羊賢子胥賈景伯所難（文見前）故爲此說以抵之耳

臧在東先生年譜後序（昭和十年乙亥）

今年五月本所既景印拜經堂叢書成幸次郎得徧覽臧在東

先生遺書乃掇其學行之略爲年譜一卷遺書目錄一卷以貽
同志之讀先生書者竊嘗論之淸代毘陵之學好講微言託體
雖尊恐非君子爲可繼之道先生爲玉林之玄孫繩厥祖武發
疑正讀勤勤終身蓋與張氏惠言竝爲卓犖不羣雖所學不盡
同弗愧於實學一也先生弱冠以盧氏爲師繼因盧氏受知錢
段二公中年數爲阮氏之客晚奉手王氏之門師友極盛先生
於諸公或能得其一體或直過而上之段氏於常邑之士獨稱
先生曰學識在孫洪之上非過譽也或病其說經動求新奇終
鮮確詁幸次郎曰以先生之學視段王諸公誠有閒矣然阮氏
纂詁之編實賴先生始潰於成卽此一事已覺精力可敬而後
學之蒙其福者將無窮焉安可執其一端以爲責備之論也諸
大師之於先生甚重其學段氏之注說文忕字竄字及讀正虞

書正義錢氏之考地字古音王氏之言古詩隨處有韵皆由先生助其討論先生所言諸公或從或不從而將伯之勞終不可沒且諸大師立說之由或賴先生書而始明斯亦先生書之甚有功於後學者乎王氏引之目先生曰討論精悍今讀其書惟茂堂懷祖推崇終始不渝先儒惠戴以下咸加駁詰盧氏師也尤當仁不讓文簡之言似有所諷然焦氏循稱先生爲誠篤君子王懷祖亦曰其人樸厚則先生固非苟與人爲難者幸次郎讀先生書未窮奧窔敍其學行恐多遺漏尤苦此閒淸儒書不多至於往還之牘手澤之本民國人作近儒年譜輒徵引累幅幸次郎異邦之人更無由窺見匡正補益謹俟海內外良友之敎焉其用集句體爲之者不欲一事而煩複其文故也在東爲先生初字今以名篇者取其尤熟聞於人云爾

東方文化研究所漢籍分類目錄跋 昭和十八年癸未

昭和十三年我研究所既刊漢籍目錄越三年刊續增漢籍目錄又越二年漢籍分類目錄成亦將刊布焉曰分類者叢書子目不復繫於大題之下分別部居不相雜厠某部有某書一覽可得蓋與曩日之目相輔而行體用各別而其用尤宏者矣其附錄有二曰書名通檢欲檢某書在某部者賴之曰人名通檢欲檢某人有某書者賴之自此而後讀我研究所書者庶無渉獵記憶之勞乎且不唯此也世之讀支那書者皆將賴其利焉蓋我研究所之藏書叢刻爲尤富凡宋元而還逮乎近代效左禹錫陶南村之爲而不在我庫者蓋鮮則凡公私之庫藏支那叢書而苦於檢閱者亦可賴此目而求也此猶晁陳之書初爲一己之目而能爲天下讀書者之目神而明之存乎其人憶昔

歲在辛未幸次郎自禹域歸所長狩野君山先生命倉石君武四郎與幸次郎共理其事二人者乃定其大綱使渡邊君幸三主之笠原君仲二倉田君淳之助玉貫君公寛青山君清木方君眞長尾君尙正佐之既而幸次郎等奪於餘事渡邊君亦積勞成病而去乃由倉田君主之吳君守禮高志君鎭雄城戶君融正佐之所長亦易爲松本亡羊先生葢其歲屢遷其人屢易遙遙一紀裒然乃成而諸君子甘淡薄理叢脞黽勉於此者或二三年或五六年或十年其勞苦皆不可誣也倉田君屬幸次郎識數語於末謹誌編纂始末以箸諸君子之勞云

宇治橋銘 昭和二十六年辛卯

雍州之野洪流湯湯青壁蓊鬱丹崖輝煌北達京都南控奈良人間利涉爰構津梁聿自大化緜歷千祀鳳翥雲表塔涌江汜

地氣噴薄茗荈云美自海內外遊人戾止昭和辛卯國家底安
乃鑄吉金用飾橋闌十六復四有如循環貽之後昆壯我河山

樂浪出土漢匧圖像考證 昭和九年甲戌

孝惠帝

南山四浩

六里黃公

案浩當作晧六當作角皆聲之誤也四晧之事見於史傳者曰史記留侯世家曰漢書張良傳此圖共五人右端一人爲惠帝餘皆四晧也世家記四晧姓名云東園公角里先生綺里季夏黃公司馬貞索隱云角音祿李匡乂資暇集說同此曰六里正角里之譌也黃公者卽夏黃公或以綺里季夏爲一人黃公爲一人非也辨見周密齊東野語角里先生與黃公本二人此合

之曰六里黃公者葢髹飾之工爲之不可究詰

又案山上一字本不斷今釋爲南字案廣韻十六蒸應字注云姓漢有應曜隱於淮陽山中與四晧俱徵曜獨不至時人語之曰南山四晧不如淮陽一老葢漢時有此稱也師古張良傳注則目之曰商山四晧濱田先生耕作釋爲掌字曰商掌聲近而譌未知孰是姑兩存其說

右在一面

孝婦

渠孝子

蕭廣濟孝子傳邢渠失母與父仲居性至孝貧無子傭以給父父老齒落不能食渠常自哺之專專然代其喘息仲遂康休齒落更生百餘歲乃卒也太平御覽四百十一引

圖共三人左端一人無題字卽渠父也武梁祠堂武氏前石室左石室及近時開封白沙鎭所出畫像石（見羅氏振玉海外貞珉錄）均亦有此陶氏方琦漢孳室文鈔有孝子邢渠考云渠巴郡人

侍郎

魏湯

湯父

孝子傳魏湯少失其母獨與父居色養蒸蒸盡於孝道父有所服刀戟市南少年欲得之湯曰此老父所愛不敢相許於是少年歐撾湯父湯叩頭拜謝之不止行路書生牽止之僅而得免後父壽終湯乃殺少年斷其頭以謝父墓焉（太平御覽四百八十二引）

案御覽三百五十二引蕭廣濟孝子傳略同唯魏湯作魏陽案武梁祠堂亦有此像其榜題曰魏湯知作陽者誤也圖共三人其右端一人題侍郎手擎直叉之械下伯夷鄭眞二圖亦有之不知何意

令□

令妻

令女

□□

未詳或曰即列女傳珠崖二義事似不甚合

右三事共在一面

侍郎

使者

二十五

紂帝
伯夷
　未詳
　右在一面
丁蘭
木丈人
劉向孝子傳丁蘭河內野王人也年十五喪母刻木作母事之供養如生蘭妻夜火灼母面母面發瘡經二日妻頭髮自落如刀鋸截然後謝過蘭移母大道使妻從服三年拜伏一夜忽如風雨而母自還隣人所假借母顏和卽與不和卽不與（法苑珠林四十九引案劉向孝子傳漢隋志不箸錄疑僞託）
孝子傳丁蘭少孤不識其母乃刻木作母而事之（太平御覽三百九十）

六引

曹植靈芝篇丁蘭少失母自傷早孤煢刻木當嚴親朝夕致三牲暴子見陵侮犯罪以亡形丈人爲泣血免戾全其名

孫盛逸人傳丁蘭者河內人也少喪考妣不及供養乃刻木爲人髣髴親形事之若生朝夕定省其後鄰人張叔妻從蘭妻有所借蘭妻跪報木人木人不悅不以借之叔醉疾來詐罵木人以杖敲其頭蘭還見木人色不懌乃問其妻妻具以告之卽奮劍殺張叔吏捕蘭蘭辭木人木人見蘭爲之垂淚郡縣嘉其至孝通於神明圖其形像於雲臺也初學記十七引又見太平御覽四百十四

搜神記丁蘭河內野王人年十五喪母乃刻木作母事之供養如生鄰人有所借木母顏和則與不和不與後鄰人忿蘭

盜斫木母應刀血出蘭乃殯殮報讎漢宣帝嘉之拜中大夫太平御覽四百八十二引今干寶書無此文

鄭緝之孝子傳蘭妻誤燒母面卽夢見母痛人有求索許不先白母隣人曰枯人何知遂用刀斫木母流血蘭還悲號造服行喪廷尉以木感死宣帝嘉之拜太中大夫者也法苑珠林四十九引

句道興搜神記昔有丁蘭者河內人也早失二親乃刻木爲母供養過於所生之母其妻曰木母有何所知之令我辛勤日夜侍奉見夫不在以火燒之蘭卽夜中夢見亡母語蘭曰新婦燒我面痛寝寐心惶往走來歸家至木母前倒臥在地面被火燒之處蘭卽泣淚悲啼究問不知事由妻當□諱抵死不招其時妻面上瘡出狀如火燒疼痛非常後乃求哀伏

首然始得差也敦煌零拾

此作丁闌諸書皆作丁蘭而其所言遞有演變今搜唐以前人言列此案應劭風俗通云世間共傳丁蘭刻木而事之知漢世以來久在口碑武梁祠堂武氏前石室左石室亦皆有

孝孫

孝婦

未詳

李善

善大家

後漢書獨行傳李善字次孫南陽淯陽人本同縣李元蒼頭也建武中疾疫元家相繼死沒唯孤兒續始生數旬而貲財

千萬諸奴婢私共計議欲謀殺續分其財産善深傷李氏而力不能制乃潛負續逃去隱山陽瑕丘界中親自哺養乳爲生湩推燥居溼備嘗艱勤續雖在孩抱奉之不異長君有事輒長跪請白然後行之閭里感其行皆相率修義續年十歲善與歸本縣修理舊業告奴婢於長吏悉收殺之時鍾離意爲瑕丘令上書薦善行狀光武詔拜善及續竝爲太子舍人

案東觀漢紀十七御覽三百七十一引謝承書五百五十八引楚國先賢傳琱玉集引孝子傳略同圖有二人右郎善左作童形者續也謂之善大家者大家蓋漢時常語奴婢以此呼家主獨斷云親近侍從官稱天子曰大家蓋本家主之稱親近侍從以之呼天子耳武梁祠堂亦有此像

侍郎

侍者

使者

鄭眞

案鄭下一字不晰水野君清一曰漢鏡銘眞字多作莫此更省變今從其説鄭眞者疑卽鄭子眞漢書王貢兩龔鮑傳序曰谷口有鄭子眞蜀有嚴君平皆修身自保非其服弗服非其食弗食成帝時元舅大將軍王鳳以禮聘子眞子眞遂不詘而終法言問神及華陽國志亦有其事此葢寫子眞謝絶鳳使者之狀也唯師古注引三輔決錄御覽五百九引高士傳皆曰名樸字子眞此曰鄭眞未詳

右四事共在一面

以上在匧受葢處四面

美女
右在一隅
吳王
侍郎
右在一隅
美女
皇后
右在一隅
楚王
使者
右在一隅
以上在匳之四隅每二隅相對畫之此葢獵雜畫吳楚

王后之像非有本事可斥錢氏坫浣花拜石軒鏡銘集錄載唐放漢騶氏鏡畫吳越之事略有圖像其旁題曰吳王曰越王二女曰范蠡曰忠臣伍子胥亦此類

黃帝

□□

神女

右在蓋之中央而墝中所嵌之銅生衣蒙之其字與像皆不可審辨

匳以昭和辛未出於平安南道大同郡大同江面南井里朝鮮古蹟研究會發漢時冢所獲也冢距漢樂浪郡治二公里而遙

匳以今尺度之高八寸長一尺三寸廣半之有蓋蓋高視匳高三分去二匳近口處廣袤皆歛以受蓋匳與蓋其材皆織竹爲

之而垸傳其上下廉四隅以爲廓匧受蓋處四旁亦有垸蓋之中央亦一垸橫焉凡垸之上以五采漆畫人像其在匧者皆以艸隸識其人名其在蓋者唯中央之垸所畫有人名廉隅所畫則否癸酉夏同事梅原先生末治以其照片視余命爲考證余以素非所習固辭終不獲命乃就其有人名者考譔本事以列於篇其無人名者不釋以其意專彣飾無所取材故也考釋既竟爲之敍曰漢世之畫指事爲主而法戒之像特居多焉目驗可知首推武梁祠堂帝王伏羲以下聖賢周公孔老烈士曹沫以下孝子曾子以下列女梁節姑姊以下分別部居不相雜厠其餘魯峻射陽以及於近時齊魯所出圖概奇零事或隱略而前史成敗之事形諸貞珉則同遞見宋以來譜錄可僂指數也其宮壁之畫則王延壽魯靈光殿賦言之曰上紀開闢遂古之

初五龍比翼人皇九頭伏羲鱗身女媧蛇軀鴻荒朴略厥狀睢盱煥炳可觀黃帝唐虞軒冕以庸衣服有殊下及三后淫妃亂主忠臣孝子烈士貞女靡不載敘惡以誡世善以示後斯與武祠情狀大同葢耳目之所接奄然若合符之復析也此匧所繪筆意艸略用視武祠工拙懸殊至以美行託之丹青則此瑣屑不異旨趣一時風尙愈可明焉且此邢渠魏湯丁蘭李善四像武梁祠亦有之邢丁二像其前石室左石室亦有之知所畫之事亦多因仍葢皆取於通行故事故陳陳相因有如疊矩至於此繪魏湯與左一事本不相涉乃湯父令□作對晤之狀葢因襲已久遂失本意尤此等之像世所盛行之證也嘗考漢人列仙列女孝子諸傳皆取通行故事薈最成編而諸傳別有圖畫副之初學記二十五太平御覽七百一引劉向七略別錄曰臣

向與黃門侍郎歆所校列女傳種類相從爲七篇以著禍福榮辱之效是非得失之分畫之於屛風四堵是向傳列女又爲之圖也又案隋書經籍志曰漢時阮倉作列仙圖而文苑英華五百二李令琛書史百家對則曰陳留神仙之傳起自阮蒼又法苑珠林引有劉向孝子傳而英華許南容李令琛對皆曰劉向修孝子之圖御覽四百十一亦兩引劉向孝子圖此皆一書或稱之曰傳或稱之曰圖亦傳圖相副之證也雖唐宋人所見不無僞託然前無作者僞者安託不妨漢時自有此制矣諸傳所副之圖疑如後世之粉本當時彣飾之畫概取式於此武祠烈士孝子列女之像皆以類相從分別畫之而其列女皆向傳之所有亦其證也然則此匭所繪亦出於列仙烈士孝子之傳當時婦孺之所共知今之所考僅得其半以此深歎考古之難世

有達者董而正焉余與梅原先生延領望之

王維詩索引序 昭和二十七年壬辰

幸次郎讀右丞詩不熟然胸臆之說疑而未決者數事右丞之詩善言山水似爲靈運嫡派而有不同靈運之作每寓感懷於篇末石湖精舍還湖中作云寄言攝生客試用此道推從斤竹嶺溪行云觀此遺物慮一悟得所遣凡如此類曲終奏雅篇篇皆然右丞不然刻畫山水描摹甚徵始終只言景不言己情而其情自見此非山水之詩至右丞而始純乎嘗謂盛唐之詩高視百代皆在其純青蓮求其言志之純故其辭肆少陵求其言情事之純故其辭密右丞則求其言山水之純諸公皆修辭以立其誠立誠之道異立誠之事莫不同也右丞之視諸公得譽尤早雖其人與青蓮同年生夙遊貴主之第聲名籍甚後來諸

公言志言情事之純未必不由右丞爲其先專發之於山水者啓之顧氏日知錄云古來以文辭欺人者莫若謝靈運次則王維此乃經世家言幸次郎不敢同也至於右丞之時曹溪之禪始行淨土之敎亦萌所謂中歲頗好道者究屬何道此於其詩關係綦大亦學人之所當究心幸次郎昧於佛理尤難言矣大學院學生都留君春雄淸水君雄二郎芳賀君唯一摘其句成索引助其業者文學部學生太田君進一海君知義凡幸次郎之疑而未決者固非一索引可了而有索引則其詩愈可讀聊書之以質於用索引而讀其詩者

徵刻狩野君先生文集啓　昭和三十四年己亥

君山先生漢文六十餘篇經禮堂之寫定稿數易而不厭嘗謂爾曹以爲可行卽行之治命在耳歲月云徂今茲十二月十三

日國俗十三周忌辰將屆焉謹擬鉛印以垂永久督工校字幸次郎且服其勞刊資若干宜賴門舊合錢爲之仰止豈異力不同科不以多爲貴不以滿招損庶使有道之碑存德音於同好日知之錄省鈔寫於友人今定目錄列於左方其有遺珠亦希補之

君山文跋 昭和三十四年己亥

先生嘗曰四十前詩文皆不存稿晚年有意編定手寫目錄題曰君山文命青山澄齋騰錄數十篇澄齋死其事中輟手寫目錄亦似未備有不在目錄而手定之稿存於篋中者有在目錄而注不必存者今皆錄之類分爲九卷其稿或五六易故初稿之見於他書者輒不同

神田博士還曆記念書誌學論集序 昭和三十二年丁酉

夫藏書者未必學問學問者未必藏書是以惠施辯給書乃五車劉向傳經事專中祕宋元而降載籍彌宏合則兩傷離之爲美不爾者其惟虞山蒙叟乎後三百年又有神田邕盦先生焉先生誕育舊京素稱喬木鼇極萬卷自厥祖公識屏上之之無非復人間之字恣籀中之歲遍或逢科斗之遺既涵泳於過庭乃見聞之日富其遊國學又值盛時許鄭之儒接踵而爲其師乾嘉之學傳薪而在此域鉤沈所在錄略尤勤服習闇然老成歎息迨乎中經之簿成乎荀勗庫在楓山北學之傳由乎崔靈業光荒服飛騰聲采洋溢海邦乃乘八月之槎歷泰西之國紵衣見獻石室留眞舶載以歸人爭先睹言祕籍者咸折衷焉既而天步其艱戰爭孔亟抱西州之漆簡浮南海之煙濤縑帛帷囊危乎一綫魴魚赬尾契潤萬端天相吉人鬼訶寶物既歸帆

之無恙亦列架之儼然室築北園樂逾南面復仕而耽張華之博物還家而猶江總之黑頭況姚察之有承豈蔡邕之無子心安體胖花甲爰周僚友門生以文爲壽篇五十五人亦如之附大雅之不羣言文章之流別申實學斥浮辭以君子之爲亦有樂乎此也

元曲選釋序 昭和二十六年辛卯

唐宋戲曲之史可略言焉雅俗之樂皆有大曲乃爲舞曲非戲曲也朝廷優諫遠追孟旃打諢雖猛結構甚簡祗供一時之喜笑非有見成之本也宋人有其雜劇金謂之院本周陶所錄有錄無書當亦萌芽具體恐微若夫規模周密有唱有白有科段有脚色描摹世態溢於目前者其唯元人之雜劇乎胡氏祗遹曰伎劇亦隨時所尚而變近代教坊院本之外再變而爲雜劇

既謂之雜上卽朝廷君臣政治之得失下卽閭里市井父子兄弟夫婦朋友之厚薄以至醫藥卜筮釋道商賈之人情物性殊方異域風俗語言之不同無一物不得其情不窮其態豈前古女樂之所擬倫也案胡氏仕於世祖之朝與關白馬同時以當時之人言當時之事其言宜信知漢卿所創爲曠古之所未有矣至其文章之妙葉子奇草木子言之曰傳世之盛漢以文晉以字唐以詩宋以理學元之可傳獨北樂府耳葢言其密勿人情毫髮畢肖眞氣流動可以雄視百代者也乃其刻畫之欲徼每寫口語而必盡街談巷語從容其詞優伶無名氏之作恣縱尤甚又其文士之作嫺於辭令乍雅乍俗亦莊亦諧皆可以助其聲色變幻無窮周德清云有樂府語經史語天下通語此其可作者有俗語蠻語謔語嗑語市語方語書生語譏誚語全句

語枸肆語張打油語雙聲疊韻語六字三韻語此其不可作者周氏此言殆論散曲之法非論雜劇之法雜劇之語無不有也宜其斑駮陸離甚有不可遽解者明人注西廂而顚不刺一語已如聚訟訓釋之業其可緩乎前儒爲之者唯翟氏通俗編稍勤然意在證俗不專讀曲至王氏十七史商榷以元曲之赤緊證唐制之赤縣段氏說文解字注以元曲咱字解說文诌字此乃大儒之博雅偶一及之近讀曲之風大扇而箋疏之事尙寂非所謂人莫不飮食也鮮能知味者夫今我研究室取臧氏百種次第釋之經始昭和己卯歲星一周中更大戰其事不廢前後與纂修之役者靑木氏正兒入矢氏義高田中氏謙二魏氏敷訓及幸次郎剋期聚會各申其說句梳字櫛不作無證之言自金人諸宮調元人散曲宋明小說至儒釋語錄元聖旨碑祕

史典章直解之類凡直語之書莫不參考其所闕疑謹俟海內外學者之正焉竊有恨者狩野君山先生以治經餘暇酷愛元詞馴其難讀授之國學訓詁之業實基於此今此書將刊布而先生已歸道山幽冥道隔就正無路殺青既竟悲慨係之

知非集附錄

吉川幸次郎　善之

中呂粉蝶兒　元曲辭典

詩則唐高天水時樂章興暴到元朝雜劇鏤鏵抗南詞承宮調好詞絕妙馬鄭關喬眞家家荊山玉抱〔醉春風〕近新來提倡盛風聲一火火研磨成考索恨則恨源流版本忒嘮叨訓詁倒少少間有小書一知半解苦沒着落〔剔銀燈〕讀得來隔靴癢撓謹向專家請教恰便似大家同上蚰蜒道悶葫蘆怎得開交頭頻側手屢搖謝不敏某未學〔蔓菁菜〕事如此堪窨約恁過去忒無聊好一似沈沈永宵說甚麼中國文學甚語學都嚮壁而虛造〔石榴花〕咱在學院志懷豪生盛世有福堪消工夫願向此中熬地皮脚着可不虛囂把臧君百種都分剝因聲類擺布成條喉

脣牙齒沒顚倒蒸餠碗中撈〔鬪鵪鶉〕注西廂凌閔王毛凌初成解證閔遇五箋疑王伯良校注毛西河參釋考俗語梁錢翟郝梁同書直語補證錢大昕恆言錄翟灝通俗編郝懿行證俗文咸入網羅悉資斟酌說部尤稱水米交考證週遭三國英雄梁山劇盜〔滿庭芳〕傍州例既然拿到其中深意細細量度虧着他曲家言語多相倣依樣畫描一隅擧則三隅揣有上梢必有下梢元明套俗諺風謠涉獵不妨博〔耍孩兒〕有時不懂說麼鳥覆去翻來不曉雖非相思俏寃家困騰騰夢斷魂勞豈知他有緣千里能相會無意一朝摸得着不由咱迷奚眼破涕爲笑手舞足蹺〔二煞〕又虧人間異本饒顧曲息機陳與郊顧曲齋元人雜劇選息機子元人雜劇選皆明無名氏輯古名家雜劇明陳與郊輯尤推元刻發奇耀元刊古今雜劇三十種京都大學覆刻本當年樂府珠堪掇盛世新聲詞林摘艶雍熙樂府中元曲異文甚多今日歌場聲未消元曲猶有可唱者見集成曲譜又間有唱片皆鴻寶悉加讎校摘記領要〔三

煞〕討論曹皆俊豪迷陽教授當先導田中學士名謙二入矢先生諱義高更有魏君敷訓功非少某吉川幸次郎雖然不肖亦忝同寮〔四煞〕每星期逢五朝日下午一點交清茶相會恣探討車輪般演講伸心得攄梭般問答任口焦疑必剖聊與此道用惠來學〔尾〕歎服子慎通俗文已亡楊子雲輶軒事已遙古今之變斯關要俺等非徒識小了

篯杜室集

據日本昭和五十六年研文出版鉛印本影印

箋杜室集

昭和辛酉刊

研文出版

知非集自序

異邦之人以漢語爲詩爲文非所宜也我邦先儒多爲之且或詡其能於此今余意異乎是既讀漢語書爲業當知其款要知其款要莫善自操畚工欲善其事利其器云爾抱此志已久作輟不常大正十年余年十八在京都第三高等學校始謁青木迷陽先生以其介紹購上海書往還之牘以漢語爲之時又識張君景桓習北京語言十二年晉京都大學文學部從狩野君山鈴木豹軒二先生遊君山課作漢語文每星期一篇私心喜之有一二篇謬見獎借喜之愈甚時又悅清賢詩漁洋竹垞略能成誦刻意倣之構思累日或累月竟不能篇蓋余性不宜於詩既寡於性情又拙於組織少年苦不自知故愈爲而愈窘也十五年論宋詞源流以應畢業之試亦用漢語君山豹軒與內藤湖南先生同爲考官時東平夏渠園與衡陽王芃生避禹域亂小住西京與諸老爲文字交余往間之渠園告以古文義法

余歎望洋芃生南社詞人乃贈之以詞覺詞之敷衍易於詩之組織然亦一二篇而罷昭和三年以君山意之北京浪迹北京師範中國諸大學又問文法於漢軍楊雪橋楊性寡默對坐移時只得數語乃每星期攜文往以代筆談類清季課藝之文不足存也詩則愈窘在燕三年無數篇六年東歸塗經江南其南京蘇州揚州淮安杭州皆有遊踪而竟無詩既東歸任京都東方文化學院所員君山爲山長其始述作皆用漢語平生悅乾嘉之學不悅道咸及其自作膚言源流不能經訓反類道咸乃自厭棄漸就國語詩猶偶作傅君芸子爲學院客掌教北京語詩非專門而羈旅之思時見於容余乃倡爲詩社與之唱酬於是余詩俄得數十篇蓋不求之性情故作之易也時與同僚校尚書疏序之又校元曲其箋釋之文倣清儒之訓詁蓋學乾嘉而不成乃出於此也二十二年轉調京都大學文學部教授自此日授漢語書於諸生而自作甚寥君山又以此年見背學殖愈荒

有所述作概用國語然其國語之文時以漢人雜文之法出之世人或未之知也近忽復勤於詩愈不求之性情作之愈易然其格則已卑矣昔錢衎石有兄學源嘗問之曰弟他日欲居史傳何等耶衎石對曰文苑余嘗讀之歎爲通人之言蓋能文苑乃能儒林此衎石之志也余之綴漢語以爲讀書之階梯亦猶是耳今年迫桑楡所得止此且其讀書亦不少進棄之可惜裒而錄之題曰知非有取乎蘧子之言又箸其非漢語之眞素自知之昭和三十五年歲在庚子陽曆七月吉川幸次郎善之甫時將遊歐洲

知非集目

甲

神田博士還曆記念書誌學論集序

元曲選釋序

附錄

北樂府一首

知非集甲

吉川幸次郎　善之

送王丸生歸衡陽次君山夫子韻二首　大正十五年丙寅

萬言曾定策卓犖杜司勳風雨傷離別滄桑痛見聞詩名留海島劍氣指湘雲後會知何日孤帆悵送君

當年聊誓墓行邁遠雙親丘壑寧無夢邦家正待人槃敦勞應對衮帽飽煙塵息影好歸里秋風吹葛巾

法曲獻仙音　贈丸生

駝陌花殘鳧塘煙濕九十風光都了去國情深送春人獨知君斷魂多少向晚照休囘首山如故鄉好　歎芳草正萋萋又添新恨頻顧影依舊青衫潦倒候館相逢感知音曾許同調緩拍低吟對晴空星冷風悄恁一宵清話怕早水天雲渺

無題　昭和二年丁卯

有時惆悵有時悰難得心情是阿儂脈脈簾前曾欲訴悤悤陌上不成逢人憑水閣易愁緒夢到雲屏偏笑容待向天公垂淚問斯緣錯鑄幾重重

滿庭芳寄神田鬯盦在臺灣

水宿孤鴻風飄哀笛時節還易黃昏蕭條庭院腸斷自溫存一別河橋住侶秋雲冷偏惹愁魂簾櫳寂斜陽低了新月印纖痕　堪論憔悴盡西京學士南國王孫記幾度燈闌醉倒銀尊羅扇題情舊夢空成憶煙暗江村疎鐘斷無聊賴處悄悄掩重門

與松浦學士遊香山靜宜園是夜宿香雲別墅二首昭和四年己巳　以下四首燕京作

繡樹前朝苑鬱葱嵐靄封圍牆包嶺壑盤磴入雲峰華發星壇寂磬流臺殿重爲窮金輦路絕頂聽風松

忽作數峰暝石廊斜照翻支筇煙接野投舍樹依村欹枕堵泉合對

牀簷月昏平生湖海意子細此宵論

碧雲寺禮孫中山櫬

白塔明霞外疎林蕭寺邊昔營由石顯今看葬孫權事業蒼杉默風煙丹旐纏中原還戰鼓憑弔意茫然

冬日遊臥佛寺

落日西山寺清磬發深壑雲光入我夢明發起杖策出郊眺三輔百卉盡云瘼窈窕玉泉塔亭亭插穹碧我行緣其限逶迤履犖确曾巘開寶境孤嶂壓林薄豈煩問塗徑遙矚心已廓依依緩我轍到門森蒼柏山僧披袈裟啓齒迎熟客碧殿杳深沈長廊響行舄龍潭荇藻枯祇林頹葉積法王般泥洹幻相空山宅津梁豈云疲妙香諸天寂對此足遐想頗覺塵襟滌乃尋荒榛路騰身俯冥邈迅商凋大野白日幽墟落流目窮遠勢寒靄翳城郭悲歌發我口徙倚竟向夕

學院聽京劇唱片四首 昭和九年甲戌　以下東歸後作

玉槃珠滾正亭亭清唱任君取次聽精舍桂殘菊初發先生幾日廢研經

休說機關假與眞歌聲搖曳欲傳神諸君獻藝宜當愼細按紅牙有解人（謂傅君芸子）

三年樸被在春明脈望穿書太瘦生回首如今滄海隔繁絃急管一移情

學算平生蔑里堂那知餘事亦相將農談花部續能否點到放牛情欲狂（能田君忠亮治中法曆算愛聽吹腔小放牛焦里堂有花部農談）

除夕二首　昭和十年乙亥

堂堂去日積悲歡對酒中宵意鬱盤宛轉世途吾乃壯離披舊牘字多殘同甘苜蓿朋能久一讀蓼莪懷若剜自笑詩成易浮綺猶希守拙此心安

芸籤十架伴青氈自愧丹黃多未全思誤漫耽邢邵適問疑猶遜賈

逵專微言心折乾嘉老舊事夢追吳越船幼子迎春歡不睡戲云汝勿學耶顚

與學院諸君遊西崦金藏寺德川家光姬人桂昌院所修 昭和十一年丙子

旆丘積翠對新晴飛磴時聞山溜鳴樹杪雲來紺宇冷天邊日射碧江明頗憐地僻僧皆瘦甚愛亭孤氣許清說道佳人尙香火祠前花發不知名

由金藏寺山行至善峰寺山長狩野君山先生先到攝景於臥龍松前

巨牝谽谺嚮犬雞俯臨煙樹護招提到門亟撰先生杖登閣共看平野霓松學龍鱗枝偃蹇畫留鴻爪坐高低下坡飛步賈餘勇回顧層巒日已酉

和傅芸子講師遊山詩三首

燕臺秋色夢應酣尤向陶然亭畔探却賦西京好山水不教詩事擅
宣南
詩筆聊將慰客心和歌翻得獨長吟肅王墓畔花之寺憶否吹簫醉
碧陰（路經長岡花之寺北京朝陽門外花之寺有清肅親王墓其名偶同）
水愁王母泛觴苑草沒武皇郊祀壇避世乘槎知有意吟盟結得不
容寒

君山先生用芸子韻作山居詩敬和三首

犂經食古老彌酣興到詩如囊裏探竹影泉音好聯句退之書館在
城南
月色當窗堪印心篋中奇句自龍吟郊居似過休文樂未用息機吝
漢陰
鄭氏家風教子札宋廛歲事祭書壇壽開八秩健逾昔移杖遙瞻嶽
雪寒

三疊前韻贈同社諸君三首

鬬得尖叉與正酣層層新意競相探可知字有無窮讀不怪春秋鄭伯南

諸老堂堂語稱心倍教後學苦呻吟倘能腹笥分其半豈歎詩魔銷晷陰

誰云樸學絕吟詠願與諸君同坫壇一任詩人笑吾輩冰心好在玉壺寒

葵祭次傅講師韻

迤邐汀洲杜若風分飛憐彼伯勞東九重貞卜又諏酉御道輕埃紛走聽靈草頒來裝束儼寶車窺得靚妝紅柔情猶說光源氏欲置塵身葵帖中

又疊

儼然儀注六朝風千載靈祠鴨水東舞袖張時如蛺蝶玉簫響處繫

騶聽豆籩縡列菅筵白劍佩森依華表紅旗旛不動知神降祝詞徐
奏冷杉中

讀漢書宣帝紀

鬪雞走馬逐紅塵朝請空云屬第親詎意獵車來下杜俄看璽綬耀
中宸背芒不許將軍驚開土終招驕子賓盛事千秋傳議奏非惟吏
治自稱神

與學院諸君遊叡山擇路之尤險者

始知千仭可追攀漸覺諸峰脚底攢絕壁遮人芒屐健山櫻留客酒
盃閑望湖眸逐晴光轉踞石談爲鳥語間聊愛上方鐘梵冷依依瑤
草坐相班

丙子秋將有越東之行王君芃生以大使館參事官在東京見
餞以詩又乞許雙溪大使簡諸名流以爲先聲會患痢疾不果
行依韻以酬

尺素殷勤情百端嗟吾病骨遠遊難不隨賓雁挂帆往飽看棲烏掠枕還縞紵故交違聚首蜩螗世事可摧肝問君詞筆近何若沈痛當如辛幼安

芃生書又來云將重游西京喜而答之仍用前韻

十歲各依天一端岑苔能似我曹難鳧塘舊句煩君摘（丙寅芃生在西京余贈以詞有駝陌花殘鳧塘煙濕句甚爲所賞來書猶及之）筠管新詩待使還前度秋光堪極目何時夜話共披肝得來佳訊情顛倒蠟屐猶期陪謝安

書中以近日之局爲憂三疊

憂思如泥繞筆端眞成來日大艱難朔方空見飛箝逞江表厭聽鼙鼓還誤國何人猶掉舌結仇焉事便刳肝坐悲萬物將芻狗終俟清平共享安

送新城博士之上海自然科學研究所長任　代能田君忠亮　昭和十二年丁丑

名山業就受恆先屈指從遊已十年魯曆既匡三統謬周金又譜共和前戴錢雖往堪同調渾蓋誰云有二天觀象由來徐匯事當依鴻碩領羣賢

送佐藤匡玄之北京 昭和十五年庚辰

精舍校經侶久如苔同岑戒駕欲遠遊薄酒聊以斟貝勒故所都宮闕鬱蕭森昔我樸被往丈人盛儒林家法爭今古流略繼向歆觀光登祕閣發篋耀璆琳優游宣南肆收書可千金中原自烽火赤縣坐陸沈簪纓滯荊楚庠序刺青襟雞鳴急風雨努力覓南鍼若能宗漢京謠俗宜潛心雅詁理未變禮意猶可尋康成曾有云通古亦知今高論談唐虞浮誇難賞音庶各勉光采以慰契闊深

野崎君誠近見贈吉祥圖案解題賦謝二首 昭和十六年辛巳

兩已繡成青黑文依聲託事復紛紜知今通古存家法遺俗堪將補鄭君

猶憶當年燕市居燈光笑語歲將除尤憐廚下羹初定學箸聲聲祝有魚（燕俗除夕以鯰魚作羹意取年年有餘）

慰足利原田翁喪耦（昭和十八年癸未）

平生豪氣傲東方賤彼滑稽齊得喪有淚不關腸似鐵無言獨對月流牀天將何意繩休咎（翁於此日得孫）佛說三生恐未荒歌哭本堪男子事況君飽閱世滄桑

壽王君九季烈七十（昭和十九年甲申）

龍蛇舊事數從亡莫訝頒來御墨香五柳紀年唯甲子三槐門第冠金閶怡情親譜遏雲曲格物時緣看日廊好向春明爲市隱西山翠色足徜徉

送島田虔次從軍

俗儒相呫嚅學世薄文章之子能卓犖析理可豪芒精舍相因依講習未渠央倏奉羽檄徵暫同金革強執手爲言別感激不能忘投翰

亦壯哉炎徼擊鼓鏜

學院讀漢書

丹黃一握便怡然日課炎劉史半篇莫怪先生著書懶窮愁暫學地行仙

乙酉八月十五日三首 昭和二十年乙酉

普天播王言闔國哭呑聲秦鞭竟斷流天塹失堅城寂寞橫海將淒涼國西營終使詔罪己含垢乃弭兵亡狀在諸臣骫骳大錯成善隣爲國寶安安萬邦寧爲天地立心萬世開太平宋臣張載語庶可四表橫

玄化茫漠漠浩流去湯湯童子戚黃雀黃雀戚螳蜋否泰紛倚伏芻狗萬物傷所貴於達者先幾適弛張俠士尚一節其術久必喪殷鑒匪在遠匡時瞻周行豪芒必千里堅冰戒履霜新亭對泣日瑯琊有剛腸

少愛杜陵詩篇什頗成誦所愛音辭壯抑揚意飛動中年積哀樂稍識寄託重不意將遲暮身世乃與共昔者渠園翁規我戒放縱爾爲太平人窮愁非爾用讀書移性情何必學哀慟斯言猶在耳頗感所見洞三復秋興篇千載有餘痛

憶故桑原博士贈令嗣武夫事在昭和丁卯 昭和二十一年丙戌

塔段西邊夜雨堂燈闌坐久靜花香丁寧爲說詞臣業不讀溫公便面牆

輓潁原退藏教授 昭和二十三年戊子

西極煙波尙舊封人材崛起似柴翁評論大雅遍江戶揚搉眞詩光海東既設皐比臨國學俄懸丹旐對秋風幾回談榻淸池畔悔不從君問正宗

送京都大學圖書館長泉井博士之美國 昭和二十五年庚寅

昔讀魏收史心偉李業興攝齊見梁主卓犖辨三正南中用王義我

自宗康成奉使當如此折衝賴儒生況今大同世鬱鬱起書城錄略
二劉業規模逾漢京非有雅不羣安得眉目淸君如楊子雲別國方
言橫讀書十行下源流星羅明都人垂帶厲氣奪魄亦驚萬里壯風
煙乘風正可行

柬三好達治速之來西京同箋唐詩

高齋雨崇朝想君在白屋讀詩午夢圓苦吟對霜菊著書尙佇興能
事非迫促笑我何爲者壽陵強匍匐賦由玄晏重注待向秀足可一
發緒餘良工示其璞千里能命駕風流事更篤多少南朝寺危欄俯
平陸尊酒論儘酣夜闌共秉燭如無十日糧可命好事續

送木下周南之岡山大學任

淸要由來稱辟雍休言道大不相容行哀經藝將塵土暫可吟身伴
講鐘魚米斯鄉名久美尖叉幾鬭韻堪重小樓微雨送君去話到三
唐酒亦濃

金福寺魯庵上人求題與謝蕪村十便十宜帖寺有蕪村墓昭和二十六年辛卯

人生悲短促勝事可融融畫跡前賢妙便宜隔代同離離墳上雨習習谷中風不厭心香數詩禪理本通

贈山本桃屋

負郭斜陽好郊居似樂游短籬官道接板屋野風幽賣炭閱朝市品茶羅盞甌齋中多長物韻語任陽秋

依韻答某氏昭和二十八年癸巳

夢繞堯封岳又河不知中國復支那帝秦據魯頻橫議麥秀黍離哀古歌兩可自慚言每澁中年彌覺氣難和晚蟬聊伴牢騷思炎暑蒸人未易過

康橋次韻答楊蓮生昭和二十九年甲午　以下二首美洲作

自哀中年心且死乘風強學禦寇子逢君談古耳欲熱始覺異鄉酒

亦旨懋堂小學竹汀史君兼其長非摸擬海內風塵猶澒洞前輩風流吾曹比

洪猥蓮博士見招次韻

詩酒此州盛殆忘離我羣盍簪頻愈妙風俗亦堪欣爛漫花團屋清明人上墳心同同此理何事不同文

金福寺春星忌祭與謝蕪村魯庵上人求詩

十七字詩埋古邱風光如舊可凝眸詩禪雙付溪邊寺歲暮寒雲靜不流

除日答清水光男

萬里歸來倦眼開堂堂去日歲復除把君詩卷反覆讀喜君戰勝得道腴維摩示疾丈室中天女來問事有無詩本雅道貴典型言之太露無乃汚謦病又宜講更密忽漢忽倭俠耶儒中有一篇評我書辭頗雅馴堪可娛記我遠在華盛頓婦鄉此詩壯我途媿我文章同流

俗煩君鼓吹徒區區

和豹軒師移居詩四疊昭和三十年乙未

萬首詩成鬱鬱文放翁之後未前聞卜居還似山陰宅一曲鑑湖依水雲

商摧千年禹域文緒言心得我曾聞皐比國學將三紀弟子何妨集似雲

當年絳灌竟無文閱盡滄桑飽所聞卓犖三朝杜陵史不堪詩思局風雲

譜年曾及沈休文詩解壓他黃晦聞願讀先生大全集家藏稿本積如雲

今田哲夫惠永富氏春及廬詩箋注賦謝二首

嗣響清賢調乃新關西崛起一詩人終生不著麤豪筆前輩風流自絕塵

早賦歸來彭澤田不煩責子著詩篇更看淸福還身後私淑有人爲鄭箋

浪淘沙 次龍楡生寄小川士解韻

江左舊汀洲夢寐難求飄颻天地一沙鷗杜陵詩句曾經諳身世悠悠　日日夕陽收楚尾吳頭登山臨海幾凝眸不知中國誰詞客山谷少游

南座觀劇絶句五首 昭和三十一年丙申

鑼鼓喧天歌繞梁重來三島問滄桑人民中國乾坤闢齊放百花爭艷芳

歌聲當日徹雲霄舊夢宣南魂可招銅狄堪摩人未老梅郞風骨愈迢迢

何如唐代踏謠娘魚臥銜盃亦擅場蓮步蹣跚尤奪魄可憐飛燕醉沈香

由來百戲漢京能平子賦存猶可徵歎息延年後人在跳丸揮霍儘飛騰

好事當年記品梅東山墓石長莓苔貞元朝士凋零盡可屬道人重別裁大正己未梅君初來西京書估大島友直乞諸名士文刊品梅記

鷓鴣天 次龍楡生

花草陳編久懶抽忽聞漁笛起蘋洲泠泠如訴心中事一葦誰云風馬牛　看世主若從鷗逍遙堪學佛圖游尋章摘句千秋業志願平生這裏酬

壽斯波教授六十三辭官 昭和三十二年丁酉

文選樓久圮文選學久微只看李善能卓犖五臣膚淺東坡譏近來清儒稍鉤沈言多緒餘少發揮退庵旁證空獺祭蘭坡集釋亦疏稀蕪穢悠悠將千祀誰知昭明文采輩況乎村學寶唐宋沈思翰藻事愈非忽然崛起得夫子繼得絕學魯殿巍由來我邦富舊本某氏集

注尤珠璣句梳字櫛一一校董而理之杼在機隻字有疑不敢忽讀書深切如救饑當今熟精選理者舍此冥行欲安歸負笈問學桃李滿星布曼曼各驂騑顧我戔戔何爲者几席昔同董生幃爾來淡交三十載奇義共析心莫違國家功令有引年聞君冠挂神武闕祝君名山業可就祝君道腴體自肥

大阪藝術祭中國歌舞團絕句四首 昭和三十三年戊戌

百戲將隨世運新聯翩小隊舞墫墫人民中國淵源博半自殊方半自幽

聚如車輻散如漪捕蝶採茶還蔚跂巾舞歌辭錄江左千年遺意未參差

能將餘事自名家當代琴師是老查誰說廣陵成絕調紛紛行雁落平沙 查阜西彈琴

樂事朝朝未渠央不惟畫舫錄維揚願逢四海爲家日趙瑟秦聲共

一堂前數日美國樂團亦來相左而去

銀座酒肆逢石川夷齋淳夫婦戲贈夷齋先人爲昌平黌儒官

已倒玉山猶舉杯知君款款踏街來婦言莫聽曾經誓酒裏有眞沈醉該彈指樓臺俄頃現盱衡當世綺言哀蓬山舊事話能否風急觚稜夕照開

南京懷舊絶句七首遊在辛未夏曆正月

山圍故國曉崢嶸津吏譏訶問姓名莫怪貂裘蒙海客三年襆被在燕京下關車站

直指臺城堤築沙春寒官柳未藏鴉驚看樓殿凌雲起云是交通第一衙交通部新樓

雪後江山劇可憐恰逢廢曆入新年笙歌寂寞秦淮岸好向書坊問蠹編夫子廟書肆

車衝春雪涉沮洳太學西邊楊子居窓下臘梅香寂寂飽聽磊落說

蟲魚（黃季剛教授）向我憐君眼暫青卅年往事思冥冥穀梁音義豪芒析始覺中原存典型（穀梁隱四年音義弒釋舊作殺幸次郎久疑不解質之黃公郎云此宋人校語羼入）

詞客哀時吳瞿庵漫將吹笛老江南書生鼎足何其幸人日草堂春酒酣（季剛見招瞿庵同）

若不蓄髯疑是僧吳儂雅雅氣碐磳山陽載記當揚搉未許官儒恣愛憎（時禁清史稿二公盛言其非）

讀畫絕句十五首

彌歎賦性太奇觚心賞不曾於畫圖千卷收書聊自傲前人墨戲半幀無

日耽文字恣空靈乃覺畫師拘器形僧壁諸天任他好我看塵土沒丹青

若數平生讀畫曾廬名守拙強攀登新裁別傳爲誰氏心出家龕粥

飯僧 大正十年幸次郎始謁青木迷陽先生先生方著金多心之藝術

結社羣賢祭鐵翁窓陳手澤挹流風元僧方幅尤奇絶日暖光浮繞

蕙叢 大正末年考槃社同人祭富岡鐵齋陳其遺愛有元僧雪窓墨蘭

如舟博物傲西都攜我同參沈叟迂既許東坡寫朱竹何妨藍蟹傍

枯蘆 與小川如舟博士同觀某氏藏畫沈石田以藍墨作蟹

萬里煙濤爲裹糧虎頭神品在西洋攜來模本傳阿堵高視千年蔑

宋唐 顧愷之女史箴圖前田青邨等模本

尙書池館酒盃繁繪事尤推巡撫孫聊展素縑斜點筆歸帆已到夕

陽村 昭和六年過吳中潘君景鄭見邀吳君湖帆於席上作畫景鄭文恭曾孫湖帆窓齋孫

崖懸樹倒瀑淙淙知子性靈丘壑鍾握手病牀言別後桑田碧海事

從容 吳中又識陶君冷月臨別以山水小幅見贈

當年列女畫霜紈列士列仙還不單孝子亦當存粉本冢中髹漆認

丁蘭 昭和五年樂浪漢墓出小篋其四周畫故事濱田青陵博士命幸次郎爲考證大意云御覽引劉向別錄所作列女傳又畫之於屛風知漢時諸傳皆有圖此

篋雖市人所畫亦出之

陳壽鄉人西蜀來發囊示我宋臣哀凌波出水紛綸甚筆逐卷長知所裁西戎白君堅攜趙子固水仙長卷來西京

模本輞川由郭仙樓臺綺麗俯青天固知摩詰開元客能事非唯水墨專貝塚君茂樹藏郭忠恕輞川圖卷其先人小川如舟博士遺愛

公私畫史幾曾諳遺箸炳翁猶指南宗匠四王吳惲在憐他異味強爲甘內藤博士支那繪畫史

草花頗愛壽平眞巧鏡模來慰我貧寶愛難同杜林簡持將換米已離身

罔兩一圖奇趣纏洛神孤本儘嬋娟西人具眼歎其碧不愛名山愛鬼仙美國華盛頓美術館

振振戎衣記是君江城邂逅鬢絲紛網羅收得陳淳豔照水紅蕖韻絕羣美國甘城美術館史克門君昭和二十一年從軍來西京二十九年訪之甘城以明畫數幀見眎陳淳蓮花殊佳

天理圖書館觀書歌

清淨爲教稱眞柱鬱如天師在龍虎好事又爲百宋主斯亦人間一册府吾曹成均相伴侶宜趁秋晴一訪古清晨駕車行平楚既過奈良十里許阿閣凌霄樹鷺羽層樓環之帶廊廡入之千門又萬戶拾級而登法物貯殷盤周鼎漢銅弩況來解頤言觀謱（梅原子嘉博士）爲之流連將亭午乃尋一逕通幽塢其陰築館琳琅弆窓前所陳乃餘緒五山鏤版紛步武豈唯諸祖苦口語春秋經傳集解杜子厚文集五百注刻者西來俞良甫小字中州遺山序翰林珠玉伯生箸皆模宋元逐絲縷借問張華可成譜（神田鬯盦博士）忽看祕笈新入簿此乃宋刻孤寰宇毛詩要義了翁詁曹氏楝亭莫氏郘遞傳一綫入網罟紹興單疏闕可補摩挲堪劇十五女又滕墨妙兩軸亘亦出南渡筆勢舞靈澤誥命由吏部紙尾丞相彌遠署某氏墓銘九峯與書學晦翁殊媚嫵當年賢奸迹齟齬咨嗟今日一卓處嗚呼有力者能使物聚物來弆

之如風雨日暮欲去堦前佇遙聆靈官坎擊鼓

壽豹軒夫子八十兼賀文化奬金

格調本依工部篇章已過放翁金賜桓榮稽古壽將李耳無窮

又次夫子韻

儒林功業莫相儔益壽況行王母籌詩解心香陶杜陸門人列座賜

商由談酣池北杯觴暖步散甲南風日優正是文章倡披甚仰看宗

匠截洪流

雜詩寄錢賓四穆

不但有亡國亦有亡天下此語出亭林且莫論眞假亭林憂猶小當

時唯華夏天下今彌大所憂豈能寡東西皆稱帝想非相玉瓦中立

講禮樂俗儒紛笑罵欲學嗣宗達孤鴻號外野欲學東方誕吾非玩

世者子美乃詩人眼前欲廣厦廣厦今亦有吾憂未能寫百世俟聖

人斯言殊覺雅

壽石濱博士七十

行步如騫未杖藤儒林點將語飛騰悼亡聊賦兒孫藝隱市同塵著述增墜簡流沙來不已方言別國正堪徵新修黌舍秋晴倚君室宜居最上層

購書懷舊絕句四首皆憶弱冠前購書

隔海書來字每斜我奇鉛石自中華春申江上停舟問十字街西第二家函購鉛石印書皆由亞東圖書館其尺牘字甚不易讀癸亥春遊上海乃往訪之

達夫浪漫說沈淪禹域文風由此新創造季刊曾購得恨同長物付埃塵

湖上春星映水寒依稀燈火照書攤二田心解青蚨百隨我能爲羣帙冠時亦遊杭州得讀杜心解

夷市東隅隱士廬家風淳樸及鈔胥層層小室芸籤疊此乃書淫成癖初上海英租界蟬隱廬羅氏

西江月 次韻寄夏瞿禪瞿禪唐宋詞人年譜云宋妓名師師非唯宣和

公子歸來燕燕平康到處師師宋人能事屢餘詩譜得掌中斯指
嬾慢相成已癖青燈黃卷棲遲聊當落日送鴻飛夢繞西泠煙
水

浣溪沙 次韻寄瞿禪昭和乙亥幸次郎作臧在東先生年譜瞿禪來書見正

樂府新詞續大堤人間依舊笑和啼行人幾度折楊枝　書隔前
塵猶在篋知編小集又筒詩膏肓尤憶見箴時

和龍楡生寄小川士解詩三首

海上築樓園未窺當年宗伯孰鍾期白頭弟子編遺集淚灑前朝哀
父師楡生方校刊沈氏曾植海日樓詩

心愛唐賢道久東務於情語析曈曨別裁僞體吾何敢祖述唯如鄭
小同楡生謬賞拙箸新唐詩選

詩筒來往紛如雨杯酒縱橫醉似泥一點靈犀尚通否桂堂東畔畫

樓西今關天彭丈昔在南京與楡生過從尤密

采桑子次韻答龍楡生

幸同文字過千祀玉振金聲詩選東瀛當日俞樓偏眼明　高賢蓮社頻揮麈誰可持平天地猶腥聊愛吾廬衆鳥鳴

壽南康甫五十

淵源道德自垂加不獨文章宗八家論學書來頻滿篋釋詞箋就密如廐江鄉春事魚皆美博士皐比鬢未華所在名山可揚席好將遊記續徐霞

晉京車中又疊和楡生三首昭和三十四年己亥

乾嘉樸學略曾窺尤覺段錢心所期半百年過猶碌碌成均顏厚曰人師

舊夢依然震澤東吳頭楚尾思曚曨懷人詩就歎難寄名籍如今頗異同

曙色葱葱隨曉雞劫餘三島絕拘泥迓行笑問乘槎客樂國豈唯銀
漢西
　西村君淸助書來欲以幸次郎爲師且媵以七律一首謹謝不
　敏卽用其韻答之
鑄鎔今古愧康成千里書來蓋未傾業似季長終訓詁心同子厚避
師名蒼蒼四海皆兄弟歷歷人間幾傑英幸遇劫餘無諱日何妨魚
雁互怡情
　駿臺莊雜詩四首
晉京幾度此樓居高枕眞成是我廬頗恨難賡車上夢憑欄晴色滿
皇都
扇懸東海白皚皚仙嶺遙瞻名駿臺雲斂風淸望千里天將圖畫爲
吾開
萬家院落夕陽浮人海蒼茫脚下收獨立危樓緣底事無端拍檻欲

離憂

祇餘燈影散黃金萬籟蕭疎群動沈風露清凉堪置酒讀殘書掩坐更深

熱海惜櫟莊讀蘇詩

辜負眉山半我生比來頗有太倉情磨銅海畔浴泉罷飽讀君詩酬晚晴

和神田鬯盦藏書絕句十二首

賈君經學豈深蕪宋刻精嚴稱厥書多事陽城張太史後來居上藝芸摸清汪氏藝芸精舍覆宋刊本儀禮疏案張敦復本前於此而非景刻

茂堂爲弟竹汀兄五硯樓中讐校精一始亥終篇十四千年雲霧廓然清清袁廷檮手批說文解字

欲將瞿利代瞿曇先辨開齊與撮含願起九原彌戾客如今門外鬧文談明天啓六年刊本西儒耳目資案瞿利卽基督及彌戾皆彼教語魯迅有門外文談

中官使舶駕滄洲土木秋風泣晃旒故紙不關榮辱事百蠻奇字自綢繆清鈔本華夷譯語

豈因文理析豪芒酷吏悠悠傳善長不廢江河流萬古作箋爲敬出天潢明李長庚刊本水經注箋　案魏收書道元在酷吏

聲價東南雅俗同貨郎鹽豉亦眉公定知名下無虛士莫厭僞題汙史通明刊本史通陳繼儒注　案列朝詩集丁陳徵士繼儒小傳眉公之名傾動寰宇甚至窮鄉小邑鬻粔籹市鹽豉者胥被以眉公之名

文公語錄說顏良平話三分學國狂下史上圖存舊式摩挲猶認建州坊明閩書林楊美生刊本三國英雄志傳　案朱子語類五十二讀書理會義理須是勇猛勁直理會將去正如關羽擒顏良

長箋雖見顧公嗤小字能刊宮體詩不意東瀛同調在昌平官版欲肩隨明寒山趙氏小宛堂覆宋刊本玉臺新詠

莫怪丹鉛親季唐鈍吟雜錄闢滄浪君家詩學如馮氏何不披沙廣墨香清馮武手批唐音戊籤　案武爲馮班姪邕齋大父香巖翁有詩名於明治間

梅鼎祚王惟儉黃叔琳紀昀棗梨新前此麗辭誰問津何李無端陸粱日人

間自有有心人（明弘治刊本文心彫龍）

頗哀一綫草堂傳詞到朱明殆鬱湮剞劂陳陳相踏襲驚看舊本自滄泉（明萬曆壬寅余氏滄泉堂刊本草堂詩餘）

綠楊城廓句空靈絕代銷魂王阮亭三昧非專在韋孟新詞搜得滿清聽（清初刊本倚聲初集）

岜盦又示續藏書絕句三首皆法國茹蓮著

字釋句銓非曰泥茹君訓詁冠巴黎沙門求法窮山海知不如今道更西（法譯大唐西域記）

狸毫自在揮蒼頡鶖筆謹嚴迻拉丁想見咖啡一盃罷遵他八法署亭亭（拉丁譯孟子封面題孟子西講係茹蓮自署）

僧佑當年記軌科近時鴻碩出歐邏西州一簡頻傳後自覓解人歸我倭（梵語漢譯法係沙畹舊儲）

倉田君貞美清季民初詩人紹述龔定盦考

昭代嬋娟子段玉裁外孫詩句儘綺麗無窮開法門瓣香尤公度餘波光宣繁清京歌麥秀南社復依藩一一畫宗派學證溯厥原斯事今寂寞丁寧乃見論宜受衣冠拜持此一招魂

哭斯波六郎

胡爲忽然死灑淚向虛空齒德十年長成均研席同獨精蕭選理誰解阮車窮吾敢寢門哭知予莫似公

篠原君壽雄新印無著道忠葛藤語箋

儒既漢宋岐釋亦頓漸分頓不立文字却見語錄紛其手寫其口呵喝猶如聞當時取易曉歲往失義蘊況我倭語異艱深逾典墳狂禪徒公案意氣謝斧斤郢書而燕說治絲絲愈棼忠公山陰秀清行却腥葷崛起成詁釋耄期不倦勤鐵網下海底求野及戲文遺書溢篋衍今見墨版薰美媲東涯老名物六帖羣德行必問學其道始皆賁孰曰不相謀帳中各芳芬

戶田君豐三郎周子太極圖說考

清儒詡考證易圖辯胡渭竹垞齋中詩亦恣相詆誹不知宋賢業曠古自道味只可求其是且緩傳眞僞元公在當年徒以佳士謂空山演太極以之貫萬彙表章得朱子道彌隱而費羨文爭國史深究二理氣君能抉其微流變得髣髴足箴雷同徒學豈必漢魏

奧野君信太郎女妖啼笑隨筆三首

大街十二壯長安如海侯門屛似山閑却鞦韆晚風冷有人小立落花殘

斯宵聽雨小西湖零落瓶花玉漏徐水檻同凭人已去空留姓字妥娘如

觀潮樓上感斯文舊事貞元正倩君好色何妨詞客賦由來神女愛爲雲

伊賀書賈沖森君刻服部土芳遺著二種

鑒識錢聽默刻書陳道人雲煙儘過眼獨抱劫餘珍

次龍榆生韻却寄三首

險韻詩來不易儔知君海上曲聲遒翰林蹤跡文徵仲課讀楞嚴趙大洲

拾遺六代託王嘉太史微言悲伍奢何限人間前後浪劇中關某語高華關漢卿關大王獨赴單刀會劇云長江今經幾戰場恰便似後浪催前浪

自笑吾詩鏡裏鸞徘徊己影與無端步先生韻尤堪快留與來今倘可看

知非集乙

吉川幸次郎　善之

尚書正義定本序 昭和十四年己卯

尚書孔氏傳者諒作於漢綱既絕之後魏晉遞禪之日觀其訓傳多可理遺尋厥旨趣惟尚辭達袪祕緯而就人情寧平近而不曲碎有望文之訓無蓋闕之疑導彼渾灝申其詰屈若厥詁釋之所自則綜衆流而擇善既竊馬氏之絳帷又掇鄭君之芳艸生魄依國師之解弗辟應汝長之讀字從隸古義或涉今周流變動罔迪不適此乃墨守之博徒溝通之英傑殆爲漢詁之歸墟而馴壁經之文理者乎爾乃風靡江左聿自枚氏波及河朔亦徵酈生箸唐代之功令掩先儒而孤行察厥本起稽夫廢興蓋有解義通暢饜乎衆心體例簡易奪彼舊注者焉惟其託名安國同莊子之寓言增多僞篇如優孟之衣冠蒙虎皮於羊質混魚目於蛇珠所以朱子疑之於前閻君證之於

後然賈馬與奔川同逝鄭王共隤日皆沒窺雅詁之奧義玩帝王之大訓非此莫梯蔑斯奚津又夫僞經雖復臆造欺千年之耳目繫後代之憲章人心道心標圭臬於理窟威克愛克滋問對於兵家周官基明皇之典胤征聚曆家之訟斯亦衆說之郛郭掌故之鈐鍵循茲而談皇古則謬舍此而論近代則漏君子憎而知其善愛而知其惡可也唐儒孔君承詔作疏據二劉之成業吸六代之菁華深而不蕪鉤而能沈愼步趨於漢苑義例甚嚴闢奧窔於孔室發揮乃勞難義紛設類羊腸之宛轉賓實屢核辯毫髮於幾微辭曲折而後通義上下而彌鍊匪惟經詁之康莊寔亦名理之佳竟孔疏五經斯爲翹楚文公議云最下恐言之而未當世儒止資涉獵固淺之乎視之乃自永徽之後晉豕漸羣端拱之刻魯魚猶泳由此數本彌出彌譌爰暨近代挍者始盛皇朝有山井鼎赤縣有齊召南浦鏜盧文弨阮元等各勤掃葉遞有積薪然齊浦之時舊本多伏億則未中逞私見而屢

失山井與阮釆獲稍備博乃寡要列異字而莫斷欲使後生若爲去
就今者同人愍其若斯謹竭庸愚成此定本其挍勘之例徵引惟博
祕閣單疏首遵海內之孤本足利八行復涉千里而重挍及乎明清
公私之刻乾嘉近賢之注凡有異同莫不畢綜但以革車方邁羽檄
交流瞿家金源之刻尙隔目覩淸宮九行之本徒勞神往罔羅所逮
惟斯爲恨然皆單疏之裔十行之倫則所損益其可知耳乃其器之
旣利復其事之盡善至理無二必衷一是於參差獨見恐違咸騁同
僚之討論剋期開筵此往而彼復執經問難相對而若讎雖一字之
未圓如恫瘝之在身苟片義之有滯輒發憤而忘食遂使同穴悉就
檃栝顏曰定本非誇稱也又今經傳異孔所見八行以下憯爾相倂
非合符之復析詎枘鑿之能容進退失據多坐此焉茲逢會昌之運
大同之世國朝博士之所讀李唐經生之所寫出兩京之楹書在泰
西之博物傳眞蹟於工鏡託副本於使船雲集鱗比咸萃精舍皆近

儒所莫覩實千載之一時也爰盡參稽博爲折衷遠溯長興之前略復貞觀之舊庶此疏讀傳彼經傳如子應母似膠投漆此亦讀疏之新徑挍經之創例者也但唐時之本例多古字未經衞包之刊改復異薛宣之私定而於正義殊少符合旣以正義爲據故所采用者稀世之覽者幸無怪焉凡所銓敍始於昭和十年四月四易星霜始登梨棗同邯鄲之三字願布國學非不韋之千金敢懸市門其所取挍悉列於左昭和十四年二月東方文化研究所經學文學研究室謹序

舊鈔本古文尚書跋 昭和十四年己卯

古文尚書孔氏傳十三卷國朝人鈔本舊爲東京內野皎亭翁所弆卽我研究室尚書正義挍勘記中稱爲內野本者也據圖記本爲搢紳日野西氏故物至明治中田中青山伯爵獲之繼而歸翁今又易主入靜嘉堂文庫按孔傳舊本首稱燉煌石室唐人鈔本我邦九條

岩崎神田諸本亦可駸嶄然皆爛脫非復完帙多僅盈卷少則數行圭斷璧零覽者恨之惟此册鈔寫稍晚而首尾無闕校本完帙存乎今者蓋莫舊於此焉是以當世嘖嘖稱之然未有取而細讀焉者有之蓋自我室始昭和十年春我室始挍尙書正義廣搜舊鈔經傳用資考鏡燉煌本等皆得其副而斯册獨闕評議員新村重山先生與皎亭翁有舊乃爲我室乞爲景照時翁已沒哲嗣晉君重父執之言慨然允焉其秋十一月同人樸被入京就麴町區富士見町一番地內野氏照之倉石君武四郎平岡君武夫小倉君弘毅及幸次郎皆行照相者羽館君易凡五日藏事捆載而歸及景本曬成取挍諸本其於宋版每多異同核諸唐鈔有若操券信唐本之冡適足利之先河我室挍定之業自此增一南鍼唐本有闕動斟酌於此焉今茲尙書正義定本遂付剞劂挍勘記中稱引此本者尤夥乃取昔日照存之版併刊布之竊謂此本之用非际定本之所據已也今舉三事言

之此本古字與唐鈔合與薛士龍本不合明隸古眞傳在此而不在彼若善理之亦小學之羽翼一事也此本行間埘記釋文與今本多異當採自陸氏原本請以堯舜典證之堯典日短壘昴下云昴音卯徐又音茅古文作丣以閏月定三沓戚烖下云定如字古文作正說文以正爲古文正字也舜典作舜典舜典下云下舜典二字釋文無內于大鼗下云內音納肆覲于上帝下云肆音四王云次馬故也鞭作官刑下云鞭必綿反眚災肆赦下云災本又災(又下脫作字)皆古字也說文災籀文烖字也灾或烖字古文(下脫作扷二字)黎民阻飢下云阻馬本云始也㸒皆百穀下云播敷也傳五刑墨劓剕宮大辟也下云剕扶貴反刖足也夔拜乩首讓于殳斨泉伯與下云殳音殊僉曰伯尸下云伯尸馬本作伯异也女秩宗下云女下或有作衍字也簡而亡傲下云傲五報反黜陟幽明下云黜勑律反皆與燉煌所出原本合卷二以下由此可推二事也此本和訓甚密當出於明經博士舊讀亦

漢詁之枝葉國語之淵藪三事也此皆有待於學人之董理者焉據沙門素慶跋此書本刊於元亨壬戌此乃其景鈔本然刊本止見於島田氏翰古文舊書考世所未見是以學者或議此跋說者不同未知孰是要此本之淵原唐鈔焯然無疑我室挍勘記具在可盤盤考也島田氏乃謂出自呂大防刻本明爲臆說兪曲園跋信之非也又此書既出唐鈔而後人挍以宋版記其異字於旁故有才ナ才无才乍本ナ本无本乍之云才者摺之略體謂版本本乃博士舊本才ナ者版本有此字而舊本無也才无者版本無此字而舊本有也才乍者乍即作之略體版本如此作而舊本不爾也本ナ本无本乍反之國朝鈔本例多如此海外讀者恐所未曉聊復發之

左氏凡例辨 昭和十年乙亥

左傳記事說禮之例文以凡起者五十晉杜氏集解序謂之周公垂法以別於不凡之例卽所謂五十凡例也杜氏之書近儒多言其變

亂漢說惠洪以下各舉數端而凡例之說則從無攻之者蓋謂漢儒已有此義矣余嘗攷之理不得爾僂指而數厥證有六集解序曰其發凡以言例皆經國之常制周公之垂法史書之舊章仲尼從而脩之以成一經之通體又曰諸稱書不書先書故書不言不稱書曰之類皆所以起新舊發大義謂之變例此杜氏別凡於不凡而特崇之之說也而唐孔沖遠正義曰先儒之說春秋者多矣皆云丘明以意作傳說仲尼之經凡與不凡無新舊之例是自杜以前無別凡於不凡之說矣證一隱公七年傳凡諸侯同盟於是稱名故薨則赴以名告終稱嗣也以繼好息民謂之禮經注曰此言凡例乃周公所制禮經也正義曰凡例是周公所制其來亦無所出以傳言謂之禮經則是先聖謂之非丘明自謂之也史之書策必有舊法一代大典周公所制故知凡例亦是周公所制案唐人之疏例不駁注凡於注義涉隱僻者輒多援證以曲成之孔氏此疏乃不能然直謂杜言無所出

知自杜以前無以凡例爲周公垂法之説矣證二集解序又曰韓宣子適魯見易象與魯春秋曰周禮盡在魯矣吾乃今知周公之德與周之所以王韓子所見蓋周之舊典禮經也案定公四年傳説魯之始封曰分之土田陪敦祝宗卜史備物典策官司彝器注曰典策春秋之制序舊典之文蓋本於此杜意以始封之典策會韓宣之周禮以備周公垂法之證孔氏正義釋之曰備物典策謂史官書策之典若傳之所云發凡之類賜之以法使依法書時事是也然以典策爲春秋之制其解紆曲殆非舊義正義曰服虔云備物國之職物之備也當謂國君威儀之物若今繖扇之屬也孔引服解止及備物不及典策然以意推之傳既二事相將而言則典策亦當誥命之類非春秋之制也宋書禮志載晉穆帝納皇后何氏儀注六禮版文等儀皆太常王彪之所定其納徵主人辭曰皇帝嘉命降婚卑陋崇以上公寵以典禮備物典策欽承舊章肅奉典制晉書禮志同夫嘉禮之納與史

法何涉是彪之讀傳猶不以典策爲春秋之制矣又漢書王莽傳備物典策師古曰既有備物而加之策書也一曰典策春秋之制也顏引杜義止備一曰亦知其難爲通訓故耳證三禮記檀弓曰喪之朝也順死者之孝心也其哀離其室也故至於祖考之廟而後行殷朝而殯於祖周朝而遂葬孔氏正義曰以此言之則周人不殯於廟案僖八年致哀姜左傳云不殯于廟則弗致也則正禮當殯於廟者服氏云不殯於廟廟謂殯宮鬼神所在謂之廟鄭康成以爲春秋變周之文從殷之質故殯於廟杜預以爲不以殯朝廟未詳孰是（孔引鄭語不標所本疑鄭志文）案不殯於廟則弗致所謂凡例之一也服杜欲以傅合禮文鄭則謂此凡非周制明凡爲周公之法漢世儒者猶無此言不則康成之學雖會三家安得恝然爲此解乎證四儀禮既夕乃反哭條賈公彥疏亦論此事曰左氏云凡夫人不殯於廟者春秋之世多行殷法不與禮合也案賈氏之疏多本北學（賈氏周禮儀禮二疏皆有所承其周禮稍雜南學儀禮則純乎北學）

故其解傳多遵服義蓋河洛之學本然也此疏所言本於鄭不本於
服然若周公制凡服亦言之賈氏之釋亦不當若此恝矣證五周禮
喪祝及朝御匶乃奠先鄭注曰朝謂將葬朝於祖考之廟而後行則
喪祝爲御柩也其下卽引檀弓及僖八年傳賈疏釋之曰孔子發凡
言不薨於寢不殯于廟不祔于姑則不致明正禮約殯于廟發凡則
是關異代何者孔子作春秋以通三王之禮先鄭引之者欲見春秋
之世諸侯殯于廟亦當朝廟乃殯案賈氏此釋果得先鄭意否今所
不論其謂孔子發凡關異代則賈不以凡例爲周公舊法尤足明矣
證六問者曰集解序曰孟子曰楚謂之檮杌晉謂之乘而魯謂之春
秋其實一也正義引賈逵云周禮盡在魯矣史法最備故史記與周
禮同名又哀公十四年西狩獲麟下正義引賈逵服虔潁容等義云
孔子自衞反魯考正禮樂脩春秋約以周禮三年文成致麟麟感而
至以爲脩母致子之應據此二文則春秋本於周禮漢左氏家已言

之矣本於周禮卽本於周公也何謂杜氏創爲此說乎答曰漢儒古文之學皆崇周公謂春秋本於周禮固其宜也然此皆杜說之所從來而非杜氏別凡於不凡特崇之之說也積水增冰勢有相因藍青之辨所宜審也且杜氏之特爲此說者其所以然亦可言矣曰欲舍先儒假於二傳之例乃飾美本傳所有之例而尊之云爾集解序曰古今言左氏春秋者多矣今其遺文可見者十數家大體轉相祖述進不成爲錯綜經文以盡其變退不守丘明之傳於丘明之傳有所不通皆沒而不說而更膚引公羊穀梁適足自亂預今所以爲異專脩丘明之傳以釋經經之條貫必出於傳傳之義例總歸諸凡推變例以正褒貶簡二傳而去異端蓋丘明之志也又釋例大夫卒例曰丘明之傳月無徵文日之爲例者二事而已日食大夫卒其餘詳略皆無義例也而諸儒溺于公羊穀梁之說橫爲左氏造日月褒貶之例經傳久遠本有其異義者猶尚難通況以他書驅合左氏引二條之例

以施諸日無例之月妄以生義此所以乖誤而謬戾也又曰先世通儒而乖妄若此者由于左氏與公羊穀梁闕闕者謂左氏不傳春秋世無盟主聽斷可惑假取二傳以救當時之事然亦後進君子所當悟思也據此諸文知漢儒之說左氏每假例於二傳杜氏則專就於本傳其假取之例皆所不取蓋左氏本漢世後起之學義例非其所長劉賈諸君希其立學則不得不乞靈於二傳以彌縫之以漢時春秋之學尤重於例也其實左氏之傳記事爲詳記事詳則褒貶之端多褒貶之端多則經之與奪約之以例難約以膚引之例尤難以此說經必多窘步而終漢之世莫有敢易之者此乃漢人之學篤於師門也黃初以還抱守之風闕師心之學興於是杜氏簡二傳之說出而假取之例舍焉假取之例既舍則本有之例宜尊乃飾美五十之凡託諸周公爾釋例又曰公羊穀梁之論春秋皆因事以起問因所問以辨義之□者曲以通□無他凡例也左丘明則□周禮以爲本

諸稱凡以發例者皆周公之舊制者也（史通申左篇引文有爛脫今用浦起龍本）此又盛言凡例之可尊以使乞假之說自形其陋嘗謂漢人之學多援經外之說魏晉之學專以錯綜本經漢人之易有卦氣爻辰書有三科五家詩有五際六情禮有推士禮而致於天子其餘諸讖緯之學皆經外之說也左氏漢說假取之例亦若是耳魏晉之儒概所不取所言平易似近人情實則古義渺茫後代冥心之學百思且不可得者由此而亡者多矣劉賈許潁之春秋變爲杜氏之春秋猶京孟鄭之易變爲王弼之易耳

春秋正義書後（昭和六年辛未）

左傳漢注爲孔氏正義所援引者有賈逵（屢見）鄭衆（隱元年八年僖二十四年襄二十六年昭二十二年二十五年定八年哀十七年引）馬融（僖五年二十四年昭十二年定三年引）延篤（昭十二年引）彭汪（昭二十七年引彭仲博云按仲博汪字見釋文序錄）服虔（屢見其本爲杜氏釋例所載正義引釋例而牽連及之者有劉歆許淑潁容今不錄）然隋書經籍志錄其書者僅賈服二家（隋志云春秋左氏長經二十卷漢侍中賈逵章句春秋左氏解詁三十卷賈逵撰春秋左氏傳解誼三十一卷漢九

江太守服虔撰）餘則均非隋志所錄惟鄭衆條例劣存梁有之目耳（隋志云梁有春秋左氏傳條例九卷漢大司農鄭衆撰按據志例下當有亡字諸本皆脫）蓋賈服而外皆非沖遠之所及見也

劉文淇左傳舊疏考正以爲孔氏正義本之劉炫述議述議又本之沈文阿蘇寬凡正義所引古書隋志不著於錄或云已亡者皆爲舊疏所引其言甚辯今按孔氏正義鈔襲舊疏固矣然馬融延篤彭汪之書隋志既不著錄又不曰梁有則其亡佚似先梁世沖遠莫論矣抑沈文阿輩亦未必見之（文阿梁陳間人陳書有傳蘇寬不知何代人然孔氏正義序其爲義疏者則有沈文阿蘇寬劉炫孔氏序之於沈劉之間則其人又後於沈矣劉炫隋書自有傳）考杜預集解序古今言左氏春秋者多矣今其遺文可見者十數家正義詳錄漢魏注解人名而下於丘明之傳有所不通皆沒而不說條釋之曰傳有不通則沒而不說謂諸家之注多有此事但諸注皆亡不可指摘若觀服虔賈誼（齊召南云當作賈逵是也）之注皆沒而不說者衆矣云云杜序正義亦襲六朝舊疏劉氏考正言之甚詳乃言諸注皆亡止取證賈服則馬融等注早佚審矣不可謂前

於沖遠者卽能見之也余按此數注者本爲服虔解誼所載疏家摭之服注而沒其所本耳蓋服注體例略如鄭君周官注博采衆說乃下己意書雖久亡猶有明文可證者數事宣二年傳見叔牂曰子之馬然也對曰非馬也其人也正義曰服虔載三說皆以子之馬然爲叔牂之語對曰以下爲華元之辭云云下詳錄賈逵云鄭衆云又一說是服注所載有賈逵鄭衆無名氏說也襄十九年傳齊侯圍之見衞在城上號之乃下問守備焉以無備告揖之乃登正義曰杜於此注皆用賈逵之說服虔引彭仲博云齊欲誅衞呼而下與之言因可取之無爲揖之復令登城仲博以爲云云服虔謂此說近之是服注引彭汪而從其說也且彭注駁賈而服從之則賈義亦在所載可知三十一年傳仲尼聞是語也正義曰昭二十四年服虔載賈逵語云是歲孟僖子卒屬其子使事仲尼仲尼時年三十五是彼年經仲孫貜卒下服注載有賈逵說也昭七年經春王正月暨齊平正義曰穀

梁傳云以外及內曰暨謂此爲魯與齊平賈逵何休亦以爲魯與齊平許惠卿以爲燕與齊平服虔云其文相比許君近之是服注載賈逵何休許淑說而從許也二十年傳琴張聞宗魯死正義曰賈逵鄭衆皆以爲子張卽顓孫師服虔云案七十子傳云子張少孔子四十餘歲孔子是時四（當作三）十一未有子張鄭賈之說不知所出是服引鄭賈說而駁之也二十二年傳王弗應正義先引賈逵鄭衆下乃曰服虔以賈爲然又二十三年傳使各居一館正義先引賈逵鄭衆下乃曰服虔竝載兩說仍云賈氏近之是服於此二條皆引賈鄭兩注而從賈也後漢書延篤傳云篤論解經傳多所駁正後儒服虔等以爲折中是服注所載又有延篤說也僖十五年正義辨上天降災等四十二字爲後人妄增曰服虔解誼其文甚煩傳本若有此文服虔必應多解何由四十餘字不解一言云云漢儒解經務從簡質若非罔羅衆家多載舊義無由文煩彙而觀之服於東京左氏家說實集

其大成馬融等注亦賴之以傳故陳隋疏家得引此數注於已亡之後耳且援斯例而論之正義引漢注或止標賈服不加別白或先引賈注乃曰服同皆爲服引賈注而從其說疏文詳略之故亦可以得其情矣

戴宏解疑論考 昭和六年辛未

春秋公羊傳漢世爲博士之業相承注記見於漢志者有外傳五十篇章句三十八篇雜記八十三篇顏氏記十一篇今何邵公解詁專行諸家皆廢矣戴宏解疑論者見於徐彥疏亦東京之述公羊者也其書久亡近儒亦少措意余考按疏文得其厓略詳爲疏證條於左方凡錄徐疏七條楊士勛穀梁疏一條自謂諸經疏之涉此書者攈摭靡遺但箋釋之便隨文申證故文次不與本同

解詁序本據亂而作其中多非常異義可怪之論說者疑惑至有倍經任意反傳違戾者其勢雖問不得不廣是以講誦師言至於百萬

猶有不解時加釀嘲辭援引他經失其句讀以無爲有甚可閔笑者不可勝記也是以治古學貴文章者謂之俗儒至使賈逵緣隙奮筆以爲公羊可奪左氏可興恨先師觀聽不決多隨二創此世之餘事斯豈非守文持論敗績失據之過哉

疏恨先至二創解云此先師戴宏等也凡論義之法先觀前人之理聽其辭之曲直然以正義決之今戴宏作解疑論而難左氏不得左氏之理不能以正義決之故云觀聽不決多隨二創者上文云至有背經任意反傳違戾者與公羊爲一創又云援引他經失其句讀者又與公羊爲一創今戴宏作解疑論多隨此二事故曰多隨二創也又此世之餘事解云餘末也戴氏專慮公羊未申此正是世之末事猶天下閑事也

又斯豈至過哉解云守文者守公羊之文持論者執持公羊之文以論左氏卽戴氏解疑論之流矣敗績者爭義似戰陳故以敗績言之

失据者凡戰陳之法必据其險勢以自固若失所据卽不免敗績若似公羊先師欲持公羊以論左氏不問公羊左氏之意反爲所窮已業破散是失所依据故以喩焉

按戴氏解疑論不見隋志則唐初已亡疏人能見之者此疏舊止曰徐彥撰彥何代人未詳清儒臧琳等多疑爲六代經師近時吳檢齋先生（承仕）乃定爲北朝人（北平師範大學國學叢刊第一卷第一期公羊徐疏考）其言甚辯蓋作疏之時此書尚存也此三疏論戴氏著書得失甚詳約其詞意略有三端解疑論本爲破左氏而作一事也其人專慮公羊弗克審敵雖破左氏不中要害二事也卲公甚慊其書觀聽不決以下病先師者意主於戴氏三事也此三事考諸公羊興廢之故咸有符契之合今次第明之一事解疑論本爲破左氏而作者自劉歆用事始崇左氏施及中興其業彌盛光武置之博士孝章嘉其義長雖遭世儒之訴置而旋廢徵馬肝之論嘉之未遂然公羊相承

之業已非世主所重其仍列於學官者亦曰以存祖制備故事耳公羊經師多懷怨望於此范升之駁李育之難作焉疏云戴氏作解疑論而難左氏則戴氏之志亦在排異端而衞己學且此疏承上文賈逵緣隙奮筆則解疑論本爲抵景伯長義而作可知蓋張左氏之軍者莫過賈逵公羊經師之所切齒者亦莫過賈逵也竊謂解疑云者解古學之疑申己業之正也二事其人專慮公羊弗克審敵雖破左氏不中要害者公羊經說定於嚴彭祖顏安樂二人中興以還二家並立學官（後漢書章帝紀建初三年詔書至建武中復置顏氏嚴氏春秋）雖傳授又分數派（顏家有泠任筦冥之學見前書儒林傳）章句時見刪定（范書樊儵傳就侍中丁恭受公羊嚴氏春秋初儵刪定公羊嚴氏春秋章句世號樊侯學教授門徒前後三千餘人又張霸傳後就長水校尉樊儵受嚴氏公羊春秋初霸以樊儵刪嚴氏春秋猶多繁辭迺減定爲二十萬言更名張氏學又儒林傳鍾興字次文少從少府丁恭受嚴氏春秋光武詔令定春秋章句去其復重以授皇太子又使宗室諸侯從興受章句）今文之學尤重家法其所損益可知蓋時師之所傳讀大致仍宗此二人矣然考二人西京儒者當時左氏未興公羊獨尊凡所注述不

主應敵今者鄭衆賈逵難義競設鄭衆亦有左氏長義見徐疏仍持二人之說以抵其鋒是亦商周之不敵而已當此之時制勝之術在乎審敵所据彌縫己闕然審敵所据是攻乎異端彌縫己闕是變亂師說俱非泥于家法者所能爲也戴氏所學未知是顏是嚴然徐疏一則曰不得左氏之理不能以正義決之二則曰專慮公羊未申此正三則曰執持公羊之文以論左氏則戴氏專己守殘未達此術可知又序所謂二創徐疏上文皆當以嚴顏師說之未妥者而此云今戴宏作解疑論多隨此二事則其人所持爲博士舊說亦可知三事邵公甚慊其書觀聽不決以下病先師者意主於戴氏者邵公之學異乎戴氏蓋邵公以險峭之材生乎公羊寖廢之時審知舊義不足拒敵乃爲戴氏之所不敢蹈進則審左氏之義攻其無備退則錯綜經傳絕可緣之隙有可以申公羊而排左氏者輒變舊說無所忌憚立義堅深諒不易破然嚴顏顓門之業至此蕩然

泯棄矣戴氏衞公羊之意同衞公羊之術異故有敗績失據之誚也

或曰卲公之不囿師法可質言之耶曰後漢書儒林傳於丁恭周澤鍾興甄宇樓望程曾均明言嚴氏春秋於張玄明言顏氏春秋惟李育何休不明所學一證也傳言休作春秋公羊解詁又注訓孝經論語風角七分皆經緯典謨不與守文同説經緯典謨者兼綜之詞也二證也解詁序歷詆先師下乃曰往者略依胡毋生條例多得其正故遂隱括使就繩墨焉按前書儒林傳曰胡毋生字子都齊人也治公羊春秋爲景帝博士與董仲舒同業仲舒著書稱其德年老歸教於齊齊之言春秋者宗事之公孫弘亦頗受焉而董生爲江都相自有傳弟子遂之者蘭陵褚大東平嬴公廣川段仲溫呂步舒唯嬴公守學不失師法授東海孟卿魯眭孟嚴彭祖與顏安樂俱事眭孟孟弟子百餘人唯彭祖安樂爲明質問疑

誼各持所見孟曰春秋之意在二子矣孟死彭祖安樂各顓門教授由是公羊春秋有顏嚴之學彭祖爲宣帝博士據此則顏嚴二氏之學出於眭孟孟受之嬴公嬴公受之董仲舒二人實爲董生三傳弟子若胡毋生則僅曰與仲舒同業而已與二人無涉也（後漢書儒林傳云前書齊胡毋子都傳公羊春秋授東平嬴公嬴公授東海孟卿孟卿授魯人眭孟眭孟授東海嚴彭祖魯人顏安樂范氏以嬴公爲胡毋生弟子使如顏嚴之學出於胡毋生是誤讀班書也徐疏引鄭君六藝論亦曰治公羊者胡毋生董仲舒董仲舒弟子嬴公嬴公弟子眭孟眭孟弟子莊彭祖及嚴安樂）今邵公盡舍近師而遠憲章於胡毋三證也何序倍經任意徐疏云成二年逢丑父代齊侯當左以免其主春秋不非而說者非之是背經也按公羊舊說皆譏丑父而解詁不譏（說詳後）四證也又云任意者春秋有三世異辭之言顏安樂以爲從襄二十一年之後孔子生訖卽爲所見之世是任意按解詁以昭定哀三公當所見之世其說與顏氏乖違（顏氏三世之說又見題疏）五證也又反傳違戾疏云反傳違戾者宣十七年六月癸卯日有食之日食之道不過晦朔與二日

卽宣十七年言日不言朔者是二日明矣而顏氏以爲十四日日食是反傳違戾也按解詁無十四日日食之義六證也又時加讟嘲辭疏云顏安樂等解此公羊苟取頑曹之語不顧理之是非若世人云雨雪其雱臣助君虐之類是也雨雪其雱臣助君虐解詁無此義七證也又以無爲有疏云公羊經傳本無以周王爲天囚之類而公羊說及莊顏之徒以周王爲天囚故曰以無爲有也夫周王天囚嚴顏之所同辭也乃其說不見解詁八證也隱元年傳賵者蓋以馬以乘馬束帛解詁禮大夫以上至天子皆乘四馬徐疏云問曰若然異義公羊說引易經云時乘六龍以馭天下也知天子駕六與此異何答曰彼公羊說者自是章句家義不與何氏合曰章句家義則許君所用亦爲博士舊說可知九證也襄十五年劉夏逆王后于齊解詁云不稱劉子而名者禮逆王后當使三公故貶去大夫明非禮也徐疏云何氏以爲天子親迎是以異義

公羊說云天子至庶人皆親迎所以重婚禮也者是何此注云禮逆王后當使三公者蓋謂有故之時或者何氏此注云禮逆王后當使三公卽知何氏之意以爲不親迎與而異義公羊說云天子親迎者彼是章句家說非何氏之意也疏載二說後說爲長十證也莊元年傳命者何加我服也解詁云禮有九錫一曰車馬云云徐疏云此禮緯含文嘉文也案曲禮上三賜不及車馬孔疏引公羊說九錫之次與含文嘉不同一曰加服云云陳氏壽祺五經異義疏證云孔所引公羊說與何休解詁不同蓋公羊先師說與十一證也文六年公子遂如晉葬晉襄公解詁云書遂者刺公生時數如晉葬不自行非禮也徐疏云言葬不自行非禮云云者異義公羊說與此注合案此謂之合知不合者多矣十二證也漢石經公羊傳用嚴氏本而記顏氏異文於後近儒王靜安先生國維以殘石按解詁乃何氏之本非顏非嚴十三證也觀堂集林卷四書春秋公羊傳解詁後

據此十三證解詁爲何氏一家之學明矣

又按馬竹吾玉函山房輯佚書輯解疑論佚文而曰宏不詳何人今考後漢書吳祐傳云祐以光祿四行遷膠東侯相時濟北戴宏父爲縣丞宏年十六從在丞舍祐每行園常聞諷誦之音奇而厚之亦與爲友卒成儒宗知名東夏官至酒泉太守章懷太子注引濟北先賢傳曰宏字元襄剛縣人也年二十二爲郡督郵曾以職事見詰府君欲撻之宏曰今鄙郡遭明府咸以爲仲尼之君國小人少以宏爲顏回豈聞仲尼有撻顏回之義府君異其對卽日教署主簿也范書先賢傳皆不言作解疑論然祐傳又曰祐在膠東九年遷齊相大將軍梁冀表爲長史按冀爲大將軍在順帝永和六年由是逆算祐在膠東在順帝初年宏時年十六則其人生於安帝初年視邵公生於永建四年（以本傳年五十四光和五年卒推知之）年齒稍長疑作解疑論者卽此人也

成二年秋七月齊侯使國佐如師己酉及國佐盟傳君不使乎大夫此其行使乎大夫何佚獲也其佚獲奈何師還齊侯晉郤克投戟逡巡再拜稽首馬前逢丑父者頃公之車右也面目與頃公相似衣服與頃公相似代頃公當左使頃公取飲頃公操飲而至曰革取清者頃公用是佚而不反逢丑父曰吾賴社稷之神靈吾君已免矣郤克曰欺三軍者其法奈何曰法斮於是斮逢丑父

解詁丑父死君不賢之者經有使乎大夫於王法頃公當絕如賢丑父是賞人之臣絕其君也若以丑父故不絕頃公是開諸侯戰不能死難也如以衰世無絕頃公者自齊所當善爾非王法所當貴阮氏校勘記云當作非王法所得貴

疏如以至得貴解云丑父權以免齊侯是以齊人得善之但春秋爲王法是以不得貴耳而公羊說解疑論皆譏丑父者非何氏意不足爲妨

按徐疏先申何義乃曰公羊說解疑論皆譏丑父者非何氏意則戴氏所言與何氏異與公羊說同也意公羊說者卽五經異義公羊說所謂譏丑父者公羊舊說皆以丑父免其君爲大惡按春秋繁露竹林篇云逢丑父殺其身以生其君何以不得爲知權丑父欺晉祭仲許宋俱枉正而以存其君然而丑父之所爲難於祭仲祭仲見賢而丑父猶見非何也曰是非難別者在此此其嫌疑相似而不同理者不可不察夫去位而避兄弟者君子之所甚貴獲虜逃遁者君子之所甚賤祭仲措其君於人所甚貴以生其君故春秋以爲知權而賢之丑父措其君於人所甚賤以生其君春秋以爲不知權而簡之是也若如此說丑父不但非王法之所得貴亦非齊人之所當善嚴顏之學淵源於董生解疑論又持嚴顏舊說當皆依而用之故徐疏云公羊說解疑論皆譏丑父也卲公解詁止譏頃公不譏丑父雖以王法抑之固與免君之忠與舊義顯

異蓋卲公爲此說者丑父之事二傳相枘鑿之大者左傳曰韓厥獻丑父郤獻子將戮之呼曰自今無有代其君任患者有一於此將爲戮乎郤子曰人不難以死免其君我戮之不祥赦之以勸事君者乃免之二傳所言不但褒貶異情實亦生亡殊詞必左氏家所集矢也且祭仲丑父繁露同爲衡量是非雖異其理乃一祭仲見褒已爲賈逵所攻（後漢書賈逵傳載逵奏曰至如祭仲紀季伍子胥叔術之屬左氏義深於君父公羊多任於權變）此譏丑父亦在長義之科可知卲公慮舊說不足應敵乃爲此調停之說以避左氏之鋒耳是卽序疏所謂据其險勢以自固戴氏守文持論未肯於此故與公羊說同卲公不爾故與公羊說異序疏所言與此咸有影響之應也

莊十年秋九月荆敗蔡師于莘以蔡侯獻舞歸傳荆者何州名也州不若國國不若氏氏不若人人不若名名不若字字不若子蔡侯獻舞何以名絶曷爲絶之獲也曷爲不言其獲不與夷狄之獲中國也

解詁夷狄謂楚不言楚言荆者楚彊而近中國卒暴責之則恐爲害深故進之以漸從此七等之極始也

疏注夷狄至極始也解云注言此者欲道楚屬荆州吳屬揚州所以抑楚言荆不抑吳言揚者正以楚近中國恐爲中國之害故欲進之以漸先從卑稱進之若先得貴名而後退之則恐害於諸夏故也運斗樞曰抑楚言荆不使夷狄主中國者義亦通於此戴氏云荆楚一物義能相發吳揚異訓故不得州名也者與何氏異

按邵公文謚例以州國氏人名字子爲七等見題疏其說本於此傳然成七年吳伐郯吳始見於春秋已國而不州則七等之例窮矣彼年解詁通之曰吳國見者罕與中國交至升平乃見故因始見以漸進今戴氏以吳揚異訓爲義則與邵公顯異矣其云荆楚一物義能相發者說文云荆楚木也又楚叢木一名荆也是也本年左傳孔穎達正義亦云荆楚一木二名故以爲國號亦得二名戴何二義與舊說若爲異同今不可考

解詁序傳春秋者非一

疏傳春秋者非一解云戴宏序云子夏傳與公羊高高傳與其子平平傳與其子地地傳與其子敢敢傳與其子壽至漢景帝時壽乃共弟子齊人胡毋子都著於竹帛與董仲舒皆見於圖讖

春秋公羊經傳解詁隱公第一

疏夫子所以作春秋者解疑論云聖人不空生必受命而制作所以生斯民覺後生也西狩獲麟知天命去周赤帝方起麟爲周亡之異漢興之瑞故孔子曰我欲託諸空言不如載諸行事又聞端門之命有制作之狀乃遣子夏等求周史記得百二十國寶書修爲春秋故孟子云世衰道微邪說暴行有作臣弑其君者有之子弑其父者有之孔子懼作春秋故史記云春秋之中弑君三十六亡國五十二諸侯奔走不得保其社稷者不可勝數故有國者不可以不知春秋爲人臣者不可以不知春秋爲人君父而不通於春秋之義者必蒙首

惡之名爲人臣子而不通於春秋之義者必陷篡弑之誅馬輯本下並引以此言之則孔子見時衰政失恐文武道絕又見麟獲劉氏方興故順天命以制春秋以授之三十六字疑非

按此二條疑皆解疑論序佚文公羊高見於圖讖者徐疏又引說題辭云傳我書者公羊高也是也其公羊平以下盡董仲舒見於圖讖未詳云聖人不空生必受命而制作者按中庸故大德必得其位正義引演孔圖云聖人不空生必有所制以顯天心丘爲木鐸制天下法又魯頌閟宮正義引孝經援神契云聖人不空生生必有所制是戴氏所本也孔子曰云云史記太史公自序亦有此文索隱云春秋緯文引孟子者滕文公下篇文引史記者太史公自序文馬遷聞之董生者也餘皆具於當條徐疏

定四年冬十有一月庚午蔡侯以吳子及楚人戰于伯莒穀梁作伯舉楚師敗績傳伍子胥父誅乎楚挾弓而去楚以干闔廬闔廬曰士之甚勇之甚將爲之興師而復讎于楚伍子胥復曰諸侯不爲匹夫興師

且臣聞之事君猶事父也虧君之義復父之讐臣不爲也於是止文略曰事君猶事父也此其爲可以復讐奈何曰父不受誅子復讐可也解詁孝經曰資於事父以事君而敬同本取父之敬以事君而父以無罪爲君所殺諸侯之君與王者異於義得去君臣已絶故可也

穀梁傳子胥父誅于楚也挾弓持矢而干闔廬闔廬曰大之甚勇之甚爲是欲興師而伐楚子胥諫曰臣聞之君不爲匹夫興師且事君猶事父也虧君之義復父之讎臣弗爲也於是止

楊士勛疏君不至興師釋曰傳稱子胥云虧君之義復父之讎傳文曲直子胥是非穀梁之意善惡若爲句解公羊左氏論難紛然賈逵服虔共相敎授戴宏何休亦有脣齒其於此傳開端似同公羊及其結絢不言子胥之善

按見行穀梁疏出於楊士勛然唐人義疏之業每有所因其昭十五年盡定十五年十行本卷十八十九問者每發難於前疏人乃解釋於後

此條亦然體例甚舊尤非唐人之筆也此涉戴氏而言亦必目睹之詞蓋戴何二義同爲六代之所重也此條戴義今不可考然按上曲禮父之讎弗與共戴天節正義引許愼異義云凡君非理殺臣公羊說子可復讎故子胥伐楚春秋賢之左氏說君命天也是不可復讎按許君言凡以目之則公羊舊義固不區王者諸侯疑戴氏即依用之邵公不用舊說以諸侯之君於義得去爲義者公羊賢子胥賈景伯所難文見前故爲此說以抵之耳

臧在東先生年譜後序 昭和十年乙亥

今年五月本所旣景印拜經堂叢書成幸次郎得徧覽臧在東先生遺書乃掇其學行之略爲年譜一卷遺書目錄一卷聊以貽同志之讀先生書者竊嘗論之淸代毘陵之學好講微言託體雖尊恐非君子爲可繼之道先生爲玉林之玄孫繩厥祖武發疑正讀勤勤終身蓋與張氏惠言竝爲卓犖不羣雖所學不盡同而弗愧於實學一也

先生弱冠以盧氏爲師繼因盧氏受知錢段二公中年數爲阮氏之客晚又奉手王氏之門師友極盛先生於諸公或能得其一體或直過而上之段氏於常邑之士獨稱先生曰學識在孫洪之上非過譽也或病其說經動求新奇終鮮確詁爲仍不脫常人之習幸次郎曰以先生之學視段王諸公誠有間矣然阮氏纂詁之編實賴先生始潰於成卽此一事已覺精力可敬而後學之蒙其福者將無窮焉安可執其一端以爲責備之論也諸大師之於先生甚重其學段氏之注說文忕字𥨍字及讀正虞書正義錢氏之考地字古音王氏之言古詩隨處有韵皆由先生助其討論先生所言諸公或從或不從而將伯之勞終不可沒且諸大師立說之由或賴先生書而始明斯亦非先生之書之甚有功於後學者乎王氏引之目先生曰討論精悍今讀其書惟茂堂懷祖推崇終始不渝先儒惠戴以下咸加駁詰盧氏師也尤當仁不讓文簡之言似有所諷然焦氏循稱先生爲誠篤

君子王懷祖亦曰其人樸厚則先生固非苟與人爲難者也幸次郎讀先生書未窮奧窔敍其學行恐多遺漏尤苦此間淸儒書不多至於往還之牘手澤之本民國人作近儒年譜輒徵引累幅而幸次郎異邦之人更無由窺見匡正補益謹俟海內外良友之敎焉其用集句體爲之者不欲一事而煩複其文故也在東爲先生初字今以名篇者取其尤熟聞於人云爾昭和十年九月三十日吉川幸次郎識於京都研究所之唐學齋

東方文化研究所漢籍分類目錄跋昭和十八年癸未

昭和十三年我研究所旣刊漢籍目錄越三年刊續增漢籍目錄又越二年漢籍分類目錄成亦將刊布焉曰分類者叢書子目不復繫於大題之下分別部居不相雜厠某部有某書一覽可得蓋與曩日之目相輔而行體用各別而其用尤宏者矣其附錄有二曰書名通檢欲檢某書在某部者賴之曰人名通檢欲檢某人有某書者賴之

自此而後讀我研究所書者庶無涉獵記憶之勞乎且不唯此也世之讀支那書者皆將賴其利焉蓋我研究所之藏書叢刻爲尤富凡宋元而還逮乎近代效左禹錫陶南村之爲而不在我庫者蓋鮮則凡公私之庫藏支那叢書而苦於檢閲者亦可賴此目而求也此猶晁陳之書初爲一己之目而能爲天下讀書者之目神而明之存乎其人憶昔歲在辛未幸次郎自禹域歸所長狩野君山先生命倉石君武四郎與幸次郎共理其事二人者乃定其大綱使渡邊君幸三主之笠原君仲二倉田君淳之助玉貫君公寛青山君清木方君眞長尾君尚正佐之既而幸次郎等奪於餘事渡邊君亦積勞成病而去乃由倉田君主之吳君守禮高志君鎭雄城戶君融正佐之所長亦易爲松本亡羊先生蓋其歲屢遷其人屢易遙遙一紀亥然乃成而諸君子甘淡薄理叢脞黽勉於此者或二三年或五六年或十年其勞苦皆不可諼也倉田君屬幸次郎識數語於末謹誌編纂始末

以箸諸君子之勞云昭和十八年三月吉川幸次郎識於東方文化研究所之南齋

宇治橋銘 昭和二十六年辛卯

雍州之野洪流湯湯青壁蓊鬱丹崖輝煌北達京都南控奈良人間利涉爰構津梁聿自大化緜歷千祀鳳翥雲表塔涌江氾地氣噴薄茗荈云美自海內外遊人戾止昭和辛卯國家厎安乃鑄吉金用飾橋闌十六復四有如循環貽之後昆壯我河山

樂浪出土漢匳圖像考證 昭和九年甲戌

孝惠帝

南山四浩

六里黃公

案浩當作皓六當作角皆聲之誤也四皓之事見於史傳者曰史記留侯世家曰漢書張良傳此圖共五人右端一人爲惠帝

餘皆四皓也世家記四皓姓名云東園公角里先生綺里季夏黃公司馬貞索隱云角音祿李匡乂資暇集說同此曰六里正角里之譌也黃公者卽夏黃公（或以綺里季夏爲一人黃公爲一人非也辨見周密齊東野語）角里先生與黃公本二人此合之曰六里黃公者蓋髹飾之工爲之不可究詰

又案山上一字本不晰今釋爲南字案廣韻十六蒸應字注云姓漢有應曜隱於淮陽山中與四皓俱徵曜獨不至時人語之曰南山四皓不如淮陽一老蓋漢時有此稱也師古張良傳注則目之曰商山四皓濱田先生（耕作）釋爲掌字曰商掌聲近而譌未知孰是姑兩存其說

右在一面

孝婦

渠孝子

蕭廣濟孝子傳邢渠失母與父仲居性至孝貧無子傭以給父父老齒落不能食渠常自哺之專專然代其喘息仲遂康休齒落更生百餘歲乃卒也太平御覽四百十一引

圖共三人左端一人無題字卽渠父也武梁祠堂武氏前石室左石室及近時開封白沙鎭所出畫像石見羅氏振玉海外貞珉錄均亦有此陶氏方琦漢孳室文鈔有孝子邢渠考云渠巴郡人

侍郎

魏湯

湯父

孝子傳魏湯少失其母獨與父居色養蒸蒸盡於孝道父有所服刀戟市南少年欲得之湯曰此老父所愛不敢相許於是少年毆撾湯父湯叩頭拜謝之不止行路書生牽止之僅而得免後父壽終湯乃殺少年斷其頭以謝父墓焉太平御覽四百八十二引

案御覽三百五十二引蕭廣濟孝子傳略同唯魏湯作魏陽案
武梁祠堂亦有此像其榜題曰魏湯知作陽者誤也圖共三人
其右端一人題侍郎手擎直叉之械下伯夷鄭眞二圖亦有之
不知何意

令□

令妻

令女

□□

未詳或曰卽列女傳珠崖二義事似不甚合

右三事共在一面

侍郎

使者

紂帝

伯夷
未詳
右在一面

丁蘭
木丈人
劉向孝子傳丁蘭河內野王人也年十五喪母刻木作母事之供養如生蘭妻夜火灼母面母面發瘡經二日妻頭髮自落如刀鋸截然後謝過蘭移母大道使妻從服三年拜伏一夜忽如風雨而母自還隣人所假借母顏和卽與不和卽不與法苑珠林四十九引案劉向孝子傳漢隋志不箸錄疑僞託
孝子傳丁蘭少孤不識其母乃刻木作母而事之太平御覽三百九十六引
曹植靈芝篇丁蘭少失母自傷早孤煢刻木當嚴親朝夕致三牲暴子見陵侮犯罪以亡形丈人爲泣血免戾全其名

孫盛逸人傳丁蘭者河內人也少喪考妣不及供養乃刻木爲人髣髴親形事之若生朝夕定省其後隣人張叔妻從蘭妻有所借蘭妻跪報木人木人不悅不以借之叔醉疾來誶罵木人以杖敲其頭蘭還見木人色不懌乃問其妻妻具以告之卽奮劍殺張叔吏捕蘭蘭辭木人木人見蘭爲之垂淚郡縣嘉其至孝通於神明圖其形像於雲臺也初學記十七引又見太平御覽四百十四

搜神記丁蘭河內野王人年十五喪母乃刻木作母事之供養如生隣人有所借木母顏和則與不和不與後隣人忿蘭盜斫木母應刀血出蘭乃殯殮報讎漢宣帝嘉之拜中大夫太平御覽四百八十二引今干寶書無此文

鄭緝之孝子傳蘭妻誤燒母面卽夢見母痛人有求索許不先白母隣人曰枯人何知遂用刀斫木母流血蘭還悲號造服行喪廷尉以木感死宣帝嘉之拜太中大夫者也法苑珠林四十九引

句道輿搜神記昔有丁蘭者河內人也早失二親乃刻木爲母供養過於所生之母其妻曰木母有何所知之令我辛勤日夜侍奉見夫不在以火燒之蘭即夜中夢見亡母語蘭曰新婦燒我面痛寢寐心惶往走來歸家至木母前倒臥在地面被火燒之處蘭即泣淚悲啼究問不知事由妻當□諱抵死不招其時妻面上瘡出狀如火燒疼痛非常後乃求哀伏首然始得差也敦煌零拾

此作丁蘭諸書皆作丁蘭而其所言遞有演變今搜唐以前人言列此案應劭風俗通云世間共傳丁蘭刻木而事之知漢世以來久在口碑武梁祠堂武氏前石室左石室亦皆有

孝孫

孝婦

未詳

李善

善大家

後漢書獨行傳李善字次孫南陽淯陽人本同縣李元蒼頭也建武中疾疫元家相繼死沒唯孤兒續始生數旬而貲財千萬諸奴婢私共計議欲謀殺續分其財產善深傷李氏而力不能制乃潛負續逃去隱山陽瑕丘界中親自哺養乳爲生湩推燥居溼備嘗艱勤續雖在孩抱奉之不異長君有事輒長跪請白然後行之閭里感其行皆相率修義續年十歲善與歸本縣修理舊業告奴婢於長吏悉收殺之時鍾離意爲瑕丘令上書薦善行狀光武詔拜善及續竝爲太子舍人

案東觀漢記十七御覽三百七十一引謝承書五百五十八引楚國先賢傳瑚玉集引孝子傳略同圖有二人右卽善左作童形者續也謂之善大家者大家蓋漢時常語奴婢以此呼家主獨斷云親近侍從官稱天子曰大家蓋本家主之稱親近侍從

以之呼天子耳武梁祠堂亦有此像

侍郎

侍者

使者

鄭眞

案鄭下一字不晰水野君清一曰漢鏡銘眞字多作眞此更省變今從其說鄭眞者疑卽鄭子眞漢書王貢兩龔鮑傳序曰谷口有鄭子眞蜀有嚴君平皆修身自保非其服弗服非其食弗食成帝時元舅大將軍王鳳以禮聘子眞子眞遂不詘而終法言問神及華陽國志亦有其事此蓋寫子眞謝絕鳳使者之狀也唯師古注引三輔決錄御覽五百九引高士傳皆曰名樸字子眞此曰鄭眞未詳

右四事共在一面

以上在匧受蓋處四面

美女

右在一隅

吳王
侍郎

右在一隅

美女
皇后

右在一隅

楚王
使者

右在一隅

以上在匧之四隅每二隅相對畫之此蓋獵雜畫吳楚王后之

像非有本事可斥錢氏坫浣花拜石軒鏡銘集錄載唐放漢騶氏鏡畫吳越之事略有圖像其旁題曰吳王曰越王二女曰范蠡曰忠臣伍子胥亦此類

黃帝

□□

神女

右在蓋之中央而垸中所嵌之銅生衣蒙之其字與像皆不可審辨

匧以昭和辛未出於平安南道大同郡大同江面南井里朝鮮古蹟研究會發漢時冢所獲也冢距漢樂浪郡治二公里而遙匧以今尺度之高八寸長一尺三寸廣半之有蓋蓋高視匧高三分去二匧近口處廣袤皆斂以受蓋匧與蓋其材皆織竹爲之而垸傅其上下廉四隅以爲廓匧受蓋處四旁亦有垸蓋之中央亦一垸橫焉凡垸之

上以五采漆畫人像其在匧者皆以艸隷識其人名其在蓋者唯中央之垸所畫有人名廉隅所畫則否癸酉夏同事梅原先生末治以其照片視余命爲考證余以素非所習固辭終不獲命乃就其有人名者考饌本事以列於篇其無人名者不釋以其意專彩飾無所取材故也考釋既竟爲之敍曰漢世之畫指事爲主而法戒之像特居多焉目驗可知首推武梁祠堂帝王伏羲以下聖賢周公孔老烈士曹沬以下孝子曾子以下列女梁節姑姊以下分別部居不相雜廁其餘魯峻射陽以及於近時齊魯所出圖概奇零事或隱略而前史成敗之事形諸貞珉則同遞見宋以來譜錄可僂指數也其宮壁之畫則王延壽魯靈光殿賦言之曰上紀開闢遂古之初五龍比翼人皇九頭伏羲鱗身女媧蛇軀鴻荒朴略厥狀睢盱煥炳可觀黃帝唐虞軒冕以庸衣服有殊下及三后淫妃亂主忠臣孝子烈士貞女靡不載敍惡以誡世善以示後斯與武祠情狀大同蓋耳目之所接奄

然若合符之復析也此匧所繪筆意艸略用視武祠工拙懸殊至以美行託之丹青則此瑣屑不異旨趣一時風尙愈可明焉且此邢渠魏湯丁蘭李善四像武梁祠亦有之邢丁二像其前石室左石室亦有之知所畫之事亦多因仍蓋皆取於通行故事故陳陳相因有如疊矩至於此繪魏湯與左一事本不相涉乃湯父令□作對晤之狀蓋因襲已久遂失本意尤此等之像世所盛行之證也嘗考漢人列仙列女孝子諸傳皆取通行故事薈最成編而諸傳別有圖畫副之初學記二十五太平御覽七百一引劉向七略別錄曰臣向與黃門侍郎歆所校列女傳種類相從爲七篇以著禍福榮辱之效是非得失之分畫之於屏風四堵是向傳列女又爲之圖也又案隋書經籍志曰漢時阮倉作列仙圖而文苑英華五百二李令琛書史百家對則曰陳留神仙之傳起自阮蒼又法苑珠林引有劉向孝子傳而英華許南容李令琛對皆曰劉向修孝子之圖御覽四百十一亦兩引

劉向孝子圖此皆一書或稱之曰傳或稱之曰圖亦傳圖相副之證也雖唐宋人所見不無僞託然前無作者僞者安託不妨漢時自有此制矣諸傳所副之圖疑如後世之粉本當時彩飾之畫概取式於此武祠烈士孝子列女之像皆以類相從分別畫之而其列女皆向傳之所有亦其證也然則此匜所繪亦出於列仙烈士孝子之傳當時婦孺之所共知今之所考僅得其半以此深歎考古之難世有達者董而正焉余與梅原先生延領望之

王維詩索引序昭和二十七年壬辰

幸次郎讀右丞詩不熟然胸臆之說疑而未決者數事右丞之詩善言山水似爲靈運嫡派而有不同靈運之作每寓感懷於篇末石壁精舍還湖中作云寄言攝生客試用此道推從斤竹澗越嶺溪行云觀此遺物慮一悟得所遣凡如此類曲終奏雅篇篇皆然右丞不然刻畫山水描摹甚微始終只言景不言己情而其情自見此非山水

之詩至右丞而始純乎嘗謂盛唐之詩高視百代皆在其純青蓮求其言志之純故其辭肆少陵求其言情事之純故其辭密右丞則求其言山水之純諸公皆修辭以立其誠立誠之道異立誠之事莫不同也右丞之視諸公得譽尤早雖其人與青蓮同年生夙遊貴主之第聲名籍甚後來諸公言志言情事之純未必不由右丞爲其先專發之於山水者啓之顧氏日知錄云古來以文辭欺人者莫若謝靈運次則王維此乃經世家言幸次郎不敢同也至於右丞之時曹溪之禪始行淨土之教亦萌所謂中歲頗好道者究屬何道此於其詩關係綦大亦學人之所當究心幸次郎昧於佛理尤難言矣大學院學生都留君春雄清水君雄二郎芳賀君唯一摘其句成索引助其業者文學部學生太田君進一海君知義凡幸次郎之疑而未決者固非一索引可了而有索引則其詩愈可讀聊書之以質於用索引而讀其詩者

徵刻狩野君山先生文集啓 昭和三十四年己亥

君山先生漢文六十餘篇經禮堂之寫定稿數易而不厭嘗謂爾曹以爲可行卽行之治命在耳歲月云徂今茲十二月十三日國俗十三周忌辰將届焉謹擬鉛印以垂永久督工校字幸次郎且服其勞刊資宜賴門舊合錢爲之仰止豈異力不同科不以多爲貴不以滿招損庶使有道之碑存德音於同好日知之錄省鈔寫於友人今定目錄列於左方其有遺珠亦希補之昭和三十四年八月

君山文跋 昭和三十四年己亥

先生嘗曰四十前詩文皆不存稿晚年有意編定手寫目錄題曰君山文命青山澄齋謄錄數十篇澄齋死其事中輟手寫目錄亦似未備有不在目錄而手定之稿存於篋中者有在目錄而注不必存者今皆錄之類分爲九卷其稿或五六易故初稿之見於他書者輒不同昭和三十四年十月受業吉川幸次郎謹記

神田博士還暦記念書誌學論集序 昭和三十二年丁酉

夫藏書者未必學問學問者未必藏書是以惠施辯給書乃五車劉向傳經事專中祕宋元而降載籍彌宏合則兩傷離之爲美不爾者其惟虞山蒙叟乎後三百年又有神田鬯盦先生焉先生誕育舊京素稱喬木鑿楹萬卷自厥祖公識屏上之之無非復人間之字恣箱中之歲遍或逢科斗之遺既涵泳於過庭乃見聞之日富其遊國學又値盛時許鄭之儒接踵而爲其師乾嘉之學傳薪而在此域鉤沈所在錄略尤勤服習闇然老成歎息迨乎中經之簿成乎荀勗庫在楓山北學之傳由乎崔靈業光荒服飛騰聲采洋溢海邦乃乘八月之槎歷泰西之國紵衣見獻石室留眞舶載以歸人爭先睹言祕籍者咸折衷焉既而天步其艱戰爭孔亟抱西州之漆簡浮南海之煙濤縑帛帷囊危乎一綫魴魚頳尾契濶萬端天相吉人鬼訶寶物既歸帆之無恙亦列架之儼然室築北園樂逾南面復仕而耽張華之

博物還家而猶江總之黑頭況姚察之有承豈蔡邕之無子心安體胖花甲爰周僚友門生以文爲壽篇五十五人亦如之附大雅之不羣言文章之流別申實學斥浮辭以君子之爲亦有樂乎此也昭和三十二年歲在丁酉十月同學弟吉川幸次郎謹序

元曲選釋序

昭和二十六年辛卯

唐宋戲劇之史可略言焉雅俗之樂皆有大曲乃爲舞曲非戲曲也朝廷優諫遠追孟旃打諢雖猛結構甚簡祗供一時之喜笑非有見成之本也宋人有其雜劇金謂之院本周陶所錄有錄無書當亦萌芽具體恐微若夫規模周密有唱有白有科段有脚色描摹世態溢於目前者其唯元人之雜劇乎胡氏祗遹曰伎劇亦隨時所尚而變近代教坊院本之外再變而爲雜劇既謂之雜上卽朝廷君臣政治之得失下卽閭里市井父子兄弟夫婦朋友之厚薄以至醫藥卜筮釋道商賈之人情物性殊方異域風俗語言之不同無一物不得其

情不窮其態豈前古女樂之所擬倫也案胡氏仕於世祖之朝與關白馬同時以當時之人言當時之事其言宜信知漢卿所創爲曠古之所未有矣至其文章之妙葉子奇草木子言之曰傳世之盛漢以文晉以字唐以詩宋以理學元之可傳獨北樂府耳蓋言其密勿人情毫髮畢肖眞氣流動可以雄視百代者也乃其刻畫之欲微每寫口語而必盡街談巷語從容其詞優伶無名氏之作恣縱尤甚又其文士之作嫺於辭令乍雅乍俗亦莊亦諧皆可以助其聲色變幻無窮周德清云有樂府語經史語天下通語此其可作者有俗語蠻語謔語嗑語市語方語書生語譏誚語全句語构肆語張打油語雙聲疊韻語六字三韻語此其不可作者周氏此言殆論散曲之法非論雜劇之法雜劇之語無不有也宜其斑駁陸離甚有不可遽解者明人注西廂而顛不刺一語已如聚訟訓釋之業其可緩乎前儒爲之者唯翟氏通俗編稍勤然意在證俗不專讀曲至王氏十七史商権

以元曲之赤緊證唐制之赤縣段氏說文解字注以元曲咱字解說文詯字此乃大儒之博雅偶一及之近讀曲之風大扇而箋疏之事尙寂非所謂人莫不飮食也鮮能知味者夫今我研究室取臧氏百種次第釋之經始昭和己卯歲星一周中更大戰其事不廢前後與纂修之役者靑木氏正兒入矢氏義高田中氏謙二魏氏敷訓及幸次郎剋期聚會各申其說句梳字櫛不作無證之言自金人諸宮調元人散曲宋明小說至儒釋語錄元聖旨碑祕史典章直解之類凡直語之書莫不參考其所闕疑謹俟海內外學者之正焉竊有恨者狩野君山先生以治經餘暇酷愛元詞馴其難讀授之國學訓詁之業實基於此今此書將刊布而先生已歸道山幽冥道隔就正無路殺靑既竟悲慨係之昭和二十六年三月吉川幸次郎識於京都大學人文科學研究所之文學研究室

知非集　附錄

吉川幸次郎　善之

中呂粉蝶兒 元曲辭典

詩則唐高天水時樂章興暴到元朝雜劇鑊鐸抗南詞承宮調好詞絕妙馬鄭關喬貞家家荊山玉抱(醉春風)近新來提倡盛風聲一火火研磨成考索恨則恨源流版本忒嘮叨訓詁倒少少間有小書一知半解苦沒着落(剔銀燈)讀得來隔靴癢撓謹向專家請教恰便似大家同上蚰蜒道悶葫蘆怎得開交頭頻側手屢搖謝不敏某未學(蔓菁菜)事如此堪窨約恁過去忒無聊好一似沈沈永宵說甚麼中國文學甚語學都嚮壁而虛造(石榴花)咱在學院志懷豪生盛世有福堪消工夫願向此中熬地皮脚着可不虛囂把臧君百種都分剝因聲類擺布成條喉唇牙齒沒顛倒蒸餅碗中撈(鬪鵪鶉)注西廂淩閔王毛淩濛初解證閔遇五箋疑王伯良校注毛西河參釋考俗語梁錢翟郝梁同書直語補證錢大昕恆言錄翟灝通俗編郝懿

行證俗文咸入網羅悉資斟酌説部尤稱水米交考證週遭三國英雄梁山劇盜〔滿庭芳〕傍州例既然拿到其中深意細細量度虧着他曲家言語多相倣依様畫描一隅舉則三隅揣有上梢必有下梢元明套俗諺風謠涉獵不妨博〔耍孩兒〕有時不懂說麼鳥覆去翻來不曉雖非相思俏寃家困騰騰夢斷魂勞豈知他有緣千里能相會無意一朝摸得着不由咱迷奚眼破涕爲笑手舞足蹺〔二煞〕又虧人間異本饒顧曲息機陳與郊顧曲齋元人雜劇選息機子元人雜劇選皆明無名氏輯古名家雜劇明陳與郊輯尤推元刻發奇耀元刊古今雜劇三十種京都大學覆刻本當年樂府珠堪掇盛世新聲詞林摘艷雍熙樂府中元曲異文甚多今日歌場聲未消元曲猶有可唱者見集成曲譜又間有唱片皆鴻寶悉加讎挍摘記領要〔三煞〕討論曹皆俊豪迷陽教授當先導田中學士名謙二入矢先生諱義高更有魏君敷訓功非少某吉川幸次郎雖然不肖亦忝同寮〔四煞〕每星期逢五朝日下午一點交清茶相會恣探討車輪般演講伸心得擴梭般問答任口焦疑必剖聊與此道用惠來學〔尾〕歎服子愼通

俗文已亡楊子雲輶軒事已遙古今之變斯關要俺等非徒識小了

知非續集

吉川幸次郎 善之

香港 昭和三十五年庚子

潮聲擊孤嶼蜃氣幻青松天熱波將沸山高樓與重流人勤著述百里足提封興廢千年事何妨暫附庸

印度

戒殺猶皇古坐覺風俗貴大雅歌文王其仁及草卉易稱中孚德豚魚信豈匱軻云不殺人豈不是詞費君子遠庖廚安如庖廚廢格致道不窮巧技日騖沸何弗攝沆瀣調劑成五味白小羣分命杜陵曾歔欷歎息此邦人爲仁果而毅我曹覺形穢日殺充腸胃

自印度飛塔什干卽古石國

柘支西極國幕井尙潺湲日度長天白風吹木葉乾居人諸部雜旗幟小戎殷家落驛亭暮耽耽吏抱關

莫斯科

朝朝雨如織所在巨樓崇坡衍連新市江廻抱合宮堅貞灰不棄一弛女能容歷歷商君政將無目睹同

芬蘭國赫星法斯二首

吾行隨海鷗信步在汀洲野草香還溢遙天水自漚賞心聊絕域極目偶危樓不厭踟蹰數浮生詎再遊

天涯風俗可相親途徑頻將問野人遙指花村知酒肆自緣柳塢到湖濱浣紗漂母語偏聒狎鳥兒童意亦眞小國寡民誠足樂滿城晴色斂輕塵

羅馬

天色倉浪繪太秦七丘形勢自輪囷斷牆敗壁藏芳樹寶馬輜軿輾軟塵觸處風煙颺酒旆何王冢墓簇遊人夕陽飽坐驅車返古道黃昏月似銀

自題歐洲遊記後

佪惶如逐客名邑必停驂雨暗商君國花明聖母龕人文龍戰後封域犬牙含十五風詩在傾君辨二南

蝶戀花 次韻答忍寒詞人龍楡生夏夜行江南田野間欣然有得

金奏洋洋歌肆夏國脈中興懷抱宜揮灑諸將雲臺功屢畫悠然知子猶儒者　東去大江淘晝夜月在薛蘿清操如囘也兩部蛙吹觀物化窩中安樂誰云假

次韻答大月君 邦彥

風人騷客遞英雄詩國誰爲第一功時序彥和評仲偉吾言河漢逞胸中

釋昧庵藤波氏三十年前大谷大學舊徒也惠詩次韻答之前年斯波君 六郎 歿 幸次郎 又參大谷之席

重來白蓮社几席感前塵學弗殖將落愧君詩思新

高野山大學加地哲定中野義照二教授同壽七十定公篤空
海文學照公理蒙藏經
野山煙樹鬱葱葱龍象如今數二公心得千年箋祕府部居三乘到
黃紅僧寮祭酒談筵遞（二公遞爲學長）俗臘懸弧年歲同況是燕雲兼隴雨
昔遊相話興巃嵸

張維翰院長示除夕疊韻詩自庚辰至己亥凡四十疊和之二
首
烈士安能豪氣除韻隨年疊憶當初憐他考訂乾嘉客歲暮焚香黃
氏廬
中宵蹴被舞鷄聲進退我生由晚清朔雪炎風事多少滇南負郭待
歸耕

除夕喬君炳南贈春燈
綺穗微綃儘巧娟春燈的歷憶當年燕山花鼓秦淮笛挑向寒窓一

惘然

熱海惜櫟莊草宋詩概說二首 昭和三十六年辛丑

萬首宋賢句源流我豈兼稿成顛撲破思向夜分尖應見丹鉛笑何
當甲癸籤窺園園亦小新月復纖纖
松竹蒸秋暑居茲眞望洋海江岐范陸涇渭辨陳黃道院勤庭誥楊誠
齋坡仙悲對牀要知人耦意不獨半山王

香港大學漢學大會用饒固庵南海唱和詩韻四首

橫舍臨滄溟講論靡虛日招徠萬方客海外洲眞十我亦佞宋餘卮
言聊以出愧彼博學人天日照窗隙能事及樂章綜錄今復昔密如
十七篇一一記几席豈似竹垞老疑信參孔壁
炎方御風到蕉黃媚秋日吾遊可汗漫淹留朝將十尤憶屯門鎭孤
峰雲表出翠微藏古寺倒影涵巖隙杯渡與宋王有無事自昔海波
青銅滑恨不一揚席咫尺水中央島島皆丹壁

儼然一城郭村墟負落日居民久一姓分房知幾十矮簷左右比小巷縱横出圍之以嚴牆數仞無罅隙時平絶盜賊困困守猶昔誰能笑固陋儒亦上珍席彼不願偸光何必勸鑿壁

吾車行絶巘吾游乃竟日結伴多詩人篇章自可十忽逢飛瀑泉銀絲林際出山道屢逶迤登頓緣澗隙其坦盡如砥豈不以儆昔俯看暝色近海陸如接席奇觀冠平生默誦蘇赤壁

九月仙臺日本中國學會奥野教授來書告病詩以問之兼示

村松暎二首

珍重牀頭力疾書當年馬隊講論舒東北大學教養部爲第二師團故址山城兩日晴還雨聽到門人説李漁

斯翁針線易蟄牙鬢影衣香能事誇多事貞淫分道學唯將素女證無邪

豹軒夫子授文化勳章敬次夫子韻

擧世雷同詬病儒縱橫謷說易支吾天章赫奕明詩敎溫惠柔良失豈愚（用淮南子泰族訓語）

次神田鬯盦賀豹軒夫子詩原作述副島滄海折森槐南事

三朝詞客各文藻歎我參差後諸老羨君知古又知今洪鍾不厭纖莛擣云是當年盛社事槐南祭酒意氣浩名目頻繁廚顧誇才調空逞未聞道穠纖但乞太倉餘新城感舊便傾倒何來一翁眼如電四座莫諠一語呆怪來風骨溯漢魏立朝大節蔑商皓又是專對壓合肥華夷皆知姓副島如今薪傳豹軒在以此壽之事可考

東京山本書店景印唐韓鄂四時纂要高麗刊本四首

異書何必訪沙州瓦市春風興自悠孤本季唐韓鄂箸猶存天壤射人眸

一序猶窺用意眞歲時方術告農民莫云衰世文辭拙委曲平明自可人

僕射南朝曾賦詩流傳東國跋文滋愧吾三徑荒蕪久空復摩挲七月遺（宋洪适有謝送四時纂要絕句此書有兩跋皆韓人）

十硯山房消息沈（文求堂田中慶太郎）自來佳話寂書林歎君好事追前輩法眼披沙揀得金

杉浦豐治公羊疏論考三首

官羊賣餅議曾紛改制素王聊亦云休說廢興隨世運阿誰墨守學何君

錯綜旁通苦可憐沈埋何不姓名傳解人本是由河朔不類江南約簡篇

一代人英孔廣森橫經卓犖復文心邵公千載忠臣在儀鄭名堂用意深

出雲安部君末雄製牋絕精僕用之殆十年

賴茲側理精藏我塗鴉拙北土綠陰生知君抄玉屑

大阪河野君正富尊人業魚菜篤嗜余書易簀前數日猶手之
不置詩以弔之
魚蝦菜把日相邀大隱居然棲市朝歎息小書還手澤一庵詩畫雨
瀟瀟

中野女士美代子惠北海鮭魚
久甘建業水願食武昌魚美人知我意歲餽輕瓊琚

浪淘沙除日次韻答忍寒詞人前年所寄
夜月滿空堂手挹清光無端一夢耐星霜雲外依依青鳥信燭灺
粲長　鄰笛起山陽奈隔重洋未能天際識歸航蓬島秋晴還楚
楚蟹舍漁莊

濱田教授敦手製朝鮮道性小梗昭和三十七年壬寅
何來天下大將軍倚吾卓上怒目睛朱衣峩冠知貴種尺許短梗誰
削成國子博士年五十削如其數壽生平每逢休沐親斧斤分減一

一及寮朋爲云此物在榷域星羅大道記里程亭亭百尺欲承露土
人錫名曰道栍（音生）意氣賤彼木居士屢與寺塔管送迎（用陳簡齋詩意）得意
尤在春風時芳草如茵鶯亂鳴山村水郭八道徧花信取次到朱櫻
可恨一國今三公悠悠鴻溝劃圖經如砥官道走南北各戴青天睨
新晴豈謂東海好事客藉寫牢騷摸典型若知人間春愁深應是大
笑絕冠纓

四月鄭子瑜東京築地招飲次韻四首

裙屐何妨各有天旗亭買醉足因緣歎君海外文章富刻意挑燈已
廿年

斤斤足利還金澤安有古文書百篇未若摩天樓上望櫻雲如海雨
纏牽

史筆堂堂犀可燃扶桑國志事空前莫教名只文章著不獨新詩壓
衆賢（子瑜有黃公度傳）

春明舊事儘推遷夢到街西柳色妍八道灣連臭皮巷遺黎我欲問
周知堂錢稻孫二先生

戲贈楊蓮生二十韻

北學歎何寂南人徒自驕子如曉嵐紀忽扼積薪要叢考陔餘後記
聞庭立迢風塵攜室共滄海閱年遙顧絳終居陝管寧猶托遼他山
攻玉久列國輦金招塵尾談纔吐佛郎舌已撓故交吾輩苟講席此
間聊家訓申顏氏廷爭紛漢朝既無書不讀皆若刃相邀況復平安
邑方呈景物饒氣梳新柳鬢冰洗舊苔銷松靄數三嶺華燈耀四條
龜初桓武食兵苦應仁跳葵祭光源帖眞宗歎異鈔彌陀稱萬遍都
踊舞阿嬌大路通朱雀羅城棲鬼妖樓臺淸水寺夕照瀨田橋宇治
茶將採長岡箏可燒我詩雖醜拙君馬且消搖

八月宋詩概說成志喜仍用前韻寄小川士解時復在惜櫟莊
二首

知尙無匡逐著書幽興兼潮來松韻次風洗竹光尖困學聊丁部羽流猶七籤嗟哉天水客吐納儘洪纖

亭亭三百祀涵蓄自汪洋硬語頻堅白淺人徒點黃匠門寧說匠牀上忌安牀因此逞胸臆令吾神暫王

十二月應哥倫比亞大學之聘攜妻子赴美洲過三帆市訪陳石湘夫婦新居用楊蓮生留題詩韻

水豈西泠止齋居木末臨買山支遁與操縵卓君音置酒斜陽好論文來雨今四時芳草在隨意可行吟

哥倫比亞圖書館從魯君公望借辭源君南開大學畢業生流離兵間今奉職於此二首

絕域書城在共欣吾道東守藏如柱下錄略自囊中皂帽聊爲客青鞋曾避戎負暄談往事耆舊數難窮

師訓服膺久治經如上灘苑園尤可鄙鄴架孰曾安居忽他鄉遠室

唯四壁寒嗟嗟貧腹笥先借短書看

耶誕節狄別雷教授見邀宿其達般村莊

來宿研經處江村雪後天池寒猶映竹林靜欲生煙暈碧春盤巧挽鬌兒女顚眞人初度慶情味近神仙

達般村華盛頓曾下榻於此又英將安得烈欲沮革命軍間道至此斃焉後百年英人請歸其殯葬於倫敦有碑記之

開國英雄業江鄉舊事存潛龍留塢戍匕首露軍門興廢都由命恩讐難重論山頭盈尺石風雪欲黃昏

旅中草元明詩概說從公望借文文山集仍用前韻二首

鄉人耶誕慶暫可阼階東列炬霜天曉踏歌淸夜中過江憐樂廣握算鄙王戎同調使君在吟心未覺窮

借得文山集因箋惶恐灘指南前後錄集杜赈裘安蹋蹐皇天濶玲瓏古道寒吾書聊與奪未使俗人看

紐約除日

魚鹽利齊國駟驖歌秦風遽稱東西帝知巧各爭雄昨入西帝都終朝零雨濛樓居眺川原蒼茫康衢通斯亦一人海朝殿森九重今來東帝邑霜風劈長空所在起傑閣寒透狐裘茸石室攜婦子氣暖遽春濃揮汗御絺綌猶歎喘融融任他狂風號唯隔玻璃牕嗟哉物力厚乃用五事農此亦以爲仁非唯財貨豐想彼西帝國亦如此禦多聖人所大寶厚生各成邦何以互醜詆輒如不相容東云西多詐變幻難詰窮西云東宜權貨賂欺羣蒙滔滔天下勢不衡則爲從窮兵恐瀆武嗜殺要非功天墜非杞憂吾曹恐沙蟲欲起南海康從之問大同

癸卯一月遊普林斯頓蔣蓀教授夫婦覓詩　昭和三十八年癸卯

我老兒曹促君家小女嬌朱陳村舊事情話向寒宵

牟德教授新居已成而築牆稍高官援法律不許遷其夫人善

畫戲贈

垂楊門巷午雞閑築就小廬猶閉關結籬長短官休問人在晴窗正寫蘭

方聞之教授招飲眎八大山人眞蹟題詩甚怪又眎石濤畫乃某氏所僞三首

牽強詩猶可畫逢眞賞非憐他穠纖子何學石濤爲

林園堆夜雪讀畫燭燒頻忽聽窗前雨湖光疑欲春

八年前舊夢芳樹綴樓臺指點畫中意桃紅可肯來

唐君德剛魯君公望餞張君鍾元之西岸唐魯皆同治將家裔席上疊前韻二首

宿昔南諸將一麾千舸東聊憐天欲墮暫使日重中蓮幕多奇士金魚寵總戎獨哀王景略捫蝨竟途窮（王揖唐初名王洋唐氏先世資之應舉）

不妨情話密夜雪暗江灘四庫儒經甲五燈禪悅安（張君方譯景德傳燈錄）歌容

王渙擅詩厭孟郊寒拍卓歡呼數尉人錯愕看

蔣君仲雅能畫僑居英美者久之其遊記曰啞人日記詩集曰重啞絕句殆今之徐霞客也次其見贈詩韻戲成四疊

坐忘因識語言非詩畫雙收丘壑微如此居夷眞不陋一般青嶂白雲飛

江南歸夢是耶非揚席十洲淩紫微記得匡廬眞面目名山逢處與皆飛君有句云春來無夢不江南又以名其室

應有人間飽是非情鍾何害出辭微定盦己亥詩眞雜何似先生筆乃飛

雪滿都城節物非春風不度太陽微何當一倩丹青手儘畫江頭柳絮飛今年紐約奇寒來詩及之

天彭今關翁詩集

昔年孫太初吹笛遊天下玄巾與白袷任他俗怪訝今見天彭子蹁

躍殆其亞彬彬明治年名在高賢社鴻齋兮槐翁贈酬咸長者忽草遼東檄復醉漢城廈自此三十年傾蓋滿華夏燕市居尤久門巷槐陰鴻小子曾修謁萬卷森列架時運乃陽九故國政泛駕處士星東移相府蒲輪迓絳灌憐無文謀獲或自野奈何神策劍中宵剚僕射慶雲祥本虛甘露言自詐竟見滄海橫屏迹彌瀟灑千首自刪訂詩史錄王覇萬事風雨過大江流日夜深藏飛動意無語不蘊藉矍鑠哉此翁善化終不化

任藝術院會員

不爲靑主聽暫學竹垞通名姓徵書在句闌伎藝同腐儒餐苜蓿詞客曲黃驄默坐數知己音書策老癃

又賦用錢竹汀先生答錢籜石韻

躊躇國學未投簪復以空言汚翰林兎罝難忘騰客笑蠅頭猶課坐更深愧無鄒奭雕龍術儘有鳩摩嚼飯心怪得老來頻異夢雲山雪

壑峙千仞

又賦

徒未白頭成老癡治經宗鄭昔曾期觀生欲續顏家訓涉世方知賈傅悲一物難違猶易識殊途百慮抑何思間繙舊史前身覓多少清賢恍可疑

十二月游國恩李格非二君來西京與之遊處數日

北來樸學識靈恩縞紵初投一笑溫劉勰辨騷申壯志李登聲類溯淵源清筵談論咳成玉故相園林話負暄指點東山三十六龍蟠虎踞許紛綸

侯外廬講唐宋間農民起義

朱子論本朝語類列盜賊（卷一百三十三）其言殊依依似有所揚抑至云靖康際綠林多可式（卷一百三十）讀之三十年蓄疑橫胸臆無乃鉅儒意別有不可測昨聆君講論恍然而太息當日諸豪傑天理標旗杙理者

人所同安得貧富特堂堂哉斯言儒亦不當愎古者儒俠二孟堅辨尤力至此將無同本可互羽翼俗儒乃不悟視之同鬼蜮空謂性相近不知均厥食諸豪亦無術唯將近利弋放火於月明殺人於月黑矛盾日以積用致大同逼遙遙禹域史事事建其極野哉黑格爾所見殊傾仄不肖溺詞章玄學久荆棘況彼宋儒業昔止窺藩閾然當爭鳴世盍各獻所得感君遠來意詩以破我默君主馬克思我喜弗洛德平生元凱癖頗重意下識雖非醉人言謬誤庶見拭

大正癸亥內藤湖南先生得膽石疾垂危飯塚博士直彥治之愈先生贈詩云維摩示疾本非倫經歲儳儳白髮新臂化雞頭言曼衍石生膽裏狀輪囷浣腸何術華元化知物有方秦越人尤喜起來逢日永鳥啼花落欲殘春其墨跡今在從子豐三郎君家壬寅多由秋田寄書問其訓故時將遊美匆匆答之明年除日復謄以詩幸次郎丙寅畢業試先生爲同考

官首句及之

射策成均謬許曾敬看書法二王承天教腹笥留無恙術啻靈樞喜可勝典僻不關詩思密病餘彌見墨波騰遙知南部風霜夕素壁清香一瓣凝

六十初度二首 昭和三十九年甲辰

六十今朝過臥聽春雨飛小樓聊極目遙碧淡藏暉書卷味長在交朋未盡非吾生如寄否呼酒意依依

昔曾蒲柳質倘未望秋零體豈食言肸眼堪逢世青春陰挾書步夜雨撥爐聽猶志名山業恐難荀偃瞑

五月東方學會小集神戶白鶴美術館梅原子嘉博士 末治 講漢唐鏡鑑

樓臺重疊俯平沙谷口風清新綠奢唯剩瀑泉飛寂歷齊聽博士說菱華

小川士解教授由美國寄其與房兆楹夫婦詩次韻却寄二首

漠漠平沙天與齊化城樓閣我曾棲想君始識詩人意落月屋梁頻望西

層屋參差木末齊風光依約似唐棲可曾淸夢南屏到江不錢塘湖不西

王君夢鷗謬賞拙集以本朝漢學自有淵源答之卽依其韻

何以心唯漢語銘由來三島富儀型王孫垂法言初立（聖德太子十七條憲法）伊物著書彌可聽無奈才人紛刻楮尤欽博士獨橫經（先師君山先生）蒼茫學步歎薪盡屈指先儒自逕庭

二月熱海惜櫟莊草唐詩說（昭和四十年乙巳）

曾草宋詩說於此海光尼源流溯唐賢新書業亦宜來值立春日奇寒重裘披攜有全唐篇從頭貞觀詩恨多應制作千篇苦一詞忽有可人在是曰上官儀賦題詠園林屢言夕景馳後來盛中晚每云落

日悲壯心杜陵哀無限玉溪思怪來六朝人此事偏似癡諸君所典
型子山豈有之乃識依樣畫稍稍脫舊規不但王無功山山惟落暉
風雲建新邦文運亦默移從來蔑初唐新得老將知吾書始發軔殺
青未有期志此聊自傲謹與老櫟辭

送李漢祚歸韓國

因同蒼頡惠與子共燈光一水間關達三年講習忙錫疇洪範美開
土巨碑煌大國維新命愼無忘舊章

岩田醫學博士正三豹軒夫子鄉人也惠以越後上布賦謝兼

憶夫子二首

朔方風雪國絺綌亦冰清千里神交辱著來坐晚晴
論文復論道幾侍子閒居當暑亦斯服其人冰雪如

岡崎大樹寺昭和四十一年丙午

驅車得蕭寺雨洗畫簷齊祛斬流亡日言徵覇業梯洞房金碧冷叢

冢野花低惆悵堪思古徘徊步屧泥

華藏寺吉良義央墓

綠樹蔭寒石知君飮恨偏鄕人歌德澤恩怨付風煙

三箇根山

一覽三州小巉巖絶壁靑水天窮到髮島樹緯如星鳥道容車軌山房強典型藤蘿自成幄多事置危亭

京都大學守衞廣井喜久藏君求詩職守淸風莊爲西園寺公爵故第公薨捐贈大學爲同人遊息之處

僕射林泉夕照遲抱關亦是丈夫爲數文析理紛盃酒華表鶴歸知不知

東山八阪祠修屋典禮

山河襟帶地出日復斜陽碧瓦星周換千年神德長

丙午歲暮偶賦明年春將引年辭官以下七首歸田疊韻詩

夕照遲回歲暮天苑裘欲賦撫流年生當太后垂簾日晚讀新朝大
誥篇曾感異邦頻易主安知東海亦成田及春將不坡公樂出郭攜
孫騎儘翩

明治三十七年三月十八日幸次郎生當清光緒三十年甲辰
二月二日此年五月清廷行殿試而科擧廢

又疊

未易行藏詎問天空將哀樂簇中年愧爲儒者疎經濟誤伍才人蠹
簡篇終以無能汙國學何如子固送屯田潛研像贊石臞課歎息諸
公遊衍翩

先師狩野君山先生乙丑歲暮詩云窮達唯從命行藏欲問天
元豐類稿有送周屯田序　錢竹汀自題像贊官登四品不
爲不達歲開七秩不爲不年插架圖籍不爲不富研思經史不
爲不勤因病得閑因拙得安亦仕亦隱天之幸民　王懷祖行

狀注釋廣雅日以三字爲率

三疊

滄波惆悵隔人天尤憶金臺樸被年博士五經爭異義書坊千帙獲佳篇胡同春樹餳簫細海子微風荷葉田飛絮幾回西苑路感吾烏帽昔翩翩

戊辰春留學彼邦居北平者三年馬幼漁錢玄同主今文吳檢齋主古文皆列其講筵又奉手於楊雪橋暇即遊隆福寺琉璃廠搜清儒書段茂堂說文解字注最初印本王懷祖手批尚書後案儀徵阮氏舊藏尤堪得意

四疊

孰云身世似開天杜老眞詩自晚年長語知唯供掌故談言微中未焚篇每隨楊子悲岐路敢與魯人俄獵田烈士曾題楚騷句彷徨臣步亦蹁躚翩

離騷路漫漫其修遠兮將上下而求索魯迅彷徨以爲題詞

五疊

雷峰未坼矗遙天鼓棹西泠譜我年眼看空濛湖上雨袖攜遊覽掌中篇朱欄舊事懷樊榭冷肆寒燈認二田更呼兜輿靈隱去追思卌載夢聯翩

大正癸亥始遊杭州得浦起龍讀杜心解爲平生收書之始時年二十

六疊

期期只守一壺天神往乾嘉癖已年因愛茂堂書證學欲梳工部告哀篇未能瀟灑居江海宜令生涯老硯田雪鬢南榮移榻坐垂垂寒蓴發將翩

七疊

處處平湖水接天江淮蹤迹亦當年人文淵藪猶遺韻漢學師承可

續篇旅館籌燈談往事勝朝名士或歸田尤憐喬木故家子春雨樓臺墨戲翮

辛未春畢北平之業重遊江南歷金陵吳中寶應高郵淮安杭州上海而返國張菊生金松岑李根源吳瞿庵黃季剛吳湖帆陶冷月潘景鄭諸君或謁之或識之

北村教諭學竹外二十八字詩注昭和四十二年丁未

可憐當日一儀型風味蕭疎似四靈詩事江鄉久寥落作箋爲敬語丁寧

福島師範校有王夢樓匾破碎已甚黑江教授一郎爲之考證

孤帆奉使海天遙書法娟娟冠本朝何事空山存數字璧零圭斷雨瀟瀟

五月一日與梅原教授猛赴美濃赤阪矢橋紅亭園看牡丹紅亭曾刊梁川星巖全集此日出示賴山陽與其先世尺牘欲

得程君房墨依違其詞三首

端居疎草木命駕意騰騰行野淸言續入門花氣凝雨飄紅帳錦露

點玉肌冰羨此灌園客生涯與寢興

品花隨世運先唐未有詩呈芳空在野沐雨久經時忽奏淸平調屢

縈元白思諸君今識否培養許離披

當年江海客安藝賴山陽欲賺傳家墨故遲留別章岑苔斯屋盛喬

木百年長尤感梁貞逸遺篇耀梓桑

二女士詠贈紅亭

天眞好與儷長眞夫婦棲霞席上珍難使風流異邦擅小樓相和氣

如春

右紅蘭夫人

知子天才絕酣吟桃李紅妾心如井水不嫁與東風

右細香女士

五月二十七日與東北中國學會同人宿白布高湯

驅車行大壑新綠怯危磯陰火空山沸溫泉板屋圍溪風人洗浴夕照鳥歸飛遮莫杯盤冷玄談更可微

黑部峽二首

將無覆車畏心悸瀑泉輝積鐵匡光暗奔湍草色饑天將餘一綫嶺倚閶雙扉歎汝從容甚蜻蜓款款飛

巨堰人工恣欲將元氣偸風潭俄百頃電力惠皇州攜婦棧苔滑行廚樹影柔山靈應見賀適已我饗投

三條市岩田醫學博士屢通書未謀面八月（幸次郎）復遊北越博士適病亦不晤既歸以詩問遊興次韻答之

平沙極浦水如珠阡陌縱橫爭樹榆夕照丁寧染詩國鴻詞能繼豹軒無

高木正一歸自美國東洋學者大會求詩

偶然乘興去滄海復青山稷下談何若白雲與往還

奥野教授信太郎隨筆二册其書極小

因讀魯論熟行歌類楚狂前身應道學小品似中郎玩世聊玩物夢華還夢梁王孫沖澹語聯璧在巾箱

寄川田君茂一

思君居水國喬木鬱其村莊老退方告詩篇法可門夕陰親野鶩平浦長香蓀何日扁舟具杜陵遺意論

杉村邦彥王羲之試論

君試論右軍重其骨鯁人我固不解書愛厥靄若春平原秋霜烈坡仙多暉粼各創一天在終遜書聖眞哀哉小朝廷形勢自漂淪治亭登臨日謝公引亡秦遊談非所好莊語儘嶙峋會稽集群賢亦値危亡辰足知雲龍姿中腸多悲辛哀樂積苦語至情篤天倫毅論與像贊作字文勢因俗士論波磔譜系議陳陳

與湯山愧平

歌翻西曲艷盤具御廚珍都是達人業一壺小閣春

留都

留都霜已降步屧豕青泥廬厭承明久情將白傅齊槐雲空隧陌竹影護招提尤愛誰家宅寒花寂歷低

下村吉壽翁見次歸田詩韻仍疊韻答之去多之土佐謁小島博士墓詩及之昭和四十三年戊申

扁舟重入海南天高士墳旁草已年急雨茅堂曾切膾芸籤手澤尚陳篇幾灣金碧堆螺黛百里膏腴列土田更覓一翁何處是詩筒來往久翩翩

偶成

知非希蘧伯舊夢未零星眞積歎三宋小詩似四靈微風隨杖屨草徑入斜汀獨立溪橋畔斜陽戀短亭

次施友忠韻

心知詞客易銷魂庾信當年賦小園夢破春明悲碧海山圍故國接青門懷人歎我如吳澂避地健君師邴原朝士光宣零落盡看無佛處孰稱尊

友忠翻文心雕龍次韻又贈用原道篇意

篇摸大衍逐文翻不見良工斧鑿痕其道原來天地並宜堪伏案度晨昏

遊信州松本市有所悵觸輒成一絕七首

成童曾信宿喬木認猶存人海浮沈各綢繆問祖孫

麻鞋凌鳥道草帽浴溫泉其侶皆成鬼哀哉五十年

有明山下行日脚下平地長讀杜陵詩彌歎體物緻

疎簾刀鑷店膠畫道人鋪躑躅溪橋畔行行識故吾

豈曰一都會其人德性尊老夫圍繞語苦乏稱心言

天靜靜如拭西山白雪初峰峰隨指點皴染儘扶疏
早寒豳土似日景小園移著意護紅葉云君來得遲

立春日卽事昭和四十四年己酉

煙塵蒙大學槐市健兒驕禮樂豈徒事帷囊恐一朝春風方解凍喜
雨可連宵几有東京史偏憐燭影搖

答岩田醫學博士郎用前韻

王何浮桀紂揮塵福天驕孰解恥秦帝難乎免宋朝風花成麗日惆
悵坐良宵學問千秋事豈容爾輩搖

又次岩田氏韻

遮莫楊朱泣路岐坐看花信遍瀛陲心知甘露降庭日白傅猶爲閒
適詩

自題舊著後三首

漢武帝傳

史臣頻與奪之子足雄材一統尊儒術萬方通障臺賢良求似渴甲帳歎其來多少飛騰意賴君聊得開

元雜劇研究

經苑彷徉苦問津忽將餘事挽才人如能受拜俠君似應有衣冠閒綠巾

漱石詩注

孰云多事技難窮亦復箋詩及此翁國學當年攜手客風神綽約怪相同（翁與君山亡羊二師東京大學同窓）

孟夏香川校長（正信）見邀遊讚岐三首

金刀毘羅宮

碧瓦層層在上頭平蕪一望到汀洲堪憐臺殿匾題字云是大清王夢樓（降神觀三字相傳云王文治書）

崇德皇白峰陵

國史淒涼極天王狩不還誰云稗官謬古木吼空山

栗林園

賢侯遊息地喜與廣文偕坡衍松俱舞溪窮水又匯名園仍舊貫怪石出沈埋掌故憑君說風煙不奈佳

贈筧師五百里

我於諸象教不曾承記莂唯愛紙衣老一語如秋月上智已迢生況乃下愚劣慈悲既爲宗義須如此絕又復妻與肉寧共衆同孽浮沈在苦海安得我獨恝震旦復支那恐亦無若曰宜哉七百祀門徒海內截筧師淡雅人傳燈平湖雪又善倭名學詁訓探窟穴伊吾間鐘磬乃得兒郎哲又有其新婦亦能儒書悅同爲西監生値余皐比設伉儷相講習氾濫詩流別聖俞宋賢首公度近世傑夫婦各箋之皆在著作列師乃款柴扉佳貺屢亦竊尤感彌陀經夜坐時翻閱佛土華柔輭湧泉溢復渴厥義眞微妙足使煩憂滅人生貴邂逅何妨因

緣結詩以代簡牘聊用藏我拙

鈴江君幸太郎惠和歌集春之岬其令郎千廣君與忠兒友是

日兒自平塚移居向日町即事以贈二首

危磯銜溟漲夜臥聽風濤出語故衰颯非關格調高

餘事耽吟詠相看老軟塵兒孫卜居近來往庶朱陳

福井康順教授引年辭早稻田大學歸隱日光山寺

三教平心論鬱盤逡巡出語似奔湍皐比久設都西北藜杖今臨壑

碧丹晨院焚香星的歷夜牕箋易雨闌珊憐吾藏拙蟲魚客可許篝燈話歲寒

近藤光男中國古典詩叢考

精舍錄文稱阮公新裁喜見說詩叢遙知北海三多雪幾夜討論爐火紅

壽宇野博士九十五

鬠齡方値戰西南祭酒上庠朝已三天水西京儒豈二老莊韓墨道
皆參觀生常用和爲貴家學繩承養愈甘堪笑門人亦宣髮稱觴齊
醉菊香酣

知非三集

吉川幸次郎　善之

自題歸林鳥語後昭和四十五年庚戌

林棲無奈意迷離剩語零星何所思呂駕只題凡鳥去荆公自愛義山詩秋眠難與浮雲約夏課偏憐落日遲記得人間多少事薪傳可必賴師資

意大利車中

恰當秦政與炎劉多少興亡繫壑丘舊史將繙歎我老江山平遠欲新秋

可摩湖中國哲學史會

十日湖樓雲意昏雨奇晴好未遑論山靈不許遊人恣飽聽儒家德性尊

初到檀香山

漢家終郡越左纛趙佗悲白日濺飛雨火雲出不時簪花童女舞束帶土人疑風俗尤何似杜陵三峽詩

羅錦堂求題夢莊蝶譜

顧曲尤能事丹青儘巧姸南柯紫釵後清夢補臨川

檀香山雜詩七首

日御行朱鳥長風吹未休陰陽交戰處節候苦難周茂樹常如夏奇花不復秋客船隨返照歷歷在汀洲

滄溟忽叢嶼中古始黔黎山谷唯檀木砂洲絕馬嘶飲無煩酒詰舞只聳雕題風俗羲皇上惜哉文獻迷

淮王雞犬地崛起得重瞳叱咤羣酋靡招徠使舶通尉佗黃屋儼石勒素書通德澤猶歌頌苦無曆數終

風峪經鏖戰君王寵阿嬌綺懷猶蕩汨顧眄鎭羣徭淚墮楊華死游隨白浪跳來尋埋玉地疎雨響鴟鴞

圖澄依嗣主戒殺奈其仁翻譯崇經律淫祠廢百神火燒周社栗煙
絕魯郊薪國亦隨傾覆嗟嗟迹已陳
振奇人滄蕩爲愛海邦來山鬼語頻聽鮫人歌易哀巢居如太古雲
物幻樓臺指點讀書處清陰滿老槐R. L. Stevenson
布帆通萬國恰在水中央學校東西塾議論先後王瓜分求厥理薪
積要爲方不見人間世綱維數弛張

南海聖女島中國文學史會次葉嘉瑩女士韻

南來士女逐賓鴻談吐紛綸西復中遙水援天徵畫碧簷花經雨愈
驕紅測圭方識星朱鳥浴海眞成人裸蟲羣怨興觀論辯倦小樓聊
倚遡流風

雜詩一首贈根本教授誠　昭和四十六年辛亥

世既棄君平君平亦棄世隱者每口實談豈遽容易世棄由他爲棄
世乃我棄自非戰勝者安能死水類孔云邦有道貧且賤焉恥著書

亦近名無乃神屢翳凡有所營謀皆堪身之累沮溺誇耦耕耦耕亦人僞

五月東方學會山行二首

驛樹連城北天陰好覓詩山浮青靄淡石截碧潭危招得十洲客輿隨方語馳執輿憐幼婦王覇說無遺（秩父峡）

溪水行行盡崔嵬起碧蕪仙靈茲窟宅棧道上虛無野老爭膜拜王孫傳壯圖夕嵐嘌遠近指點晚花數（三峰社）

秋山夫人惠茶其名曰眞二首

細輭恍疑蒼璧塵嘉名錫得喚眞眞注來甆盞涓涓碧寸許瑤漿渟滀新

酒茶論已燉煌窟蟹眼詠紛天水朝見餽雨前梅實熟草堂夫婦聽瀟瀟

挽陳石湘

憶昨南溟嶼楚騷時命論雕龍過往哲毫髮析微言好士華夷仰劇談盃酒溫何知山閣晚零雨響清猿

贈群馬大學教授七條醫學博士小次郎

傷寒張仲景解體杉玄白道豈不相謀爲仁皆綽約

程仲炎曦靈潮軒雜劇四首

不識孰爲前後身歌棚千載見才人尤憐芳徑燕園寂舊夢如今又一塵

元賢關目屢依傍佳製不無牀上牀山曰望夫津妬婦憑空慧業意飛揚

山上貞珉本小姑江邊波浪泣窮儒鬼謀終不人謀敵掩卷快哉啼笑俱

松圓詩老久聲名握手江鄉霜雪清歎我東西南北客恨無剪燭話關卿

鈴木乾堂 由次郎 七十用其自壽詩韻 昭和四十七年壬子

宗經劉彥和置驛鄭當時箋易尤能事周流無不之

西義一刊吉澤義則博士源氏物語正義求題溫故知新四字
輒成一絕答之

孰謂徠翁黜本朝三嘆式部語迢迢 蘐園二筆云本邦人聰慧絕非外國可及矣紫式部作源語人人殊態態盡情文盡變在水滸傳數百年之前也 西京博士綜河海溫故知新家法遙

唐招提寺梵網會題扇

欲聞微妙法黑白繞香臺戒殺及蚊蚋清風自可來

水野清一博士小祥忌昭和初同居北京演樂胡同唐宅者兩
年宅號延英舍

青槐蔭門巷丈室號延英考古唯徵實羣言未可程步庭風絮亂把箸夕暉明危語誰能續當年魯兩生

五月東方學會郊行遊益子窯大屋石佛

吐納興難盡郊行新緑叢凌晨綏復執結隊侶還同寒谷諸天現村
窯野客功浮生閑半日思古又觀風

車上又有感於曲亭馬琴南總里見八犬傳

覇府舊封域平蕪西盡關大川頻池澤百里未逢山厥土桑麻易其
人刀仗閑頗知曲亭老悠謬説神姦

羽田記念館雜興

列架儼然西域書小樓猶傍史臣居滿窓晴日丹黄倦聊望長堤緑
欲初

石川夷齋文林通言及于拙著

懿文林之通言兮美孤掌之能鳴旣談言之屢中兮反語之明且清
敷列星於秋旻兮及腐儒之窮經歎聚首之久疏兮憶酒德之縱橫
對霖雨之淫淫兮情抑揚而難平

歲暮成九絶句

幾送歸鴻北殊堪神可交君居冰雪國日事把詩敲　寄岩田醫學博士

形勢如三國蜀吳盟忽渝書生眞倜儻孤劍向蒼梧　加地伸行在臺灣

平妖增舊傳墨憨定才人不意從亡客拳拳署老臣　余藏馮夢龍中興偉略錄唐王登極詔有序云七十二老臣恭撰以下二首與岩城秀夫

虞山撰丁集滑㺚斥其詩史錄夷齊節人誠不易知　小腆紀傳魯王監國城破王思任季重不食死

風流歎闐寂戚黨得斯翁若問學詩法一言蔽曰忠　以下二首與熊田保平

神韻談何易性靈詞客能我詩唯記實苦乏玉壺冰

東山高會後癸丑復星周祭酒當年意世殊疑可修　呈邕盦詩老大正二年蘭亭會內藤湖南先生爲其啓

人天悲豈極彼美自西方性善堪疑竇何如創世章　呈奧田牧師

儒術頻隆替任他漢宋岐寒葩傲霜雪冷豔學人詩　高田眞治博士楷庵詩集

又論杜詩四絕句贈平井博士

癖似當陽左從吾心賞存鯨魚掣碧海酒肉臭朱門
緣情由體物聲律發文章此祕唯公解篇篇援混茫
無語無來歷而皆成紫金自云歌即事非古亦非今
尤愛蒼茫與冥搜立厥誠長江來不盡羈旅乃爲生

除日欲跋君山師支那學文藪新印本檢王靜庵觀堂集林讀其送師歐洲遊詩及其壬子歲除即事七律乃次其韻

猶把丹鉛向夜闌書生結習革除難當年縞紵成佳話南渡名流耐歲寒頗擬鴻都修舊事已甘神武挂吾冠蕭蕭三徑天將雪補傳儒林聊以歡

太刀掛呂山喪耦次韻慰之

蘭亭勝事記山陰太歲還將癸丑侵何以詩人居寂寞可憐零雁思沈深詞曾却扇調難續地曰重泉夢儻尋請取羲之諸帖讀悲啼眷屬痛纏心

郭氏沫若寄讀賣新聞新年詩次其韻 昭和四十八年癸丑

猶憶女神先衆芳海濤思舊溯玄洋每因編劇匡前史近復論詩品盛唐天洗黃河除垢濁氣和三島各文章滄波由此風帆織共醉朝霞漱正陽

六十九生日草徂徠學案成志喜二首

天際芙蕖雪峨嵋只可賓遺經千載得日本國夷人鞏上憐君子諸公碌碌爲悠悠宙猶宇是我古文辭（徂徠集兩云鞏上君子疑謂新井君）美

野間光辰教授引年辭官二首

綺語世移難典謨蟲魚磊落詁登徒揚帆今日知何去女護山前水學酥

西京博士善吹簫間上氍毹件短謠席散又乘南陌月醺吟可遍赤欄橋

東方學會游箱根沈君端午求詩

相見休云老一回年年蠟屐喜岑苔堪歎棧閣今如砥新綠難敎詩思催

七月一日孫伯醇及門祭其師於東京集杜

徵君晚節傍風塵裘馬誰爲感激人庾信生平最蕭瑟長開篋笥擬心神

諸友見餽著書謠以代簡四首

從吾所好淡雅爲宗乍諧乍鬼亦曰玲瓏馳騁古今選政從容墨本見餽箋謝匆匆原田憲雄中國名詩選

密約之文自彼胡元道學之架孤本僅存發揮釋題溯厥本原繡像宛然亦資銷魂伊藤漱平嬌紅記譯本

昔初相見即談切韻愧余寡陋莫酬下問眞積力久匠心獨運海之內外有徵必捃定則定矣有條不紊上田正唐切韻考

考證隨筆昔太湖濱匡名爾雅雅言娛親嚴氏悔庵君豈後身同居江鄉紅蓼白蘋嗜味乃似尤篤魯論（用廣韻十九諄力迍切）皇疏久廢隱義屢申新著見惠亦加一薪（杉浦豐治文會）

七月十六日天理圖書館山端十一屋招宴席上二首

兒女柔情攪我愁堪憐一日作千秋黃雲重疊旗亭暮怨恨分明絃上浮（清元三千歲曲）

奇書何限在人間未必江南龍虎山感子化身千億意西京亦富碧琅玕（八木敏夫景天理館善本勗廣其業）

慶應義塾大學講杜詩三首

欲覓論文友清秋入上都誰憐遲暮客析理與難孤

答問友群彥歸田錢竹汀亦堪乘興去江色正亭亭

博士寫驢劵延君說尚書雲端初月在結習不能除

覆岩田博士來詩云使妻評我詩（昭和四十九年甲寅）

推敲由伉儷雪齋遠郊時騰躍羣言盡蕭條世事移莊生齊物異佛
說大慈悲未著潛夫論吾懷託說詩

七十生日自述三首

清時年壽易七十未云稀枉列儒林籍幸無僞學譏蟲魚淹歲月松
竹映簾幃近讀蘭亭序頗知俯仰微

脊令悲已久（幸次郎生日即先兄忌辰）蛇虺夢還新（近得一外孫女於此日）循復觀吾世吉凶奔
一晨烈皇殂翌日（崇禎十七年三月十九日）大士降斯辰（俗又以爲觀音生日）莫謂書生賤幽
明似有因

目以眠爲食朝朝失故吾兒孫供几杖學術竟深蕪漸覺白駒緩難
教春夢徂小庭風日好樂事庶瞿瞿

答一海知義引放翁詩壽余

君辱勗吾老劍南狗日詩從容何有我矍鑠願同之講習成均舊名
聲諸彥爲重哀當日友宿草或離離

讀杜會

林棲耽著述討論喜羣賢義或鉤沈得句彌攧撲娟有時誇一得繆
毗或千年忠厚詩人意吾曹庶爲傳

送福永光司之東京大學任

揚搉權天下莊生豈寓言君深通厥趣羣解盡歸藩三顧廬堪出一
燈傳可尊起予平昔語今在上東門

自題西東間記

端居筆耕倦汗漫任西東因記觀光與還勤覆瓿功天涯來舊雨勝
蹟輒臨風尤痛雕題國王庭一掃空

自題講演集與岡村繁

曾讀亭林錄斷斷斥講章其如道彌裂乃學古之狂

敍勳二等二首

新周故宋閱滄桑何意衰年寶誥煌莫訝白厖非舊體儼然日本國

天皇

已厭承明復故衣棲遲林下願寧違不須換酒如狂客皂帽朝朝在釣磯

安積一夫求題他山石語却寄

和歌由上古一往每情深聊獻他山石希君得失尋

神田鬯盦日本書紀古訓考證新印本次其自題詩韻四首

迢迢靈異自伊尊豈是馬遷黃帝論却以漢言書祕跡疏通端可賴輶軒

晉唐文體自霏霏不厭鉤沈稗說微張氏遊仙薛生記從容取證與尤飛

苦心良工河谷淪（河村秀根書紀集解谷川士清日本書紀通證）武鄉瀾漫未知津（飯田氏日本書紀通釋）爲倭爲漢摸稜客考證難云似積薪

紙墨潔清宜巨編流離瑣尾憶當年篝燈拊掌幾宵話寫定今看高

密箋

九月遊仙臺松島

三景居其一重來可買舟明珠數歷落輕棹儘周流覽物雖非性忘機亦自悠嗟嗟風雅聖詎只歎辭留

毛馬內訪內藤湖南先生故宅呈高橋丈克三

巨儒桑梓地川岳自鍾靈澹瀞灣澴黑霏微驛樹青立言鳴盛世獻賦記童齡故舊使君在更將遺事聽

盛岡

此亦一都會嘉名曰杜陵園荒餘御藥（南部侯舊苑名御藥園）城廢長枯藤宋社終當屋楚材頻見徵（原敬米內光政）恰逢秋賽日花鼓樂豐登

野間光辰教授高山彥九郎京都日記

異代奇士傾蓋相逢懿我帝城街衢橫縱雖經滄桑周流可蹤此焉居停宅猶素封或與劇談墳草茸茸誰主誰客語何從容虛實皮膜

其文如龍

次香山君陽坪蘇書堂 昭和五十年乙卯

雕蟲本耐壯夫爲萬卷蟹行尤可怡誰謂俄羅非舊國零碎墜簡滿邊陲

贈福島醫學博士滿帆二首

長嘯幽篁裏依稀摩詰居平生顳顬術高士發其餘

祭酒杏林久幽棲輿未稀毬場賈餘勇草徑覓詩歸

贈淡川經濟學博士康一三首

宗伯畫禪室廣文禪畫樓倘云名可顧道亦似相謀

已倦談經濟幽心在總持知君揮筆處啐啄不容時

昔年王府客深巷小樓閑看竹人容到終朝不閉關

訪中機上口占

乾坤聞再造夢寐繞山河前度劉郎老今生金狄摩非攻欽大國鼓

翼越滄波九點青煙起文明應更多

桂林遊灕江二首

碧玉青羅恐未宜雞牛龍鳳各爭奇迻他湘水北流去絕俗超凡自曰灕

玲瓏囘互犬牙銜矗立平蕪無不巖天上浮雲任萬變白衣蒼狗愧其凡

贈北京飯店廚房李君

人民藝術本來深運到共和彌稱心柳絮飛時將告別壽司點得一沈吟

訪中遊畢聊賦

林棲久事臥煙霞奉使俄隨河漢槎縞紵當年尋舊雨憲章今日儼中華風薰東觀璆琅列觥舉公堂笑語譁乍北乍南周九域樂郊行處在天涯

追和郭鼎堂見贈仍疊其癸丑元日詩韻

謠俗千年遞醜芳別裁僞體業洋洋祇知文字由情性遮莫詩家區宋唐風暖方銷摩詰疾杯深齊唱鹿鳴章瑤階月色清如水龍尾迢迢接正陽

名古屋市蓬左文庫漢籍分類目錄

部居堂堂學人之製駿府御讓朝鮮宣賜拳拳掌故詳其注記蓬左之錄斯焉觀止

廣田鋼藏理學博士求詩

五材供利用觱沸變無窮以我讀書輿知君格致功

三菱飛機植田廠長求詩

輕舉學神仙功成未百年定知來者業造物愧先鞭

與坂田宮子

孤店叢祠畔茶煙逐日颺青衿客來去少婦未云忙

與藤田正直在金澤大學

清波涌靈澤精舍翠微間哲學寸心子當年亦往還

瀧川君山先生著史記會注考證其故居在松江同人建碑記

之又祭其墓贈哲嗣亮君

得失人間未易論墳邊酹酒一招魂千年子長功臣在清白傳家茂子孫

贈島根大學野津教授

六月平湖濶白蘋隨處光因談巨儒業共得醉斜陽

島根縣立圖書館櫻木君(保)勤於鄉賢掌故

翺翔郎署倦柱下歲年閑河嶽英靈富幽潛起鬱盤

土岐善麿博士九十

吟哦兼訂古慧業似前因客問駐顏術唯云得意頻心香小侯在繙譯杜陵馴願頌無量壽推陳更出新

偶成

索解客何去，人間流落詩（漱石詩集語）。夕陽無限好，汀草不堪持。

梅原學長（猛）移居若王寺桃乞山莊與貝塚桑原二教授夫婦同見招卽故和辻哲郎博士居匾曰第一閣乃翁覃谿書二首

迢迢第一閣秩秩賓初筵義窟證文史主人相後先

迢迢第一閣霜葉正凝紅詩罷憑欄立池光邀晚風

貝塚美代夫人煮茶甜似牛奶戲贈

花乳齋中熟幽蘭砌下舒坡公當日樂今在史臣居

有吉佐和子女士求詩

彤管衡當世從容美刺頻青洲應下拜阿國是前身

江上波夫君刊幻人詩鈔自壽七十

壽序明人習亭林斥不爲近時頌懸車學術文相詒意雖在麗澤豈

皆深沈思秦延三萬言敷衍或差池江君滄海客未甘俗套羈考古
所緒餘自壽以其詩裹糧每萬里轍迹天一陲大漠與曠野尤放志
所之大漠我未經曠野曾逶迤輕車行其間川谷瞬息移日暮徒旅
倦賢愚色皆癡一如君所言譬樹夕陽悲謂哉身毒人玄旨默相持
賤彼格致巧膏煎自足危又有西印度無文口作碑墨守祖訓久一
言以爲知遙遙人間世殊途文質疑寒齋掩卷坐簷前冬日熙

馮芝生教授友蘭見寄新箸論孔丘賸以七絶三首一依其韻奉酬

當年學史莫之京鹽鐵如今論漢宮何日燕郊重聚首談酣夜雨剪
春葱
沈括筆談劉史通誰言禹域竟儒風百花齊放從來事騰躍羣言當
細窮
學案聯綿在海東能教性善強辭窮淵源雖曰由伊物鈴舍當推第

一功

趙樸初居士晉送松本大圓和尙歸國詩用幸次郎訪中機上韻仍疊奉寄

楞嚴喻斯匿不舍覩恆河古乃今爲用天唯人所摩秦皇粗立極唐宋惜沿波勝義未曾有隣人刮目多

武部利男惠越前不老牋

絜白宜由冰雪崖牋云不老錫名嘉夜燈猶耐蠅頭字音問庶於朋舊耆

七十二除夕

退居林下已多時聽雨焚香與尙遲草字猶如荆國急暮年稍識武皇悲徒哀未讀書連屋將智難敎耄及之不敢雷同近賢說儒言天命足堪疑

次香山陽坪六十自壽詩韻忠兒在東海大學時與之隣居

昭和五十一年丙辰

幼子初遊宦北隣賢者栖欲修司馬闕更傳大宛西

房兆楹杜聯喆夫婦主編英文明代名人傳略成哥倫比亞大學贈博士

梨洲今已矣人表聖愚呈既總羣雄略又持三案平棲霞書共箸秀野夢應清博士頭銜好雙雙重鹿鳴

韓國美術五千年展覽會金簡般若經歌

洛邑春回初芳草祕館邀得大韓寶青磁娟娟玉人膚圖像名臣雙瞳杲就中金簡般若經光耀燦若太白星金繩玉檢秦漢詡焉如簡亦紫金青波礫儼然追二王沈著痛快刻瓏玲時當梁魏崇佛世蕭王應愧遜儀型氣奪目眙多時立殆冠法物一堂集吾邦扇面亦巧藝用物精壯未易及

唐招提寺梵網會集杜

野寺隱喬木心清聞妙香幽花欹滿樹日月近雕梁

知非四集

吉川幸次郎　善之

昭和五十一年丙辰

與興膳宏遊福岡三首

西南都會最鄉校富賢良請室寃丞相廣田弘毅危言殺議郎中野正剛往哲哀時命平和今憲章青衿復彤管絃誦業彌昌修猷館高等學校

平分溟渤水孤嶼接長堤崖絕樹皆倒巖欹天欲低靈禽留解角金印出深泥萬葉風謠在三韓望乃迷志賀之島

劉勰依僧舍明詩復辨騷淺人燕說逞之子鄭箋勞命駕箱相與循陔樂可陶鹿門藏伉儷家法自清操興膳爲其鄉人曾譯文心雕龍茲遊拜其父母

贈蒲池龍雄親家釀酒筑後河

平野洪江畔依稀似浙東可邀千日醉蘆荻倚秋風

竹苞樓佐佐木春隆坊友編其家乘曰若竹集四首

印工書價記牛毛簿錄蟬聯六世勞尤感支那新渡册有無違碍叩功曹（寶曆六年呈所司代奏記）

小集江湖賴道人茶經蘭品亦標新一時風尚徂徠學又及清狂謝茂秦

宋版倭鈔鑑定專（二世春行）停車絡繹儘高賢京都遮莫班張賦依舊清茶品逸篇

猶記貸君掌故精（五世春吉）當年侍立小先生如今相顧皆宣髮堪以二翁談列卿

木村英一博士七十及門刊中國哲學史論集壽之次博士韻二首

老五千言久和光復愛空門意味長乃使羣賢各言志玄儒文史語悠揚

奕奕西雍槐葉光參差舊侶憶相長淵源同仰君山老祖述彬彬自

抑揚

昭和五十二年丁巳

增田德兵衞惠白酒

善釀未甘流俗同餘三百歲舊家風漿瑤餐玉神仙事今在玻璃小盞中

鈴江君幸太郎見寄歌集鶴慰其喪子

何事南溟奪俊才人間復築望思臺詩翁猶作溫柔語老鶴雙飛夕照開

玉井君乾介由曼谷寄泰語日本近代小說選即其主編

五十四帖夙盤桓未似堯封賤稗官今見暹羅傳譯語飛騰奇字舞玄鸞

園城寺求詩

臺殿依林壑當年求法徂巨公歎格義名士署關符振策五臺遍歸

舟萬軸踰諸天護千載白黑感恩俱

哭有賀鐵太郎博士

値我強仕年乾坤震蕩久局促四方志佔畢丈室守五十方淸平始
歆泰西酒故人在紐約邀我剪春韮攜家鹿門似閑房供留逗風俗
未習慣客夢兎抖擻溯厥定交初西雍共敎授雖曰晩幾輩告身同
日苟乃於議事堂設席亦隣耦君攻基督學儒斥鬼神厚道不同而
謀何妨笑謔謾餘技繪事能鉛筆牘背走竊窺何所爲貌得同僚某
足知柔克性亦云瀟洒透旣而形跡疎各自引年後猶憶昔海外款
待由夫婦時復所著書貺及林下叟或論瞿曇敎亦可通崇有玄學
吾所短未肯置可否惟欽夙好敦鶴髮愈淸瘦比聞二豎侵病榻一
握手示我新詩篇味如三重酎（英文 meditation）牖瞻比叡峰春風吹堤柳
豈意成永訣梅雨江聲吼

本居宣長册刊成贈晒名昇二首

頗似桑中語廻環不厭煩談玄非我事家法庶君藩
伊物前驅在先生收厥功横流滄海久忍對大江東

村口四郎坊友惠貺衣一套

溽雨未當暑何來絺綌輕故人憐野老使學古狂生

中村利一爲其諸子求詩

吾室飄搖日尊翁契濶勞傳家足餘慶淸白各兒曹

高知絶句四首

蕉堅多警策鯨海醉賢侯此亦一詩國江山正欲秋
非攻遼墨翟問答醉三人河嶽英靈富經綸憶兆民
南國夏雲靜長汀碧浪迆金人望洋久袖手抑何思 阪本龍馬像
夙通資本論又愛易從容仲任遺篇在後來孰蔡邕 小島祐馬博士

杜甫詩注第一册刊成眎深澤一幸

箋釋紛綸遞續貂心知其意恨寥寥帳中賴有當仁客欲向詞林樹

一標

神田鬯盦墨林閑話四首

舊事江都散似煙歎君守闕話羣賢會心尤證徂徠學水乳何妨內敎篇

高麗胡元金字誇寫經扇面自平家淵源遠溯多羅葉慧業人間踵事華

南朝天子御魂香（梁川星巖吉野懷古句）一語差池毀譽忙詞客平生誇警策通人商推足膏肓

才人爭學晩清風格調獨推蒼海公一自西儒資耳目坫壇都附大江東

東方學會三十年贈事務局諸君六首

後素爲家學經營三十春如舒平遠卷佈置儘精勻（石田一郎）

麗澤延殊域散沙聚學人感君勞簿領淨几與還新（柳瀨廣　山口博邦）

叢編兼四部精舍幾徵文彤管掌書記校讐織手勤五十嵐洋子遠藤弘子
翺翔郎署久譯語數邦能今在吾曹幕神仙庶可朋五百木元
磚瓦三層儼高樓大道旁應門翁鶴髮相與閱風霜吉田幸壽
結社西京亦盍簪名勝周成均司業客厨顧每綢繆倉貫孝正

又自贈

草創諸長者誰能繼典型臨風思舊事吾鬢昔曾青

詠史

坡老辭南海藤州哭太虛宰臣豐豫議皇帝瘦金書

重贈廣田理學博士

人間飛動意何必綴文專甲馬成陳迹當推格致先

陳舜臣惠絲綢路記

囁嚅唯事守蓬廬歎息羣賢展壯圖忽得西陲紀程册黃雲白磧與君徂

昭和五十三年戊午

壽上野梅子太夫人八十八故朝日新聞社主配居蘆屋

濱海青松幽逕深高堂無日不彈琴家聲三世傳清議宜使紘紘響似金

無題二首

謫帝曾經遊太清人間難覓董雙成藥欄微雨提燈步院落黃昏待月生誰泣靈禽塡碧海坐看仙侶集青城徒將薄技風塵老欲掩殘棋意未平

不管人間涕淚闌無星無月夜漫漫雨霑紅蕚煙方合燈護青箋墨未乾安得璿璣窺北極聊從野火認前灘傳經當日師劉向太息威儀非漢官

趙樸初率佛教代表團來西京適小病未晤

十日春寒抱疾移徙將伏枕對芳時諸公已釋煩寃哭複閣高懸友

好旗遮莫雞蟲紛得失難教龍象絕師資千年左相留佳話風月同
天無盡期

酬劉大年用其韻

名士江東敢自居（來詩云人是東瀛劉沛國）唯欣禹域積薪書讕言徒足醬瓿覆陋
巷愧停星使車修史勝朝黃萬後雜詩論世魏龔如今聞日月重開
朗蓬矢桑弧與未除

兩生新昏歌

西京書生髮颯飄初讀食貨意未愜肄業復在廣文館三唐文獻善
涉獵（深澤一幸）又有上舍三韓客系自金海已奕葉（金文京）剋期聚首多起
余龍鍾老人注杜業書生忽然踪跡藏安知新昏遊西洋巴黎柳絮
羅馬花歸來伉儷過草堂乃問新婦由誰氏笑云先生何顏唐定睛
看時女學士亦是平昔討論幫固知四詩首關睢今見泮水育鴛鴦
適值廣播徵我說卽請二生席同設青袍入畫化千億數文析理儘

飛越忽看韓客色甚喜叩之佳期亦在邇迎者隣邦琅琊王古稱秦晉今誠爾況復邀我食雙魚門闌融融足和氣登堂拜嘉挑燈談榷域掌故何濟濟我愛二生讀書勤耄而參之亦何云恰有浣花江畔句今朝郊園討論新詩酒猶堪驅使在未須料理白頭人

能田婉子夫人倭歌集題曰一莖九花蘭即取其尊人長尾雨山先生所愛花名

一枝綽約九花敷洛下家門見謝姑尤憶春申江上雨綠陰深巷賣餳呼夫人生於滬上

題長善館記念册

巨儒桑梓地黌舍德風長晴靄遶平野彌見翰墨光新潟縣粟生津先師鈴木豹軒先生故里其先世講學處曰長善館鄉人星野君甚四郎編其史以永其傳

送石川梅次郎君之烏魯木齊

黨禁當年恩怨休蕭然一老臥林丘劍南詩藁韋編絕匹馬欲凌西

海秋君水戶人所謂天狗書生黨人內外族均有之而尤愛放翁詩

贈周法高次清水茂韻

湖曰莫愁樓子荆金陵自古是王京當年爨舍依鍾阜太史替人見褚生健婦終重松柏節周講柳如是傳遺音又譜夏殷聲此中風景山圍國應慰仲宣吾土情

答法高女世箴仍用前韻

幅巾藤杖復釵荆攜得小姑由玉京隱似鹿門遊任廣詩依瀛島輿還生深秋天地開圖畫到處山光與水聲知子心香放翁久何如當日渭南情

送京都哥德館長艮普博士任滿歸德國

西極紅顏客來爲蓬島人星霜知幾換風俗儘相親餘事勾闌擅兩情翻譯新鳧河知去思秋水故粼粼

江若水西山樵唱北村學注

古義蘐園學東西旗鼓當儒風霑市巷善釀亦鷹揚晩節棲西俺（用宋刻杜詩東屯北俺字）清詞似晩唐作箋同里客爲敬在江鄉

川原壽市儀禮釋攷

疑有前因在埋頭十七篇集成胡正義心得鄭私箋幾歲螢燈字終敎薪火傳君翁定含笑墳草恨芊眠

直井幸雄人工靈芝

令人皆久視格致巧無窮滿眼生靈草不於深谷中

昭和五十四年己未

元日言志今年將有禹域杜蹟之行

天寶喪亂後斯人逐流萍度隴關塞黑入蜀巉巖青三峽淹日月風俗一一形物色皆精絶豈唯涕淚零讀之五十年寸心深感銘平生治文籍謹守漢典型務以言逆志事證非先硎唯恨綿薄資局促捜難冥山河儼然在何妨一乞靈今裹萬里糧結伴踰滄溟舟車歷數

州皆是君所經欹枕聞江濤杖策臨夕暝置身感與地謬誤庶稍屏實事以求是語亦自漢廷復得西儒說還似頗可聽 Oscar Wilde 江山非助詩詩使江山勞萬類困凌暴昌黎語本悝機微竟何若願看雙娉婷

用前韻寄趙樸初

此翁去後幾朝移篇裏江山猶昔時況值堯封新憲日都無變幻大王旗光風應逐遊人轉博議皆堪箋注資萬里橋西潭北宅飽聽春雨慰幽期

酬開封師範學院華鍾彥教授

子美釣遊處土婁存舊莊心孩勤棗栗思壯詠鸞皇命駕青泥阻凝眸綠野蒼明年邀我去地主意偏長

西安陝西賓館在丈八溝呈西北大學諸公

丈八溝頭花滿樹當年子美納涼處書生何福得班荊況復談論傾蓋故

贈傅庚生教授

唯因同杜癖著述各姸蚩偶示維摩疾彌淸樂廣姿論文雖頃刻寫臆絕浮詞渭北春天樹迢迢繫我思

酬劉持生教授用其韻

頻年局促守東洲結伴今爲上國遊愧以管窺呈學海喜將茶話接詩流沈香亭畔花猶嫩丈八溝邊路僅求恨不騎驢尋舊巷京華當日淚痕留

酬高揚教授用其韻

休說行人邂逅漫情深縞紵結新歡有渝茲約山河在請向終南一問安

答昭陵博物館孫遲君

英雄開國業密勿杜陵詩絕巘雲光閟層巓風籟移沙沈收繡瓦崖斷得豐碑世復洪鑪淨煌煌文物滋

成都少陵草堂呈四川大學諸公

春雨發生時置身幽與地今朝始得酬五十年來意

呈繆鉞教授

浣花溪畔宅幾歲夢魂勞況與通人晤禮何上客叨閑庭春寂寂情話樂陶陶詩聖風流遠孰能籠蓋逃

三峽次鄧紹基韻

巫山十二各爲峰清絕玲瓏遞望中行客已經程萬里主人更爲具孤篷心知叢菊悲他日目送青蘿舞遠空呼酒攜漿歡盡日柁樓飽坐夕陽紅

答武漢大學李格非教授次其韻

語音如舊倍情親今日天涯眞比鄰十五年光竟何事東瀛西楚一般春

北京機場留別余冠英教授次其韻

主人情何重見邀春水瀰登頓窮川陸行行將萬里庶與杜陵叟千載同悲喜又謁老成人緒論皆正始雖各異域居願濟麗澤美

偶成

玩世東方朔慣偷王母桃哀哉投閣客蕭索反離騷

杜甫詩注第三册刊成

刊成杜注第三篇雲日蒼茫大暑天歎息良朋多鬼籍夜臺無計問爲箋

詩補遺

吉川幸次郎 善之

乙亥八月侍飲長尾雨山先生於丸山左阿彌其歲臘月追賦紀事 昭和十年

憶昔明治初文風殊不掉爭拾明人唾西士見大笑鄰蘇驅儈耳猶自騰其誚斯恥誰則雪唯有公名噪淵淵黎使府英賢恣辟召公乃與抗禮筆話窮奧窔寒士衣則單厥才不可料黎使起執手佳話世說肖鄭氏亦有言賴襄不足道詩在海藏集讀者亦堪傲然所貴於公不止文章妙爲學務其大古今若鑒照中年志經濟利弊盡細較又愛段王詁甘苦一一嚌海上開書局公往任編校丹黃雖其職國計亦堪敲餘事耽吟詠林下聚同調滬瀆有詩社自此相放效至起教育議借箸爲彼諮食者民之天戎備勿爾躁童牛牿元吉安用金鼓教堂堂十八省忍看儘瘠磽至理無可駁朝士空儀貌惜乎未得

行滿地來虎豹校書亦倦矣書畫船忽棹歸隱洛陽市翰墨含光耀
故交有我師聯吟遍野廟每勅小子云雨山不易到小子胡爲者蟲
魚歎寡要漫隨羣從後夜飲仄烏帽溪亭始零露話舊與太暴詩以
代談錄愧其冗不警

知非集文續

吉川幸次郎　善之

通俗編直語補證恆言錄方言藻邇言綜合索引序

清儒考常言之書五曰梁氏同書直語補證曰錢氏大昕恆言錄曰李氏調元方言藻曰翟氏灝通俗編曰錢氏大昭邇言或分門或不分門皆不便檢閱入矢學士義高(Iriya Yoshitaka)依聲排比各爲索引今乞其稿重加董理合爲一書以油印之止供同好之用仍非定本理而寫之者都留春雄(Tsuru Haruo)序之者吉川幸次郎(Yoshikawa Kôjirô)一九五〇年十月京都大學文學部中國語學中國文學研究室

史記會注考證校補後序

嘗聞諸禹域前輩之説曰校勘之業止可施之於經自史子以下非所宜也幸次郎曰唯唯否否蓋經者言也非惟事也右史記言左史

記事言爲尚書事爲春秋近儒或竟曰六經皆史然事之所託固在於言言之尤精徵是曰經我之弗辟一字之讀繫上智之進退星隕而雨鄭伯南也一言之異褒貶存焉顧氏炎武云無經學無理學段氏玉裁云校書孰乎昉昉乎孔子旨哉言乎若夫史也往行惟蓄前事是戒求其事之博不必言之精大德之不踰閑小德出入可乎錢氏大昕爲清代史學之第一人其廿二史攷異止辯記載之岐異略乎文字固不如阮氏十三經校記之勤勤於隻字也雖然史竟不容校勘乎後漢書鄭玄傳云少不爲父母羣弟所容本無不字考亘儒之平生察東京之世風關繫亦在一字況司馬子長書體大物博以著述爲議論褒然爲乙部之首者乎邦儒瀧川先生龜太郎以此書久乏津逮乃爲史記會注考證其體例如鄭注周禮采前儒之説博爲折衷而異文附之亦如康成之記故書又唐張守節正義久無單行之本南宋合刻三注失其全貌而其佚文往往附見於我邦故記

先生掇而出之得千餘事其書風行海内外學者寶之已久然主於會注不專校異我友水澤教授利忠憾焉乃博搜異本之存乎世者字爲校讐悉記異同曰史記會注考證校補其所見舊鈔本十餘宋版七元版二明清之本無論也我邦故記自藤原英房史記鈔以下亦有取焉凡公私之庫叢祠冷梵斷簡零墨千里命駕東西奔走席不暇暖矻矻如一日者二十年而此書異文之在人間者莫不畢湊於此其尤異者有如項羽本紀時不利兮騅不逝俄增一行曰時不利兮威勢廢威勢廢兮騅不逝我邦鈔本或如此孰爲子長原文雖不可知亦宋後學者所未聞也而張氏正義又增三百餘事蓋子長之書今則家絃而戶誦然二千年之久亦有數厄不但班固譏其是非繆聖人范升議其違戾五經已也六朝唐人遞爲傳寫異文夥多北宋監本始雕於版乃不得不歸於一而異文皆沒賴我邦唐以前鈔本或存其舊一厄也南宋書坊删節注文其正文亦不無遷移二

厄也明之中葉其書甚微康氏海刻史記序曰博采旁搜十有餘年所有但紀表世傳而八書逸焉繼以日月乃得苟完知中統以後震澤王氏以前殆不絕如綫三厄也俗儒忸其家絃戶誦恬然不察謂子長原文皆如是六朝唐人所誦亦如是不亦乖乎竊謂邦儒校勘之業前於此者莫盛於山井氏鼎之七經孟子考文傳播彼邦聳其耳目著清帝之錄啓阮氏之記幸次郎嘗曰不有山井安有儀徵今敎授之書殆亦如是孰謂校勘不施乎史哉書將刊成敎授命幸次郎爲之後序幸次郎經生疏於史事荏苒久之固辭不獲乃書所見以贈之歲在戊申陽曆九月吉川幸次郎善之甫識於西京北白川之唐學齋

惠棟太上感應篇箋注景本跋

自宋儒學行道流之書斥爲方外學者尟所用心其在堯封事固宜然若律以西方之敎瞿利之說猶就人情不甚神祕均爲華夏之言

殆將無同今儒風告退新探方滋二家之毫髮既辨則考其郵而合其殊亦吾人之所有事也惠氏定宇紅豆三世爲吳中經學之冠發其緒餘乃箋此篇道士果報之說一一援證於儒言用意綦勤蓋惠氏之學與戴氏東原同時論者或謂戴求其是惠求其古余謂惟求其古故能博極羣書不棄菅蒯補章懷之注箋漁洋之詩溢而爲此亦莫不然事雖本於循陔功乃延於後學恐非此君不有此業者焉據其自序楊氏石漁始鋟諸版者余未見而余架藏有嘉慶三年嘉定縣刊本錢氏竹汀序之版式與潛研堂集相仿其伍崇曜粵雅堂叢書所用朱錫庚刊本亦刊於其年蓋不謀而同而此本流傳較鮮乃付李君廼揚景印廣之錢氏又跋道藏闕經目錄云昔惠松厓徵君嘗爲予言道藏多儒書古本心識之案竹汀自訂年譜乾隆十四年始識惠君正值此書殺青之時後五十年乃序之亦儒林之佳話也至於惠氏以爲魏晉人作錢氏潛研堂金石文跋尾續篇頗疑之

謂隋唐志皆不見宋史藝文志始著錄之則當仁不讓於師尤見大儒風概昭和四十五年歲在庚戌陽曆六月善之居士吉川幸次郎

又跋

胡培翬姚鏡塘先生（學埉）行略培翬在內閣於先生爲後進見之輒增愧慺也嘗謂感應之說可以勸人爲善而惠定宇所注太上感應篇理未透徹因重注之自序曰天人所以能感應者此心而已（感應字俱从心）人者天之心而心者人之天也讀是書者其要在求諸心孟子曰君子以仁存心以禮存心以禮存心則有所不敢以仁存心則有所不忍有所不忍則其行也恕有所不敢則其行也敬敬且恕邦家無怨之道卽天人感應之幾也昭和四十六年五月偶閲研六室文鈔補記之幸次郎

細香紅蘭二女士傳序

本朝儒林文質彬彬及江戸之代殆極其盛幸次郎無似數典而忘

祖通知其平生者鮮況有婦人焉馬細香張紅蘭二人而已今得矢橋紅亭書始欽其風操云書本伊藤竹東撰紅亭校補刊行之先是梁星巖全集之刻紅亭亦獨手任之此乃餘勇毅力可敬非當世之所易覯也幸次郎受而讀之尤感於二女士遭遇之不均細香之時賴山陽才名蓋世慕其彤管欲爲委禽聳人失言遂乃失人盈盈一水以處子終身紅蘭則諧其伉儷一室之中倡予女和如賓之敬爲世所稱司馬遷曰甚哉妃匹之愛君不能得之於臣父不能得之於子況卑下乎誠哉言也然其才情橫溢艷流筆端使鬚眉男子爲之失色則二女士無所不同乃知天之降才固不間於遇不遇又不間於男乎女也竊又論之二女士之時當清之中葉棲霞有著書之夫婦隨園有選詩之弟子假使二女士遭遇王照圓席佩蘭輩必握玉手而道故班芳草而談心上下議論較其文藝至於德之斯達兒英之奧斯丁更風馬牛之不相聞恨不在大同之世爲可惜也今坤道

大張女流之登文壇者薄海內外僂指可數其有飲水思原以黃金鑄二女士像者焉然非紅亭之書爲之發微闡幽誰復導夫先路者

昭和癸卯冬日吉川幸次郎序於京都大學中國文學研究室

蘇詩佚注序

箋釋之事豈易言哉箋集部書尤難好學深思心知作者之意李崇賢後家家無幾宋施德初父子之注蘇文忠詩其庶幾焉其書久微康熙寵臣開府江左得其太半意補行之幕中之客或非其人或閟雅如顧俠君輩亦不肯盡心草率了事攻者紛然補苴之業有待於馮星實氏而佚空之篇仍闕焉固不知其遺語猶有存乎天壤間也我邦之爲漢學也濫觴之始在彼六朝玄儒文史各有家法至於中世西京浮屠掌之所謂五山文學者是也其於蘇詩瓣香尤殷師講之於筵徒錄之爲章句章句之文以倭語爲之其引施氏注則儼然原文也然又埋沒於冷梵故紙間者六七百年同學倉田教授淳之

助小川教授環樹篤嗜蘇詩始能辯之勤爲綴輯理成十卷原書之存於世者不與焉幸次郎受而讀之彌歎施氏之注之度越諸家而二教授用心之善也請舉其一二言之開卷鄭州別子由詩亦知人生宜有別施氏引孔叢子云人生有別豈常如鹿豕聚乎又引李商隱云花發多風雨人生足別離案文忠此語前此詩人所不易道與其後年詩云人生無離別誰知恩愛重同一曠懷然亦自有淵源而爲之淵源者竟不如文忠之曠皆賴此注而可知唯所引孔叢與今本微異又稱李商隱云者實于武陵詩耳後來諸注乃皆沒之何哉然此猶事之不尤顯然者也岐山宰王氏中隱堂詩幷敍施氏引白樂天中隱詩用證名堂之由案文忠嘗謂平生出處粗似樂天今不但自謂亦以稱人不引白詩其旨安見王注以下至於近賢皆似惘然亦學之不可以已者乎幸次郎習蘇詩甚淺且得此二事以詒讀者且以質正於二教授至於施氏所編年譜千年墜簡躍然復出武

子自序泐之以顯始末詳於倉田氏跋此亦神物之訶護必待好學之人而始靈如汲冢竹書歸束廣微之多識奇字也而幸次郎知神物之猶有恨也此輯本雖善究非原書原書若干卷宋邵查馮諸公不及見者今在常熟翁氏幸次郎曾目覩之歎爲人間奇寶若得覆印行世豈延津劍合云爾哉昔俠君之輯元詩夢受衣冠者拜今二教授受施氏父子拜固矣而父子之欲拜者不止二教授且葛巾藤杖肯爲拜者恐不止施氏父子者哉昭和丙午立秋日同學弟吉川幸次郎序

詞籍考序

爲裒錄之業於清代似莫盛於小長蘆釣師漢魏以來說經之書汗牛充棟乃錄經義考虞山蒙叟採列朝之詩不無偏頗乃錄明詩綜三千四百餘家而學者或議其鉤而未沈翁覃谿云竹垞經義考綱領節次詳整有要爲功於經學非細顧所載序跋多删去其末行年

月致使作者先後無所按據翁著其言於復古齋文集至於再四何義門云竹垞先生明詩綜去取幾於無目二十年來所敬愛之人一見此書不覺興盡義門爲虞山之徒言有所激然不盡門戶之見也至於詞綜尤爲釣師經意之作承詞學久晦之後以興衰自任且始用心於南宋梳姜史之細膩櫛二窗之密勿使人知花草之外又復有詞幸次郎少年讀詞亦津逮於此而覺其發明有所未盡蓋其時限之得失之故頗難言也雖然幸次郎不讀詞者久矣始謂納蘭成德亦外國人也何必廢然返而才力所限竟自廢然棄之者幾三十年今獲讀饒固庵教授詞籍考而歎息焉教授之書以考爲名猶謝氏之小學近人之許學老子體裁有承乎釣師而非勤勤錄序跋如吏胥之寫官牘已也有疏證有品騭考詞人之生平敍詞流之升降字句異同亦舉其要詞之史之話之平議寓焉蓋乾嘉以還詞學極明與經史之學分鑣爭馳教授盡平生之心力集大成於此至於甄

錄版本言之盤盤尤非鈞師之所夢想順康之世漁洋不知山谷精華錄之僞其餘可知今則詞山曲海源流粲然教授掩而有之也幸次郎昔亦治目錄之業矣而厭之以類賈人之簿錄者多能爲讀書者目如宋之晁陳者寡也今教授之書誠可謂讀書者之目自此以後讀詞者必發軔於此猶三十年前幸次郎之讀詞發軔於鈞師之詞綜也其難其易豈可同日語哉昔人輒謂古今人不相及自嚴氏天演之譯出人皆知其不然力今而勝古日進無疆教授有焉辛丑立春日日本京都大學文學部教授吉川幸次郎謹序

君山夫子華甲記念帖引

狩野君山先生以敦貞之姿主講席於京都帝國大學二十餘年明羣經之滯義綜九流之海會淵貫博達爲域內儒者之宗昭和戊辰春二月十一日適當先生六十覽揆之辰僚寀及門翕然稱慶設尊於大學之講堂以介眉壽四方學士咸來學觴熙然歌碩德之難老

凡若干人遂書姓名於册以志嘉會蓋先生以道術爲天下先久矣顧稽古懋學勤勤不已延攬後進惟恐不及凡此諸人或論道國庠辱輔仁之交或執經門下有來自遠咸沐先生穆如之風而欲隨其後以鳴昭代文治之盛先生觀於此未必不中心愉悦焉受業吉川幸謹譔

君山詩草跋

君山詩草一卷不分體不編年晚年手寫爲家藏之稿先生生於明治元年戊辰髫齡能詩鄉黨稱曰神童百熊百熊先生幼名也既遊東京大學受業島田篁村專意治經而吟詠不廢當時篇什雜誌帝國文學錄其一二帝國文學者高山樗牛（林次郎）所主編先生亦邀爲同社也庚子以文部省留學生往北京義和團俄起使館被圍先生亦在圍中圍解回國復遊江南此篇錄詩起於此丙午任京都大學教授一時鴻碩荒木鳳岡（寅三郎）織田鶴陰（萬）內藤湖南（虎次郎）

小川如舟（琢治）近重物菴（眞澄）鈴木豹軒（虎雄）皆其同僚唱酬甚盛處士與之者西村碩園（時彥）長尾雨山（甲）昭和戊辰停年辭官復與湖南雨山如舟爲樂羣社而此所錄非其全豹蓋先生之業固在於經其君山文猶有意問世詩尤餘事故錄之不勤遺珠猶多也去年十二月十三日先生十三周忌辰門人合錢刊君山文今用餘貲刊詩草有一二字頗疑筆誤不敢輒改至於外集之編謹俟異日昭和三十五年歲復在庚子七月受業吉川幸次郎謹記

日本小說譯選序

日本小說之史創始甚早紫媛源氏物語當北宋之世于時禹域有歐陽之文司馬之史蘇黃之詩而羅本水滸初未萌芽也此乃堂堂五十四帖且紫氏藉作中之人申小說之用有曰史之描摹世態有時而窮小說乃通其變可以無窮旨哉言乎希臘之說闇與之合降及江戶之代作者彌衆兒女則西鶴英雄則馬琴馳驅筆端各詣其

妙明治以後成就尤偉涵泳西洋之文藝發揮三島之性靈漱石鷗外二先生尤推巨擘蓋二先生本皆西學之大師而潛心於小說欲盡人世之情狀爲沈思之文固非狂言而綺語者比也而其遣詞細膩繚繞刻畫入微非熟於日語者不能通知英君紹唐畢業京都大學文學部從余游今取鷗外兩篇漱石一篇中島敦一篇句梳字櫛以便初學此殆禹域未有之書所釋雖專於語言由此以求良工苦心亦不難乎知英君寄其書求余序乃書數語還之且以告禹域之人之欲治日本小說者一九六四年小暑日本京都大學教授藝術院會員吉川幸次郎

寄周知堂書

知堂先生台鑒頃入矢田中二君歸敬悉起居安吉爲無量頌此又奉到藥堂雜文一册謝謝先生近來之文漸似宋詩反覆讀之乃入佳竟猶記去年春間將應東大之聘豫備演講其題目爲中國人之

古典與其生活擬以魯迅先生青年多讀外國書少讀中國書爲結語適惠到尊製中國的思想問題拜讀之下爽然自失殊自嫌以外國人談中國文化誠多事矣當時頗欲以此意奉告而猶豫至今今重讀之愈覺尊言之甚和靄而甚沈痛然沈痛之云恐亦燕說未知能得尊意否也承聞今年尊壽周甲方紀生君見徵拙文昨寄一篇不像祝壽之體恐亦失禮於長者耳耑此牋謝順頌台安甲申四月四日

瀧川君山先生故宅碑

有一代之書有百代之書有一邦之書有萬邦之書司馬子長繼春秋作史記撥亂世反之正述往事思來者來者習之不獨禹封朝鮮而東首推我邦大宛而西歐美近或習之而凡習之者莫不津逮於瀧川君山先生史記會注考證焉蓋子長之書發憤而作辭或隱約晉唐之間爲之注者僅傳三家降及近代德川與清學者以考據名

家亦鮮及之先生乃以二十年功歷驗衆說罔羅舊本如百川之吸於海羣峰之小於岱千年疑滯發揮殆盡宜乎東京始刻之後海外遞有傳印之本衣被之廣我邦儒者之業罕見其匹非先生之好學深思心知其意而雄於文孰能如此哉先生諱資言稱龜太郎松江人此鹽見啜宅幼庭訓於此中年敎授仙臺懸車之後歸於此而成其書晚就養東京天降喪亂復歸於此而終焉今距捐館適三十年鄉人景慕立石紀之哲人之所逍遙帷席儼然庶與先生之書共不朽焉昭和五十年歲在乙卯後學吉川幸次郎謹撰

大野君劍道碑

劍不在六藝之數而國人尙焉道進乎技稱之曰劍道且去其殺伐竹木其器擊刺上下以角勝負其不勝者反求諸身乃士大夫之事也熊本大野君熊雄善此技幼在鄉校曰濟濟黌者已無日不劍進第五高等學校又進京都大學治經濟治法律亦無日不劍畢業之

後或仕或商或律師或餘事於句欄苟有暇無不劍今齡八十三猶視之如性命凡後進於大學而嗜直擧案運之技者莫不仰爲宗匠且諸校聯會君輒主之判其輸贏法有未備君乃定之亦君功也胥謀立石屬幸次郎紀之幸次郎文弱儒生固不知劍而君爲狩野君山先生通家子誼不得辭乃爲銘曰

法圓天法方地澡其德洗其志鬘鬘乎成美士此乃日本之劍

昭和四十五年歲在庚戌陽曆三月善之居士吉川幸次郎

祭鈴木豹軒先生文

昭和三十八年歲在癸卯七月二十九日京都大學教授受業吉川幸次郎小川環樹謹告于豹軒鈴木夫子之靈曰昔明治之維新兮俄百度之更張雖儀制之炳煥兮奈舊物之淪亡久漢學之矩矱兮同告朔之餼羊天不喪斯文兮降羣賢之將將如五星之聯珠兮在西京之國庠惟夫子之岐嶷兮受長善之義方飽經蓺於庭訓兮特

篤嗜於彣彰理群說之紛綸兮指言志之康莊羌詩論之有史兮亙前古而未嘗察百代之興廢兮知圭臬於有唐美杜陵之忠貞兮雖一飯而不忘既韋編之三絕兮乃箋疏之孔詳復溯栗里之自然兮及鑑湖之悲涼空同駿公之各樹一幟兮亦解頤之洋洋廼學生之雲集兮咸受業於講堂玉在山而木潤兮何德音之悠揚既退休之云告兮栖蘆屋之山陽耄期不倦於勤兮樂圖史而未央玉臺之新詠兮六代之姬姜昌谷之鬼才兮美人兮草香緒餘託於詠歌兮乃萬首之琳琅皇嘉大儒之平生兮賚文化之勳章天何不慭遺兮摧魯殿之靈光歎窀幽之有期兮臨塋域而彷徨思夫子之清風兮洵特達之珪璋溫潤縝密兮潔白如截肪惟薪盡而火傳兮庶厥道之永昌嗚呼哀哉尚饗

祭斯波博士六郎文

鬱彼君山卓然經師懿乎豹軒大豪於詩遞爲祭酒近古所稀我何

幸矣與君依之當時國學其迹如掃唯我數生侍彼二老課讀文選
君言獨到劉勰文心起予屢告自此卅年如金如蘭君之廣島早爲
儒官騰聲飛實桃李班班我在京都聊學閉關君書之來不恥下問
我書之往必見討論我箸有成箴發輒損唯求其是言而無隱君之
爲人不大聲色世態多變守其玄默中有所憤我獨探得慰之勞之
緩其嫉俗我性險急言無次第君彌縫之釋其乖戾世之諍友其言
多厲君之於我氣如兄弟今君往矣覺皇天酷心共誰談書共誰讀
如瞽無相如車無式敢於寢門敢盡我哭君有三女婚嫁已畢君有
弟子皆已成立君則何恨而我乃泣我啜其泣非我獨急君之所業
蕭選是冠沈思翰藻其學獨擅久意發明遠繼臣善長編雖就詁釋
未半齎志以沒長夜曷旦絶學絶焉況也永歎嗚呼哀哉尙饗同學
弟吉川幸次郎

大山定一教授女千紗子哀詞

錫嘉名曰千紗兮寔廣文之首女粲眉目之如畫兮結總角之楚楚帥羣弟而馳驅兮日嬉戲而相與能應門之可愛兮迎父執於環堵方丈之如書城兮陪笑談之今古或剪韮於春雨兮復苜蓿之可煮佐母氏於中饋兮學齊眉而案擧憂羹湯之傾仄兮脚迻退而屢顧既燈灺而酒闌兮倚膝前而笑語傳家學於西文兮指蠻字而已喩索丹鉛於郎罷兮亦縱横而亂署憎稚弟之嚕沓兮忽怫鬱而不娛分棗栗之二三兮道安置而乃去何行藏之由天兮曾不僞其喜怒噫瘡生而不可治兮爲庸醫之所誤懷良友之傷悲兮吾亦踟躕而嗟吁惡夫涕之無從兮聊爲文而祭汝皐復而不可求兮其天堂而樂處

書舊文二篇後

漢語文二篇皆少作而皆有誤戴宏解疑論考引公羊序疏讀戴氏專慮公羊句未申此正句是世之末事句此依毛本誤讀之阮元本

慮作愚當讀戴氏專愚句公羊未申句此正是世之末事句草此文時未覩宋刻單疏景印本又名古屋蓬左文庫有舊鈔單疏徒聞其名越三十六年歲丙午余將辭京都大學教官課諸生以此疏始知二本亦皆作愚先儒每勤於一字之異有以哉樂浪漢匧孝惠四皓像左方人名舊釋爲六里黃公以爲六當作角案此當釋爲大里黃公吳志虞翻傳注引會稽典錄云鄞大里黃公潔己暴秦之世高祖卽阼不能一致惠帝恭讓出則濟難正與此合固非工人恣爲之也其南山字則釋之不誤說文顥字下云南山四顥白首人也段氏玉裁云宋時浙本漢書亦作南山丁未陽曆六月善之老人

集外文

吉川幸次郎　善之

奉迎皇太后臨京都市牋代

京都市長臣市村慶三恭遇
皇太后陛下謁
陵禮
神漎臨臣市手舞足蹈歡抃無窮謹奉牋迎
駕以
聞者伏以詩詠生民美居歆於上帝禮陳內則本降德於后王
純敬日躋
慈仁彌著臣慶三誠惶誠懼頓首稽首上言欽惟
皇太后陛下
齊莊中正

光大含弘作配
儲闈祠高禖而
毓
聖嗣
徽坤極親玄紞而理陰同日月之代明啓
本支之並茂及就
一人之
尊養彌播萬宇以
徽芳屢頒少府之錢用
恤民生之艱食間
御玉臺之筆莫非女教之至言
懿德
仁風兆民齊仰乃自

東朝之立久無
重翟之行羣方翹首而未酬九有望
雲而頻企民皆佇矣歲將周焉爰申
大孝於
祖
宗聿奉惟馨於嶽瀆
璇闈始闢啓
淸蹕而西行
鳳蓋徐移
看近畿之南訛遇
山陵而必下用牲玉而皆歆日躔長至之內衡風薰草長律中蕤賓
之繼養
神靜人安父老陳額手之誠黎庶愜歌謳之願鳧趨雀躍所在皆

然臣市以寰宇之勝區爲
列宗之
光宅依
舢稜而成邑繞
弓劍而居民既沐
祖德之長留又叢洞天與福地乃敷
慈蔭將曰秉旬吉日良辰
衆儀備擧職染典絲之署悲田養病之坊亦邀
特恩恭迎
儀駕篤躬桑之
義
飭婦功而
徵考工廣時雨之

仁矜鰥寡而
恤孤獨榮踰棠木
澤過蓼蕭又有東福之禪傳臣釋圓爾之燈佛光之寺嗣臣釋綽空
之法亦爲
安輿之所憩
法從之所過山紫水明湛慶光之晻藹巷謳衢祝騰喜色之旁
洋仰睹
大禮肅雝對
在天之
丕顯
母儀煦嫗洵法地而靡遺
祖必歆
神必格

國乃泰民乃怡
慈福其穰穰而來成
天行將亹亹而愈健臣濫膺公擧叨長市廳逢
盛典之難逢更感
堯天之
膏露報
殊恩而莫報聊申嵩呼之涓埃臣無任感
天荷
聖激切屛營之至茲依市會決議謹奉迓
駕以
聞
昭和十二年六月八日京都市長從三位勳三等臣市村慶
三上言

賀皇五女誕生表代

京都市長臣市村慶三恭逢

皇五女光誕

錫名

賜號

册爲

內親王謹奉

表稱

賀以

聞者臣聞周官內宰獻穜稑之嘉祥小雅大人占虺蛇於吉夢聖明

在御純嘏必常臣慶三誠驩誠喜頓首頓首上言欽惟

天皇陛下

純孝奉

先遠猷垂世
　神武惟揚於海表
　至仁旁布於區中
　皇后陛下
　佐助
　皇綱
　協和陰教中饋
　勤於
三殿內則降於兆民既
　乾健而
　坤柔乃竹苞而松茂
神明之胤又降
　福履之將莫窮凡在

照臨惟均鼓舞況臣市居土中之正近
天子之
光伏聆
嘉熹尤殷歌頌莫不仰
天枝之彌廣感
寶祚之方昌臣以公推濫充市長詣
宮門而嵩呼申閭里之悃趨臣無任仰
天瞻
聖激切驩喜之至依市會決議謹奉
表稱
賀以
聞
昭和十四年三月八日京都市長從三位勳三等臣市村

慶三上言

藤浪先生功德碑 代

縣之深安郡有異疾其始脚生創久之內積熱而暴下悴其容張其腹疲茶死焉或丁壯之民瘠如侏儒牛之瘟而斃者亦無算方書所未載應病之術久夢夢矣自國家新政講明西學尤用力衞生治病之效什佰曩昔然醫生遭此束手莫敢投藥童子之學於鄉校者頻傷夭札丁男之以材力中選兵衞者不給於求郡人憂惶謀立義社除其患明治癸卯往愬京都帝國大學醫科教授藤浪先生先生慨然即以救療自任講席之暇輒源源而來脈按色察備極勤劬如斯者數年偶解剖陳人見蟲如蟯而岐潛于肝焉先生曰噫此蠕蠕者實爲病根以犢試之屢驗適九州大學宮入博士得異螺於郡先生乃參互考論曰蟲本棲于水託于螺每民從事田洫乃侵肌膚而入而穴於肝其迹可得而知也已此論一出羣疑渙然學者深歎先生

創獲之功於此先生之視病勞心十有一年矣先生既探其本乃諭民勿跣涉勿養牛勿使病者矢混于溝螺則殲之務盡勿俾遺育縣因起鄉局俾掌諸防病事曾不幾時郡民所患滌蕩廓清相率舉趾而耕鼓篋而讀不憂王事之或闕而懷人生之可樂也郡僻在西陲距京都甚遠然先生歲必四五至行旅與驗病之資皆由先生自齎不賦於人詩曰凡民有喪匍匐救之先生之謂矣於是鄉人咸議勒石以志功德于不朽亟徵余文不敢辭謹記其緣起如此先生名鑑尾張人醫學博士大正十五年某日郡人桑田靜謹譔

熊本市會議長吉永君碑記 代

君諱爲己字大叔別號松江八代人考太仲業醫妣西浦氏幼精敏有聲庠序間稍長從名和童山遊學益進肄業東京專治法律明治十四年應考獲代言人乃懸牌熊本與民理訟二十六年代言人廢仍注名辯護士簿尤精民法凡民以貨財之訟抱寃不能申者多賴

君得平反甚獲能名先是二十三年選爲市會議員嗣後每選無不與二十九年任議長初熊本有第六師團教場居邑中央廣占通衢民大病之君與市長辛島君謀於當路力言其不便狀久之部議從其請移諸郭外故地則聽民居住曾不幾年荆棘盡除肆廛魚列物貨雲聚車馬闐咽居民咸稱君之功至今未已也君又謂平糶齊物民食所繫不可不爲之計乃創辦米穀市場躬董其事前後十三年農末始平均而龍斷之徒相戒屏息蓋君之急於首公而謀爲邑人之利者類如此大正二年市會之選乃以老不就十四年四月二日以疾終于家邑人聞者無不傷悼春秋七十有二元配某氏早卒繼娶某氏並無子養某氏子某爲嗣君雖以法律名家然秉性和厚頗好翰墨多蓄鄉先賢墨迹每逢佳日輒與文學之士舉觴談藝以爲樂觀其雅尚所在則與夫尋常法家者流口給舞文招貨弋利徒長民健訟之風者相距不啻霄壤矣予晩獲納交於君相得甚歡君既

葬於某地明年嗣子立石於墓側來謁予文誼不可辤乃紀實行使勒於石庶可取信於後世焉

長野縣南佐久郡小海村長武川氏頌德碑代

信濃之國大山是宮原曰小海草茂木童今則膴膴嘉穀乃豐孰爲化之由夫神工激之使高水流滐滐倡之者誰唯武川翁持之有力秉心有沖奏彼艱食謀人曰忠億萬斯年永賴厥功豈曰億萬惠且無窮昭和二十四年三月松本敏三敬頌

新刊全相成齋孝經直解跋代

新刊全相成齋孝經直解一卷元刊本原書爲日本林秀一教授所藏書誌學第一卷第五號有教授所作解題一篇與長澤規矩也先生同撰其略云

此書自序末記云至大改元孟春既望宣武將軍兩淮萬戶府達魯花赤小雲石海崖北庭成齋自叙按元史云小雲石海崖家世

見其祖阿里海崖傳其父楚國忠惠公名貫只哥小雲石海崖遂以貫爲氏復以酸齋自號初襲父官爲兩淮萬戶府達魯花赤從姚燧學燧見其古文峭厲有法及歌行古樂府慷慨激烈大奇之拜翰林侍讀學士中奉大夫知制誥同脩國史會議科學事多所建明忽喟然嘆稱疾辭還江南賣藥於錢唐市中泰定元年五月八日卒年三十九贈集賢學士中奉大夫護軍追封京兆郡公諡文靖有文集若干卷直解孝經一卷行于世（元史一百四十三）據此知小雲石海崖者卽貫酸齋別名所謂直解孝經卽此書也酸齋散曲噪於詞林而此書不見於明清藏家之目朱氏經義考亦注云佚則其湮蘊久矣其注解純用白話以語言論已爲可貴其上圖下文之式復與建安余志安刊列女傳虞氏刊全相平話同以版本言亦足珍也

愚一日得其照片友人慫慂云元代白話資料之傳於今者元曲尚

矣元典章白話碑亦次第流布至於白話講章唯許衡大學直解中庸直解見於許文正公遺書此外未之多見此書實倣許氏而作乃孤本僅存圖亦可愛盍廣其傳愚居書林素以流通善本爲志謹從其言亟付景印併錄解題於末用餉世之學者云中華民國二十七年仲春南宮陳杭濟川識於北京琉璃廠來薰閣書店

神田喜一郎

邕盦藏書絕句

據日本昭和三十五年便利堂珂羅版影印

鬯盦藏書絶句序

元遺山論詩絶句自新城倉山之流繼軌有作遂至漫堂論畫樊榭論詞枝歧蛻嬗斯體滋多於是矣今春三月予偶示維摩之疾屏居丈室殗殜六旬百無聊賴漫抽架上書各題一詩計得十二首雖希風曩哲薄據鄙懷老革無能徒媿學步之陋耳但其書昕夕所諷籀握翫若賈君禮疏發揮高密奥旨叔重解字泝洄倉頡本原二劉析文史之流别徐陵擷南朝之菁華奉爲問學圭臬譚藝津梁者非苟詡驚人祕笈也知言君子其有以解我哉昭和己亥六月平安神田喜一郎序

書目

儀禮疏

說文解字

序目

今人佞宋到麻沙漫把兎園遺册誇汪氏重刊儀禮疏卻存天水典型嘉

儀禮疏清道光庚寅長洲汪氏藝芸精舍覆宋刊本其體式即所謂單疏者首有汪閬源顧千里兩序稱原書係景德刊本其説雖未必可信然虎賁中郎猶當視爲拱璧況此本係初印紙質純白光潤如玉爲內藤湖南先生舊儲有炳卿鑒藏印先師手澤可不寶諸

儀禮疏卷第一

唐朝散大夫行太學博士弘文館學士臣賈　等撰

儀禮疏序

竊聞道本沖虛非言無以表其疏言有微妙非釋無能悟其理是知聖人言曲事資注釋而成至於周禮儀禮發源是一理有終始分爲二部並是周公攝政太平之書周禮爲末儀禮爲本本則難明末便易曉是以周禮注者則有多門儀禮所注後鄭而已其爲章疏則有二家信都黄慶者齊之盛德李孟悊者隋日碩儒慶則舉大略小經注疎漏猶登山遠望而近不知悊則舉小略大經注稍周似入室近觀而遠不察二家之疏互有脩短時之所尚李則爲先案士冠三加有緇布冠皮弁爵弁既冠又著玄冠見於君有此四種之冠故記人下陳緇布冠委貌周弁以釋經之四種經之與記都無天子冠法而李云委貌與弁皆天子始冠之冠李之謬也喪服一篇凶禮之要是以南北二家章疏甚多時之所以皆資黄氏案鄭注喪服引禮記檀弓云經之言實也明孝子有忠實之心故爲制此服焉則經之所作表心明矣而黄氏妄云衰以表

爛然朱墨挍讐餘反覆推尋洨長書存古闕疑遺印在
袁君精審有誰如

說文解字明汲古閣刊本有袁廷檮手批廷檮字又凱號壽階江蘇呉縣人築
五研樓于蘇州楓橋畔多蓄宋元舊槧段懋堂著汲古閣說文訂廷檮專任其
事此本當卽其底稿惜佚去第八以下

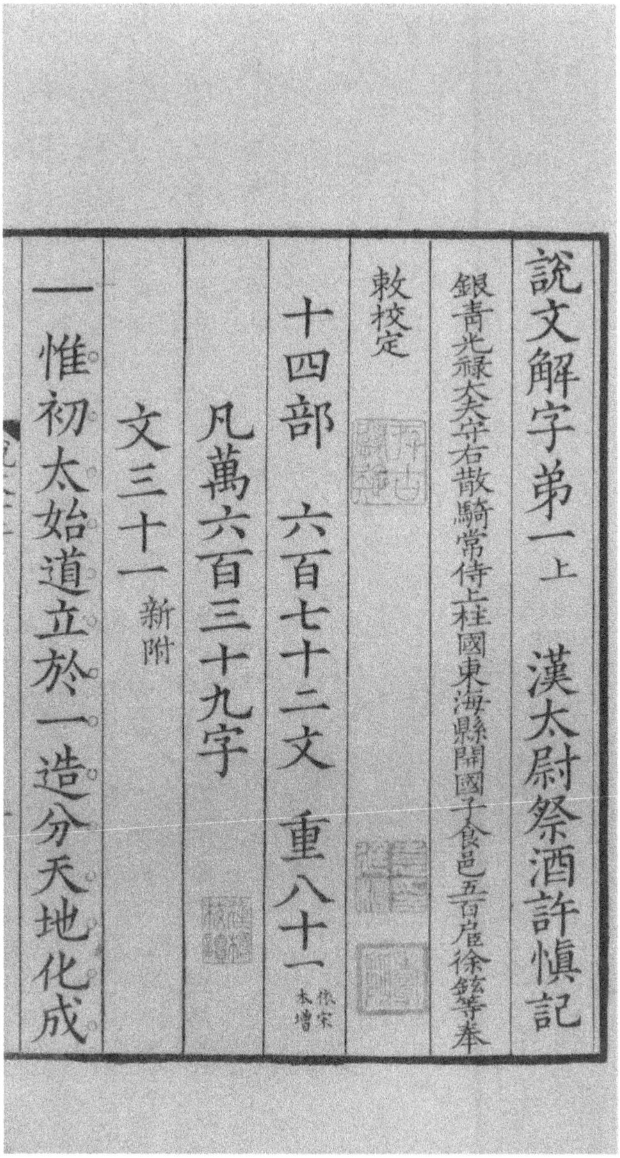

說文解字弟一上　漢太尉祭酒許愼記
銀青光祿大夫守右散騎常侍上柱國東海縣開國子食邑五百戶徐鉉等奉
敕校定
十四部　六百七十二文　重八十一 依宋本增
凡萬六百三十九字
文三十一 新附
一　惟初太始道立於一造分天地化成

龍象守溫研梵藏精微音韻析豪芒千年媲美何人是
我拜耶蘇會士光

西儒耳目資明天啓丙寅刊本泰西耶蘇會士金尼閣所撰辨析漢字聲音寔爲破天荒之作大正壬戌予游燕都偶得之廠肆猶存明時舊裝卷葉俱完亦不易多覯之祕笈也

眞聾瞽矣景伯之言如此余未敢以爲然亦不敢不欽其謙焉况此書原以供旅人聾瞽之用耳大方之家雖無所用之第譬之無疾者時蓄醫書恐亦未足爲累也輒忘聾瞽五閱月始成此書書分二譜首字總一萬四千有奇點畫聲律一稟正韻見

昭代同文之治旅人聊述其便於我初學者云爾

天啓丙寅孟春望日

泰西耶穌會士金尼閣撰

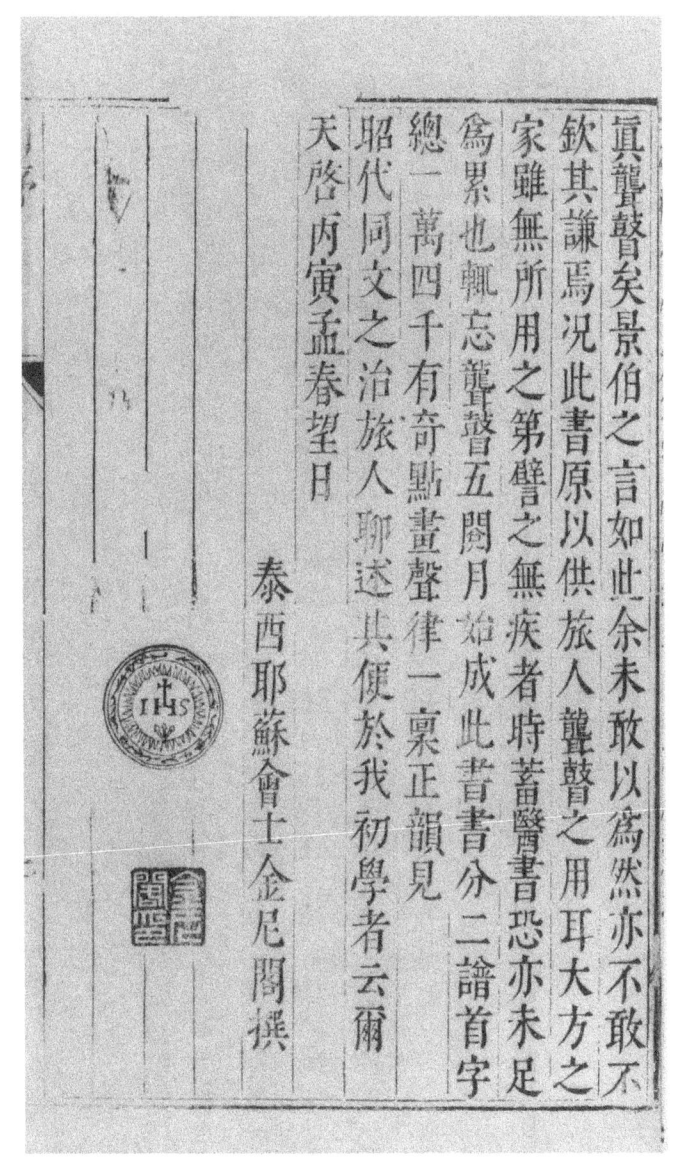

奇字從誰可問津徘徊載酒歎無人華夷譯語空持在
好事未妨矜異珍

華夷譯語清鈔本計五種曰建昌屬沙罵梁山内猓玀譯語曰建昌屬木裡瓜
別各西番譯語曰泰寧屬明正司所管口外各西番譯語曰泰寧屬木坪各村
寨西番譯語曰泰寧屬沈邊冷邊西番譯語嘗見河內遠東博古學院所藏猓
玀西番譯語體式與此本全同而譯語所存計九種互有出入未悉全帙究有
幾種清雍正間招撫西南夷行改土歸流之策此本疑當時所纂

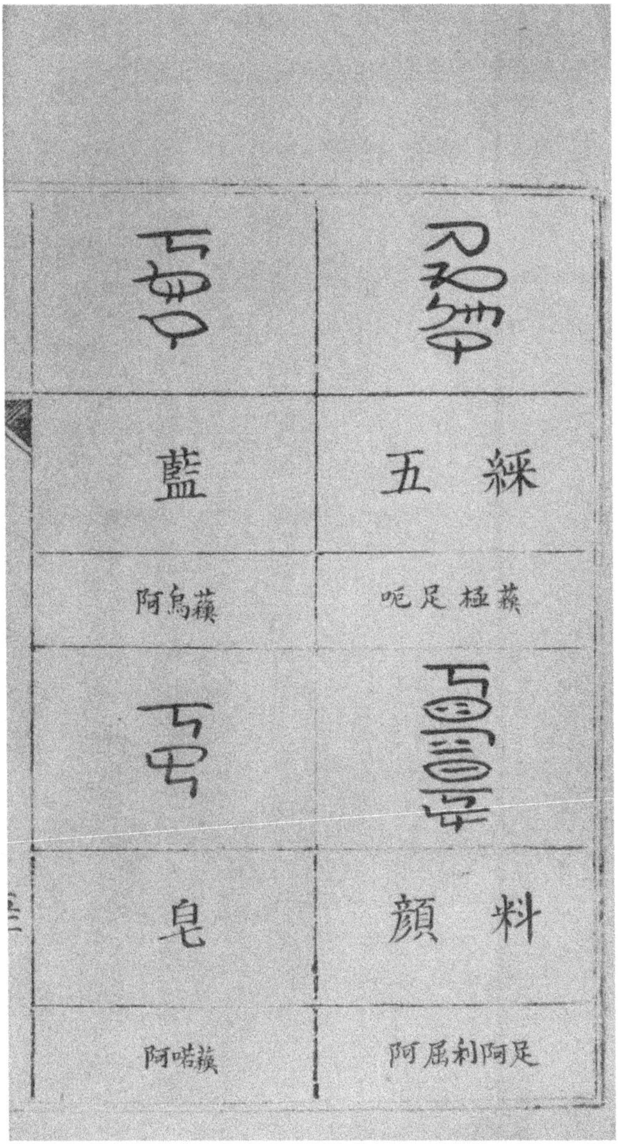
五 綵
呃足 極蕔
顏 料
阿屈利阿足
藍
阿烏蕔
皂
阿啱蕔

桑酈功臣朱鬱儀鑿叢開鑿始通之近來楊疏稱淵博
猶仰王孫作大師

水經注箋明萬曆乙卯李長庚刊本鬱儀魁碩宏雅博極群書此箋精審縝密
又屢引宋本信乎王君靜菴以爲有大功於酈書也予亦重之

水經注箋卷第一

漢　桑　欽撰　後魏酈道元　注

明　李長庚訂　孫汝澄

朱謀瑋箋　李克家仝校

河水一

崑崙墟在西北

三成爲崑崙丘崑崙說曰崑崙之山三級下曰樊桐一名板松二曰玄圃一名閬風上曰增城一名天庭是謂太帝之居廣雅云崑崙虛有三山閬風板桐玄圃淮南子云縣圃凉風樊桐在崑崙閶闔之中山上有層城九重楚辭云崑崙縣圃其尻安在增城九重其高幾里嵆康

水經注箋　卷一　一

豫章喻鐙寫姜良刻

萬卷縹緗截衆流彭城史學自千秋僞書吾寶眉公注稀與鳳毛麟角侔

史通注陳繼儒撰明刊本是書我邦內閣文庫藏之人間未見第二本不意昭和壬午秋京都彙文堂寄示待價書目中載是書予時在臺灣馳電索之遂收篋笥亦吾生鴻爪矣金澤大學教授增井君經夫近時檢內閣本始審此注與郭延年評釋同其署眉公名出于坊賈僞託予未見郭本聞之憮然不免有黎邱之惑也

史通註

唐劉子玄知幾撰

明陳繼儒仲醇訂註

內篇

自古帝王編述文籍史言之備矣古往今來質文遞變諸史之作不恒厥體摧而爲論其流有六一曰尚書家二曰春秋家三曰左傳家四曰國語家五曰史記家六曰漢書家今畧陳其義列之於後

尚書家者其先出於太古易曰河出圖洛出書聖人

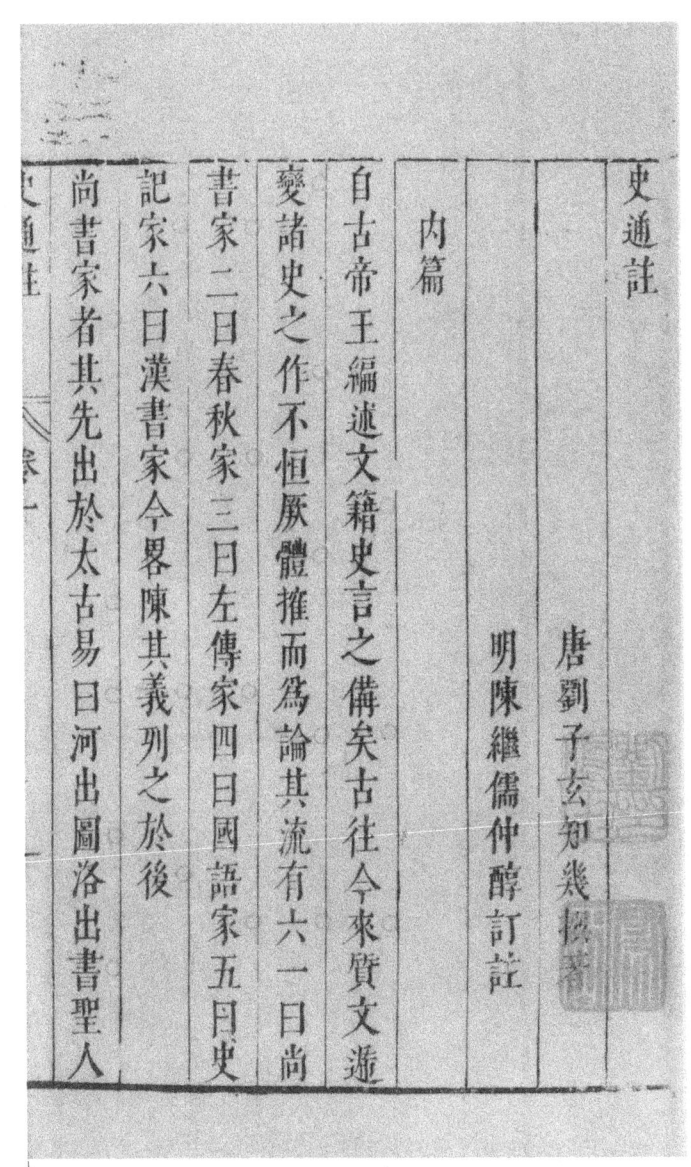

三國英雄跡有無縱横演義任馳驅揷圖坊本饒滋味
老去獨耽披翫娯

三國英雄志傳明閩書林楊美生刊本首有吳翼登序凡二百四十則上圖下
文欄外有八字標題其刻書在萬曆間可望而知是書明末坊刻本無慮數十
種此楊美生本殊爲罕見

靈帝登位青蛇進殿

新刻按鑑演義全像三國英雄志傳卷之一

晉　平陽　陳壽　志傳
元　東原　羅貫中　演義
閩　書林　楊美生　梓行

劉關張桃園結義

後漢桓帝崩靈帝即位時年十二歲宦官曹節王甫弄權大將軍竇武太傅陳蕃謀誅之机謀不密反被曹節王甫所害宦官自此益横建寧二年四月十五日帝會群臣于温德殿忽狂風大作見一條青蛇從梁上飛下約長二十餘丈蟠于椅上靈帝驚倒武士救起文武互相推倒于丹墀須臾不見片時大雷大雨降以冰雹半夜方止東都城中壞却民房數千餘間建寧四年二月洛陽地震省垣皆倒海水泛溢登萊沂密四州居民盡被大浪捲掃入海遂改元熹平自此邊界反者極多熹平五年改為光和地震五番六月朔黑氣十餘丈飛入温德殿中秋七月有虹見于玉堂五原山岸盡皆崩裂種種不祥時宦官十常侍用事張讓趙忠段珪曹節侯覽封諝蹇碩程曠夏惲郭勝把握朝綱天下官員皆出于十人門下靈帝嘗言張常侍是我父趙常侍是我母因此宦官全無忌憚中平元年歲甲子鉅鹿

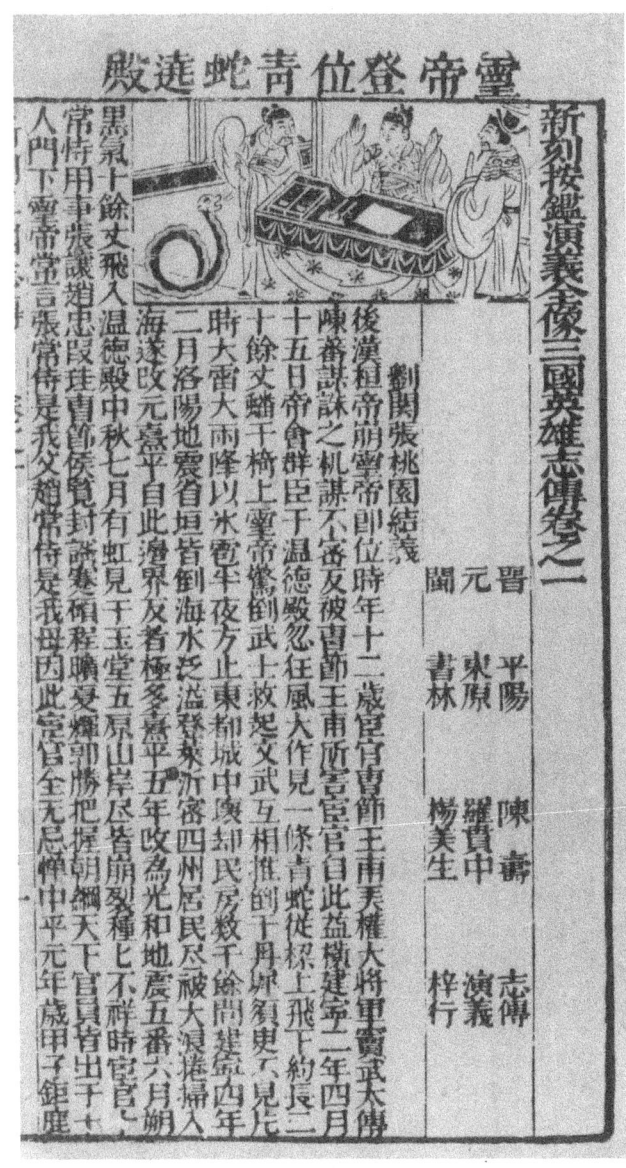

貪讀玉臺金粉詩前塵如夢少年時篋中猶貯寒山刻結習難除誦欲痴

玉臺新詠明崇禎癸酉寒山趙氏覆宋嘉定乙亥刊本明末呉郡趙宧光構小宛堂於寒山別業芸籤縹緗充牣欲溢而與妻陸氏偕隱其中優游卒歲其人可想此本乃其子靈均所刻宜雕槧紙墨無美不臻披之覺蘭麝香生如挹册上也

渚

玉臺新詠卷第三

陸機擬古七首　爲顧彥先贈婦二首　周夫人贈車騎一首
樂府三首　陸雲爲顧彥先贈婦往反四首　張協雜詩一首
楊方合歡詩五首　王鑒七夕觀織女詩一首　李充嘲友人一首
曹毗夜聽擣衣一首　陶潛擬古詩一首　荀昶樂府詩二首
王微雜詩二首　謝惠連雜詩三首　劉鑠雜詩五首

陸機擬古七首

高樓一何峻苕苕峻而安綺窗出塵冥飛陛躡雲端佳人撫琴瑟纖手清且閑芳草隨風結哀響馥若蘭玉容誰能顧傾城在一彈佇立望日昃躑躅再三歎不怨佇立久但願歌者歡思駕歸鴻羽比翼雙飛翰　擬西北有高樓

西山何其峻曾曲鬱崔嵬零露彌天墜蕙葉憑林衰寒暑相因襲時逝忽如遺三閒結飛轡大耋悲落暉曷爲牽世務中心悵有違京雒多妖麗玉顏侔瓊蕤閑夜撫鳴琴惠音清且悲長歌赴促節哀響逐高徽一唱萬夫歎再唱梁塵飛思爲河曲鳥雙遊豐水湄　擬東城高且長

嘉樹生朝陽凝霜封其條執心守時信歲寒不敢凋美人何其曠灼灼在雲霄

馮家詩學奉西崑錦瑟妙尋微旨論豈比紛紛鄭箋作蟲魚草木不勝繁

唐音戊籤原刊本有馮武手批武字簡緣爲鈍吟老人猶子家學所自於玉溪生詩細加擇別審定尤多精到之言異日予當迻錄其語以餉藝林尙其先覩爲快哉

畦種免教辛苦更囊螢金燈花事文類聚　遥想故園所
桃李正酣酣以下見海錄碎事　頭上金雀釵腰佩翠瑱
玗山　蘆洲客鴈報春來

午未之際重讀凡百日而卒業此公真是少陵後
人不可造次吟過詩者兩間之文〻必先著詞著詞
之法此君為第一不然里巷鄙語決不可以為詩
賦也七十七叟虞山老人簡緣子馮武識

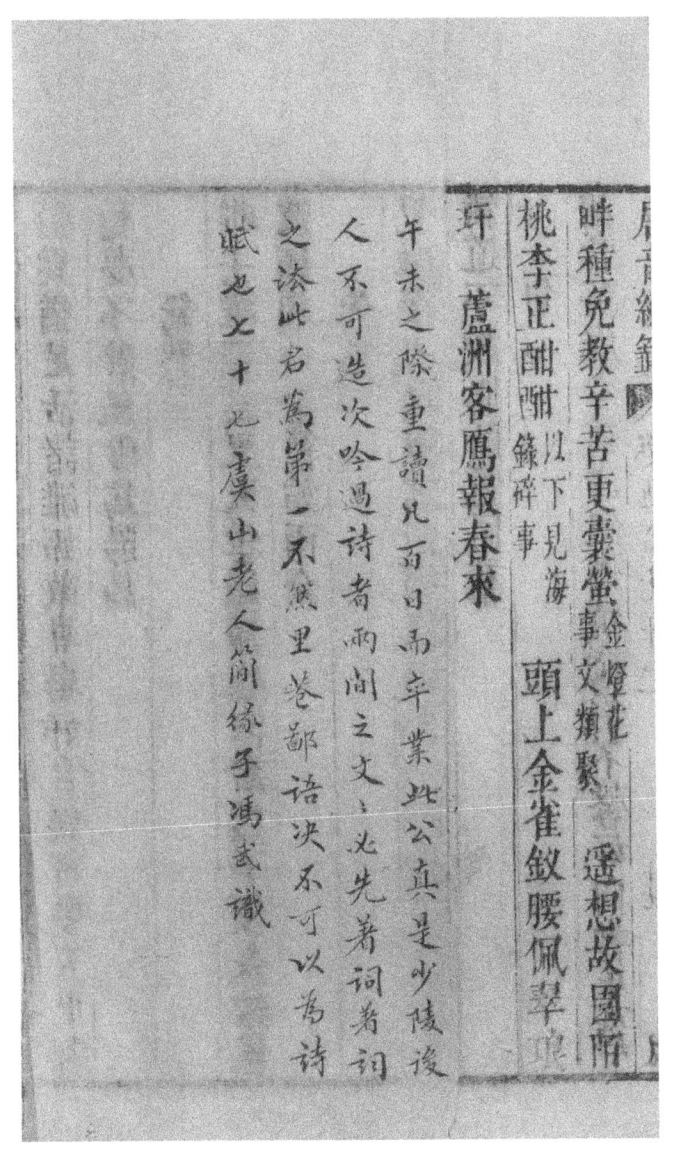

絕代天才劉彥和文心舊帙恨無多至珍馮本同球璧
除郤唐鈔執等科

文心雕龍明弘治甲子馮允中刊本前後有馮允中都穆序跋允中字執之彬州人成化甲辰進士擢監察御史此本其出按呉中時所刊天祿琳琅書目後編著錄元版文心雕龍云末有呉人楊鳳繕寫一行則其書卽實馮本其以爲元版蓋因序跋缺佚無從考核也

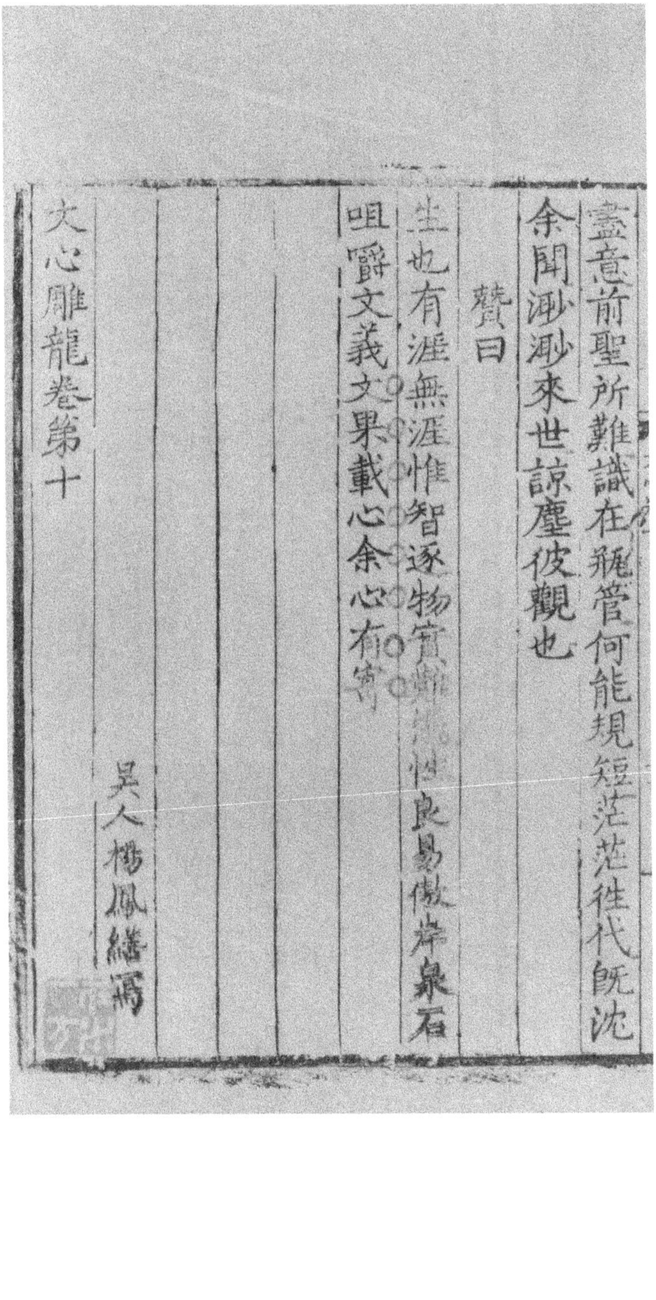
盡意前聖所難識在瓶管何能規短茫茫往代既沈
余聞渺渺來世諒塵彼觀也
贊曰
生也有涯無涯惟智逐物實難憑性良易傲岸泉石
咀嚼文義文果載心余心有寄
吳人楊鳳繕寫
文心雕龍卷第十

詞山曲海試窮探蕘圃風流昔欲參將此草堂殘蠹册纔誇孤本自多慙

草堂詩餘明余氏滄泉堂刊本卷末有蓮葉牌子兩行曰萬曆壬寅孟冬書林余氏秀峯梓行是書宋代坊賈所編以取便時俗自宋迄明流傳綦廣刻本今所見者多至十餘種而有分類編次本分調編次本之別是刻爲分類編次本藏家未有著錄者雖陋籍可等自鄶敢誌之亦好書者之癖也

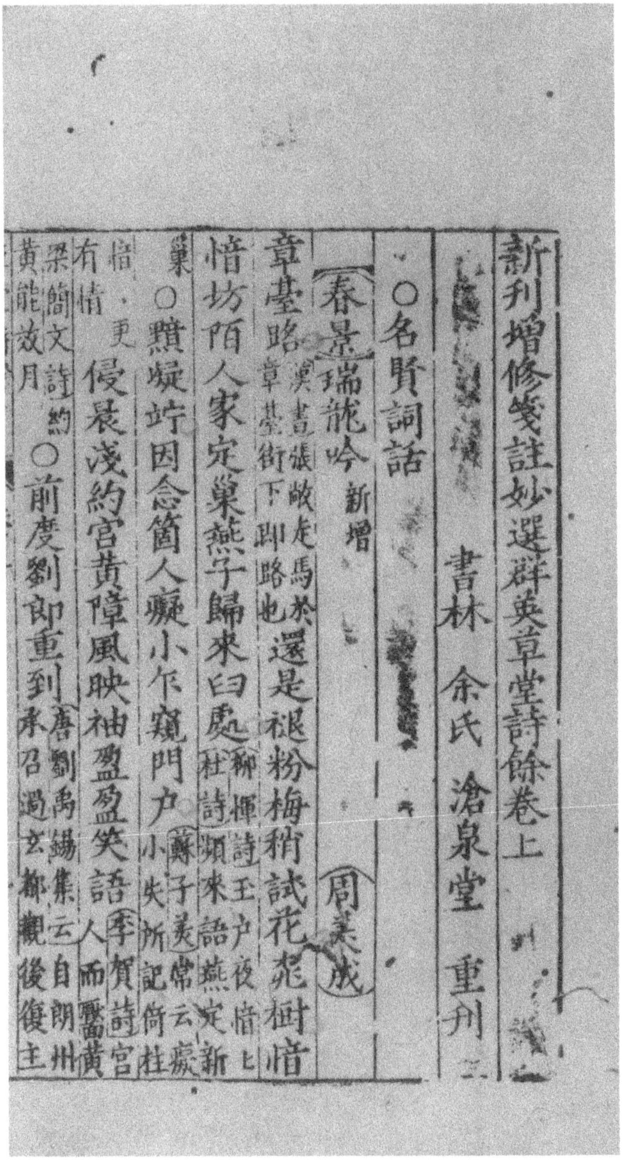

新刊增修箋註妙選群英草堂詩餘卷上
書林 余氏 滄泉堂 重刊
○名賢詞話
春景 瑞龍吟 新增 周美成
章臺路漢書張敞走馬於章臺街下即路也還是褪粉梅稍試花桃樹愔
愔坊陌人家定巢燕子歸來舊處柳惲詩玉户夜愔愔杜詩頻來語燕定新
巢○黯凝竚因念箇人癡小乍窺門户蘇子美常云歲小失所記倚柱
愔、更侵晨淺約宮黄障風映袖盈盈笑語李賀詩宮
有情人而靨黄
梁簡文詩約○前度劉郎重到唐劉禹錫集云自朗州
黄能效月承召過玄都觀後復主

清詞誰溯順康間堪賞春蘭秋菊斑不似後來歸浙派
泉流一道聽潺潺

倚聲初集清順治庚子大冶堂刊本首有鄒程村王阮亭兩家自序其在揚州時所同輯阮亭序云網羅五十年來薦紳隱逸宮閨之製彙爲一書以續花間草堂之後小令共十卷中調共四卷長調共六卷計二十卷別有前編四卷收諸家詞話明末清初詞各家專集多已不傳是書可謂能集大成者

倚聲初集卷九

武進鄒祗謨程邨
新城王士禛阮亭 仝選
常州孫自式鳳山參閱

小令九

雙調望江南 一名謝秋娘 又望江梅 江南好 夢游仙 安陽好

戲和秋岳 龔鼎孳

華燈畔。春眼溜微波。小閣名香籠綉帶。畫簾人影似輕羅。妙處不須多。　癡蝴蝶、生就繞纖蛾、玉碾蟾蜍天上夢、風憐翡翠座中歌、多事憶鸞鞾。

古織錦詞棄亂雲盤相間深此意欲傳傳不得必如綺識方許傳此種意味

邕盦續藏書絶句

據日本昭和三十五年便利堂珂羅版影印

邕盦續藏書絶句序

歐美諸國崇奬漢學惟法國最舊其盛亦爲最矣爾梁茹蓮教授倔起十九世紀以儒林碩望主其國大學院漢學講席者前後四十年囊筆宏富沾溉靡窮其歿學士院特設茹蓮賞之制例選海內外研精漢學斐然有述作者贈之意在景仰遺業睠顧弗諼兼以昌明絶學振起後生也我邦向受此賞者有關野博士貞羽田博士亨皆方聞贍學之士予何人斯今夏六月謬膺其選猥蒙褒飾不啻魚目唐突璵璠循涯增怍祇益兢惶耳時偶成藏書絶句十二首乃再檢插架獲茹君遺箸三種各題一詩名曰續藏書絶句聊以誌榮幸抑亦以期自勖無媿於茹蓮賞也昭和己亥七月平安神田喜一郎序

書目

法譯大唐西域記
西講孟子
梵語音譯法

法儒博雅固彬彬我對茹蓮敬厥人傳譯大唐西域記
偉功誰謂屬椎輪

法譯大唐西域記一八五七年刊本是書茹君一生精力所注譯文矜愼折衷
至當誠不朽鴻業也英人瓦達斯出於茹君之後又譯西域記雖以徵引之博
考據之精見稱於時然視是書殊感觖然或謂後來居上不過耳食之談耳

MÉMOIRES

SUR

LES CONTRÉES OCCIDENTALES,

TRADUITS DU SANSCRIT EN CHINOIS, EN L'AN 648,

PAR HIOUEN-THSANG,

ET DU CHINOIS EN FRANÇAIS

PAR M. STANISLAS JULIEN,

MEMBRE DE L'INSTITUT,
PROFESSEUR DE LANGUE ET DE LITTÉRATURE CHINOISE,
ADMINISTRATEUR DU COLLÈGE IMPÉRIAL DE FRANCE, OFFICIER DE LA LÉGION D'HONNEUR,
ET DES ORDRES DE L'AIGLE ROUGE ET DU SAUVEUR,
CHEVALIER DE L'ORDRE DE SAINT STANISLAS, 2e CLASSE, ET DE L'ORDRE DES SS. MAURICE ET LAZARE,
ETC. ETC.

TOME PREMIER,

CONTENANT LES LIVRES I À VIII, ET UNE CARTE DE L'ASIE CENTRALE.

PARIS.

IMPRIMÉ PAR AUTORISATION DE L'EMPEREUR

A L'IMPRIMERIE IMPÉRIALE.

M DCCC LVII.

早歲研經溯魯鄒七篇章句纂前修胡爲遲暮辛酸甚天道是非吾欲尤

拉丁譯孟子一八二四年刊本卷首漢字題西講孟子茹君享年七十五景薄桑榆其女與夫人前後相尋而歿高足彌歐亦捐館舍法國漢學一時中衰尤可痛也

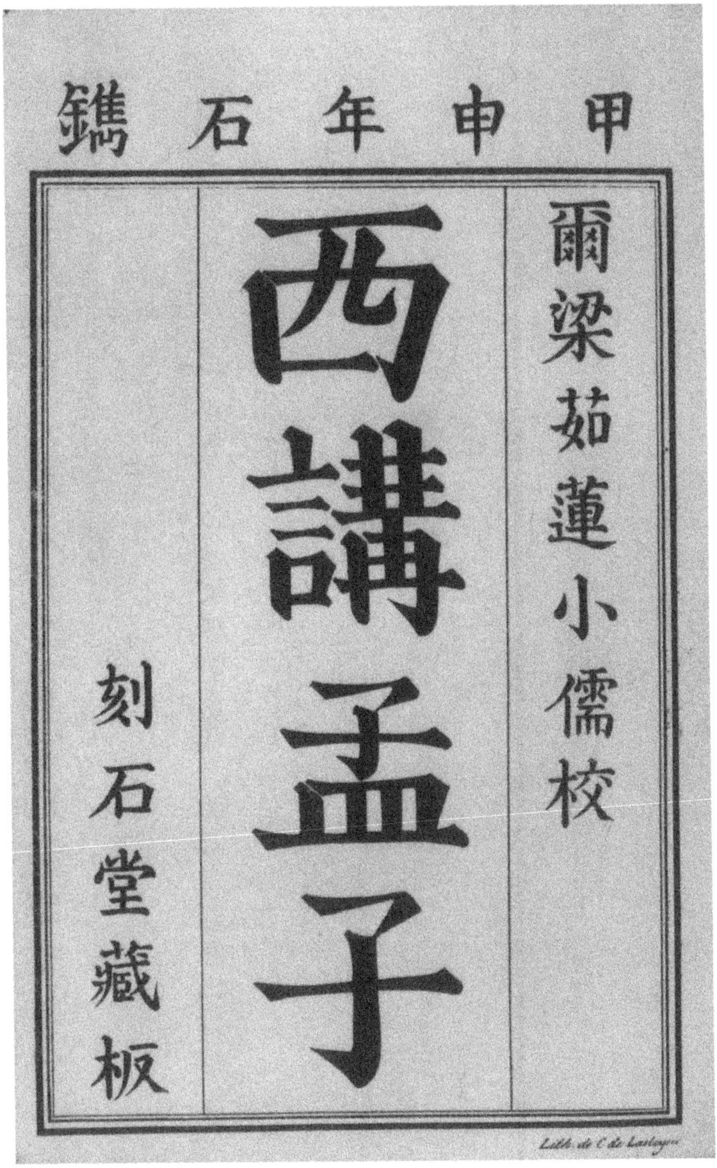
甲申年石鐫

爾梁茹蓮小儒校

西講孟子

刻石堂藏板

Lith. de C. de Lasteyrie

屯餘漢學復當亨沙畹殊勳莫與京門下絕才推伯馬法燈傳到戴先生

梵語音譯法一八六一年刊本係沙畹博士舊物封面圖章斑斑可知此首乃藉以賦法國漢學沿革也伯謂伯君希和馬謂馬君伯樂戴先生即戴密微教授現爲法國學士院會員

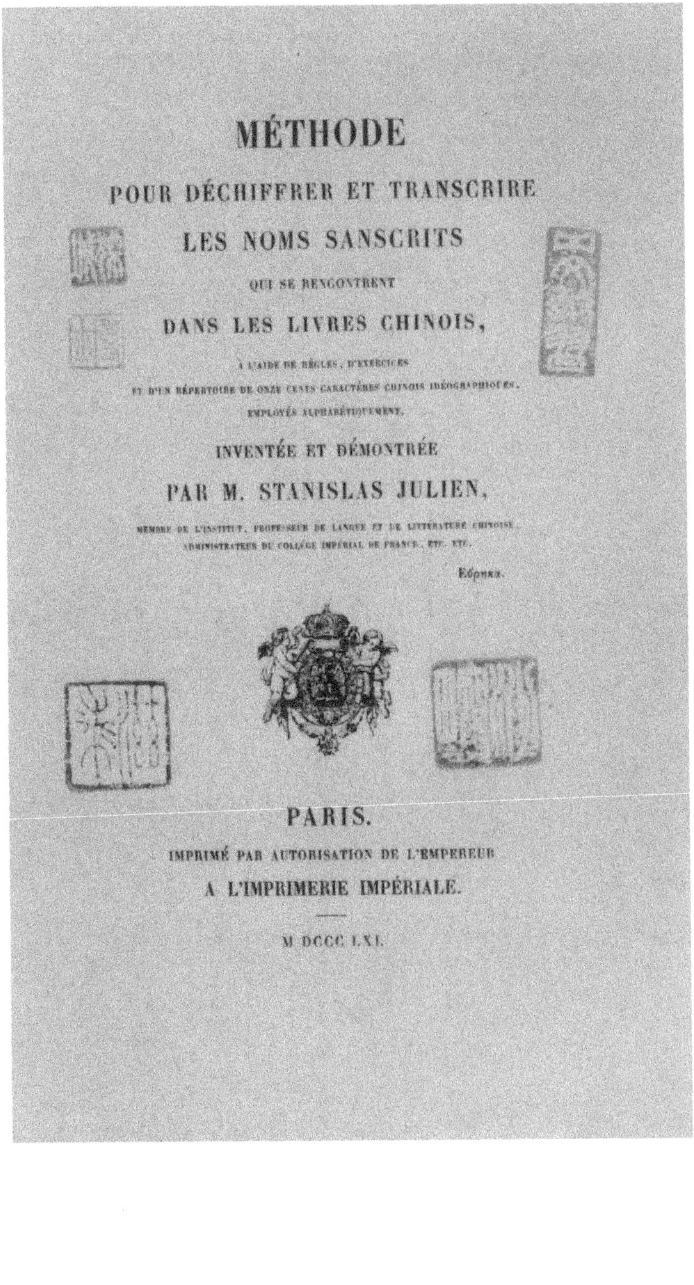

MÉTHODE
POUR DÉCHIFFRER ET TRANSCRIRE
LES NOMS SANSCRITS
QUI SE RENCONTRENT
DANS LES LIVRES CHINOIS,
À L'AIDE DE RÈGLES, D'EXERCICES
ET D'UN RÉPERTOIRE DE ONZE CENTS CARACTÈRES CHINOIS IDÉOGRAPHIQUES,
EMPLOYÉS ALPHABÉTIQUEMENT,
INVENTÉE ET DÉMONTRÉE
PAR M. STANISLAS JULIEN,
MEMBRE DE L'INSTITUT, PROFESSEUR DE LANGUE ET DE LITTÉRATURE CHINOISE,
ADMINISTRATEUR DU COLLÉGE IMPÉRIAL DE FRANCE, ETC. ETC.

Εὕρηκα.

PARIS.
IMPRIMÉ PAR AUTORISATION DE L'EMPEREUR
À L'IMPRIMERIE IMPÉRIALE.

M DCCC LXI.

昭和卅五年
夏五月京都
便利堂印行